英倫情人

麥可・翁達傑——著
景翔——譯

The English Patient

Michael
Ondaatje

CONTENTS 目錄

紀念
史吉普和瑪麗・狄金森

獻給
昆汀和葛里芬
以及
路易士・丹尼斯，
並致謝忱

「我確信你們大部分都還記得喬佛瑞·克利夫頓在埃及吉夫開比高原身亡，隨後他的妻子凱瑟琳·克利夫頓失蹤的不幸事件，那是發生在一九三九年為搜尋哲祖拉[1]而進行的沙漠探險中的事。

「在今晚開會前，我必須很難過地先談到這件不幸的事。

「今晚的演講……」

引自倫敦地理學會一九四一年十一月會議記錄

一、別莊

她在一直忙碌工作中的園子裡站直了身子，望向遠方。她感覺到天氣變了。又來了一陣風，空中有一些聲音，高大的絲柏搖晃。她轉身往山上的房子走去，翻過一道矮牆，感到第一陣雨滴落在她裸露的手臂上。她穿過涼廊，很快地走進屋子裡。

她在廚房裡沒有停留，而是直接穿過去上了在黑暗中的樓梯，繼續沿著長長的走廊往前走，走廊的盡頭是一塊楔形的光，由一扇開著的門照了進來。

她轉進那個房間，那裡是另外一個花園——這個是由畫在四壁和天花板上的樹木和涼亭所構成的。那個男人躺在床上，他的身體暴露在微風中，當她進門的時候，他緩緩地把頭朝她這邊轉了過來。

每隔四天，她清洗他燒黑的身子，從毀了的雙腳開始。她把一塊毛巾弄濕了，舉在他的腳踝上方，把水擠在他身上，聽到他發出呢喃的聲音時抬起眼來，看到他的微笑。在脛骨上方的燒傷最爲嚴重。紫色之外，見骨。

她已經看護他好幾個月了，對他的身體也知之甚詳，像隻海馬睡在那裡的陰莖，瘦而緊的臀部。耶穌基督的髖骨，她想道。他是她的絕望的聖人。他平平地仰臥著，沒有用枕頭，仰望著畫在天花板上的樹葉，由枝葉構成的天篷，還有那上面的藍天。

她把可麗敏洗劑倒進橫綁在他胸口的布條裡，那裡是他燒傷最輕的部分，也是她可以觸摸的地方。她喜歡最低那根肋骨下方的空洞，如懸崖般的皮膚。到他肩膀部位時，她把冷空氣吹在他脖子上，而他發出喃喃低語。

什麼？她問著撇開了她的專注。

他把長著灰色眼睛的黑臉轉向她。她把手伸進口袋裡。她用牙齒剝掉梅子的外皮，去了裡面的籽，再把果肉送進他嘴裡。

他又輕聲低語，把他身邊那年輕護士傾聽的心舉到他思緒所在之處，進入他在死前那幾個月裡不斷潛入的記憶之井裡。

那個男人在房間裡靜靜敘述的很多故事，有如一隻老鷹由一個高度滑到另一個高度。他在畫著的涼亭裡醒來，周遭是滿溢的花朵，大樹枝椏的千臂。他記得野餐的情形，一個女人吻過他身上那些現在燒成茄子色的部分。

我在沙漠裡過了好幾個星期，忘了看月亮，他說，就像一個已婚男人好幾天都不看他妻子的臉。這不是犯了忽視之罪，而是表示心有旁騖。

他的兩眼盯著這年輕女子的臉。如果她的頭動了的話，他的目光就會隨著她望向牆壁。她向前俯過身來。你怎麼會燒傷的？

那是下午近黃昏時。他的手在玩著一塊床單，用指背撫摸著。

我全身著火掉進沙漠裡。

他們發現了我，用棍子做了條船，拖著我越過沙漠。我們當時是在沙海裡，不時會橫過乾河床。遊牧民族，妳知道。貝都因人。我飛下來，沙地自己就著火了。他們看到我赤身露體地走出來。頭上的皮盔著了火。他們把我綁在一個支架上，一艘運屍船。腳步聲響著，帶著我跑。我打破了沙漠的無聊。

貝都因人知道火的事。他們知道從一九三九年以來，一直有飛機從天上掉下來。他們的一些工具和用具都是用損毀的飛機和坦克車上的金屬做成的。那是天堂之戰的時刻。他們認得出受創飛機的聲音，他們知道該怎麼找到墜機。駕駛艙裡的一個小螺絲釘都成了珠寶。我大概是第一個活著由燃燒的機器裡站起來的人。一個頭上著了火的人。他們不知道我的名字。我不知道他們的部落。

你是誰？

我不知道。妳一直這樣問我。

你說你是英國人。

到了晚上，他永遠也不會倦得想睡覺。她把不管什麼能在樓下圖書室裡找到的書念給他聽。燭光閃照在書頁和那個年輕護士正在說話的臉上，但在這個鐘點卻無法照亮裝飾在牆上的樹木和林蔭。他傾聽著，把她的話像水般吞嚥下去。

如果很冷的話，她會小心地挪到床上，躺在他身邊。她不能在他身上放下任何有重量的東西，否則會讓他疼痛。哪怕是她纖瘦的手腕也不行。

有時候到了半夜兩點鐘，他還沒有睡著，他的眼睛在黑暗裡睜著。

他能在看到綠洲之前就先聞得到。空氣中的水氣。棕櫚樹和馬的轠轡所發出的颯颯聲響。馬口鐵罐的碰撞聲，低沉得表示裝滿了水。

他們把油倒在大塊很柔軟的布上，蓋住他。他好像行了塗油儀式。

他能夠感覺到有一個默不出聲的人始終守在他身邊。每過二十四小時在入夜時分，那個人彎下身來解開他身上的布，在黑暗中檢查他的皮膚時，他聞到那個人呼吸的氣味。

拿開布以後，他又成爲站在起火飛機旁邊赤身露體的那個男人。他們把一層層灰色的毛氈蓋在他身上。是哪一個偉大的國家發現了他，他想道，哪一個國家有這麼柔軟的棗子，由他身邊的那個男人嚼爛之後，再由那張嘴送進他的嘴裡？和這些人在一起的那段時間裡，他不記得自己是從哪裡來的。就他所知，他很可能是他自己在空中與之戰鬥的敵人。

後來，在比薩的醫院裡，他覺得自己看見身邊有張臉，每晚都來，把棗子嚼爛了送進他的嘴裡。

在那些夜晚，沒有色彩。沒有話語或歌聲。他醒著的時候，貝都因人都保持沉默。他在一張吊床的祭壇上，很虛榮地想像著有上百人圍在他身邊，但其實很可能只有那兩個找到他，把他頭上著火的帽子拉掉的人。他對那兩個人的認識只有伴隨棗子進入他嘴裡的口水味道和跑動的腳步聲。

她會坐下來念書，書本就在搖曳的燭光下。她會偶爾朝這所原是戰地醫院的別莊長廊看一眼。她以前和其他的護士一起住在這裡，後來她們都漸漸地調走了，戰事北移，戰爭差不多要過去了。在她生命中的這段時間裡，她仰賴書本成爲她離開囚室的唯一門戶。書本成了她半個世界。她坐在床頭櫃旁邊，佝僂著身子，念著那個印度小男孩的故事，他要學會記住一個托盤中各式各樣的珠寶和物件，都是老師們丟下來的——那些教他說方言、那些教他記事情、那些教他逃避催眠的老師們。

那本書攤放在她懷裡。她發現自己有超過五分鐘的時間一直在看著那張質地粗鬆的書頁，在第十七頁的角上有個摺痕，有人摺了書角來做記號。她用手撫過頁面。她的思想中有些騷動，像天花板上的老鼠，像夜晚窗外的一隻飛蛾。她看了看走廊那頭，雖然現在沒有別人住在那裡了，在這間聖吉諾拉摩別莊裡，除了那個英國病人和她自己以外，沒有別人。在房子上方遭到轟炸的果園裡，種了足夠他們吃的蔬菜，有個男人不時會由城裡來，她會用肥皂、床單和其他這間戰地醫院留下來的東西去換一些其他的必需品。一些豆子、一些肉。那個男人留給她兩瓶酒，每天晚上當她躺在那個英國人身邊等他睡著之後，她會愼重其事地給自己倒一小杯，拿回到關上四分之三的那扇門外的床頭櫃邊，啜飲著繼續把她在看的書看下去。

所以念給那個英國人聽的書，不管他是注意傾聽或是沒有聽，在情節中都有很多空缺的部分，像是路上有好些地方被暴風雨沖刷掉了一樣，少掉的情節有如被蝗蟲吃掉了的一截掛氈，也好像因爲轟炸而被震鬆了的灰泥在夜間由牆壁上剝落。

這座她和那個英國人現在住著的別莊也就像這樣。有些房間因爲炸成瓦礫而不能進入，一個炸彈的彈坑讓月光和雨水進入樓下的圖書室——在那裡一個角落裡還有一張永遠是濕透了的扶手椅。

在情節上出現很多缺漏這點來說，她倒不理會那英國人會怎麼樣。她不會替少掉的章節做個摘要說明。她只是把書拿出來，說「第九十六頁」或「第一百一十一頁」。那是唯一用來定位的指標。她將他的雙手抬到面前聞著——那裡面還有疾病的氣味。

妳的手越來越粗了，他說。

雜草和刺草還有挖土。

小心，我警告過妳有哪些危險的。

我知道。

然後她開始朗讀。

她的父親教過她關於手的事。關於狗爪的事。每次她父親一個人和一隻狗在屋子裡的時候，就會靠過去聞狗爪底下的皮膚。他說，這就像聞白蘭地酒杯一樣，是全世界最棒的氣味！芬芳！旅遊上的偉大傳說！她會假裝覺得噁心，可是狗的爪子真的很特別：氣味絕不讓人覺得骯髒。她父親說，那是座大教堂！某某人的花園，那一片草地，在仙客來花叢中行過——由這裡可以知道那隻狗在那天走過的所有地方。

天花板上像有隻老鼠跑過，她再次放下書，抬頭望去。

他們打開了覆在他臉上的藥草，就在日蝕的那天。他們一直在等這個日子。他是在什麼地方呀？是哪一種文明竟然能預測天候和陽光？是阿馬還是阿布雅德，因爲他們想必是西北沙漠部落之一。這些人能抓住由天上下來的人，能用綠洲蘆葦編成面具覆蓋在他臉上。他現在對草有所了解。全世界他最喜歡的花園就是在澳大利亞的克由那地方的香草園。那裡的顏色十分雅緻多變，一如山上的層層灰燼。

他望著日蝕下的風景。他們教過他如何把兩臂伸起來，將力量由宇宙中拉到他的身體裡，就像沙漠把飛機拉下來一樣。他躺在一頂以毛氈和枝葉做成的轎子裡。在日光遭到遮蔽後的半暗之中，他看到如火鶴的線條由他眼前橫越而過。

總有油膏，或是黑暗，貼著他的皮膚。有天晚上，他聽到似乎是風鈴的聲音響在高高的空中，過了一陣之後就停止了。而他入睡時仍渴望能再聽到，那聲音有如放慢了的鳴叫聲，來自一隻鳥，也許是火鶴的喉間，或是一隻那些人中的一個藏在他外衣裡半蓋著的口袋中的沙漠狐狸。

第二天，他身上又蓋著布躺著的時候，聽到玻璃的刮擦聲。那個聲音由黑暗中傳來。到了入夜時分，毛氈打開來，他看見一顆人頭在一張桌上向他移來，然後才發現那個人挑了一根很巨大的扁擔，上面用不同長短的繩子和鐵絲吊著幾百個小瓶子。他就像是一張玻璃簾幕的一部分似地移動著，身子給圍在裡面。

那個身影很像他小時候想要臨摹的畫中大天使，他始終搞不清楚一具身軀怎麼會有地方長出那麼大翅膀所需要的肌肉。那個人以長而緩慢的步伐走著，平順得幾乎沒有一個瓶子斜傾。一陣玻璃的浪潮，一個大天使，所有瓶子裡的油膏都讓太陽曬暖了，因此塗在皮膚上時，就好像特別爲了傷口而加熱了似的。在他身後是折射出來的光——藍色和其他的顏色閃在霧氣和沙上。那些輕微的玻璃響聲、各種的顏色、堂堂的步伐，而他的臉像一支細長的黑槍。

近看起來，那些玻璃都很粗，經過噴沙處理，玻璃失去了原有的文化。每個瓶子都有一個小軟木塞，那個男人會用牙齒把軟木塞咬住拔出來，含在唇間，將一個瓶子裡裝的東西和另一個瓶子的東西混在一起，那第二個瓶塞也咬在他牙齒裡。他伸著兩翼站在那仰臥著的燒傷患者身邊，將兩根棍子深深地插進沙地裡，然後抽開身子，卸下那六呎長的扁擔，架在那兩根棍子的支架上。他從他的擔子底下走出來，跪在地上，移到燒傷的飛行員身邊，伸出冷冷的雙手來放在他脖子上，一直放在那裡。

在那條由蘇丹向北到吉達，稱爲四十日路的駱駝路上每個人都知道他。他和商隊碰頭，買賣香料和水，來往在綠洲和取水營地之間。他穿著這件由瓶子做成的大衣穿過沙塵暴，兩隻耳朵裡塞著另外兩個小軟木塞，好像把自己也變成了一個容器，這個行商的醫生，這個油和香氣以及萬靈丹之王，這個施洗者。他會走進一個營地，把那由瓶子做成的簾幕放在病人面前。

他蜷身在那燒傷患者的身邊，兩個腳掌合在一起，如一個皮碗，身子向後，看也不看地拿下幾個瓶子。把每個小瓶子的軟木塞拔開之後，香氣逸出。有海洋的氣味。鐵鏽的氣味。靛青。墨水，河泥箭木甲醛石蠟醚。空氣中五味雜陳。遠處的駱駝聞到味道發出叫聲。他開始把綠黑色的膏藥塗在肋骨上，那是磨成粉的孔雀骨頭，是在西邊或是南邊一個北非阿拉伯人聚居區裡以物易物換來的——對皮膚的傷最有療效。

在廚房和毀了的小禮拜堂之間，有一道門通進一間橢圓形的圖書室。裡面的空間看來安全，只不過在對面牆上約莫掛畫像的高度有一大洞，是兩個月前迫擊炮彈擊中別莊所造成的。房間裡其餘的部分也因爲這個傷口而承受了天氣的影響、晚星和小鳥的鳴囀。房間裡有一張沙發，一架由灰色布蓋住的鋼琴。一個熊頭標本和滿牆的書本。最靠近破牆的書架都因爲雨水使書的重量倍增而壓彎了腰。閃電也一再打進房裡來，落在蓋住的鋼琴和地毯上。

最那頭是封死了的落地窗。如果那些落地窗開著的話，她就可以由圖書室走進涼廊，然後再走下三十六級苦行階梯，經過小禮拜堂，走到現在已被燒夷彈和爆炸弄得坑坑疤疤的舊草坪上。德軍在很多他們撤離的房子裡埋下地雷，所以很多像這樣沒有需要用到的房間就都封了起來，以策安全，房門都釘死在門框裡。

她溜進這個房間，在下午的黑暗中走動時，很清楚這些危險。她站在那裡，突然注意到自己在木頭地板上的重量，想著不知道是不是足夠觸動那裡的什麼機關。她的雙腳在灰塵中。唯一的光由可以向上望到天空的那個有缺口的迫擊炮彈孔透了進來。

就像從一個整體中拆卸下來似地，發出一聲輕響，她抽出了《大地英豪》那本書，即使是在半明半暗之中，封面上畫的藍綠色的天空和湖水，還有在前面的印地安人，都讓她感到欣喜。然後，就好像屋子裡有不能驚動的人似地，她往後退了出去，踩著她自己的腳印，以策安全，但一部分也是她個人的遊戲，因爲這樣由腳印看起來好像是她走進了這個房間，然後她的肉身就消失不見了。她關上了門，再把警告的封條貼了回去。

她坐在那個英國病人房間裡窗前的壁龕裡，一邊是彩繪的牆壁，另外一邊是山谷。她打開了書本。書頁都黏在一起成了呈波浪形的硬塊。她覺得自己像魯賓遜找到一本泡在水裡之後又給沖上岸來曬乾了的書。副書名是：「一七五七年的敘事」，由N．C．韋思繪圖。像所有最好的書本裡一樣，有很重要的一頁上列著插圖的目次，每一項都有一行說明文字。

她進入了那個故事，知道等她退出來的時候會覺得自己沉浸在別人的生活裡，在伸展到二十年前的情節裡，她的身體裡充滿了字句和場景，好像由睡夢中醒來，因爲不復記憶的夢境而感覺沉重。

他們那義大利的小山城，矗立在西北方的路上，曾被圍攻了一個多月，炮火集中在那兩棟別莊和被蘋果與梅子園包圍的修道院。梅迪奇別莊是將領們居住的地方。在那座別莊上面一點的是聖吉諾拉摩別莊，原先是個女修道院，古堡似的城垛讓這裡成爲德軍的最後據點。這裡住了一百名官兵。當山城像海上戰艦般被炮彈打得四分五裂時，部隊就由架在果園中的帳篷搬進這座老修道院裡現在擠滿了人的房間。小禮拜堂有部分遭到炸毀。別莊最上一層也有部分在爆炸中成了瓦礫。等到聯軍終於攻占這幢建築而設立成醫院時，通往三樓的階梯都封閉了，雖然有一部分煙囪和屋頂還保存下來。

當其他護士和病患搬到南方比較安全的地方去時，她和那個英國病人堅持留了下來。在這段時間裡，他們很冷，沒有電力。有些房間臨著山谷，卻沒有了牆壁。她有時打開一扇房門，看到只有一張濕透的床擠在一角，上面蓋滿了落葉。很多扇門打開就是外面的風景。有些房間成了敞開的鳥舍。

士兵撤離之前放了把火，燒掉了樓梯最底下的幾階。她到圖書室裡，取來二十本書，釘在地板上，再往上疊起，就這樣重建了最下面的兩級階梯。大部分的椅子都拿去生火了。圖書室裡那張扶手椅之所以能留在那裡，是因爲那椅子始終是濕的，被夜晚的暴風雨由炮彈洞裡打進來淋得濕透。所有潮濕的東西，在一九四五年四月的那場火裡都逃過了一劫。

那裡還有幾張床留下。她喜歡帶著自己的床墊或吊床在房子裡隨處去睡。有時睡在那英國病人的房間裡，有時在走廊上，看氣溫或風或光而定。到了早晨，她把床墊捲起來，用繩子綑成一捲。現在天氣暖和多了，她打開更多的房間，讓那些黑暗的地方通風，讓陽光把潮濕的地方曬乾。有幾晚她打開房門睡在那些少了牆壁的房間裡。她把床鋪在房間的邊上，面對著那一片星星和流雲的風景，被轟隆的雷聲和閃電吵醒。她才二十歲，很瘋狂，也不在乎這時候的安全問題，對圖書室裡可能埋了地雷或半夜裡使她驚起的雷電等等的危險也毫不感到不安。在先前那寒冷的幾個月裡，她一直受限於黑暗和安全的空間裡，讓她感到焦躁。她走進那些被士兵們弄髒了的房間，那些家具在裡面被燒掉了的房間。她清除掉落葉、屎尿和燒成焦炭的桌子。她過著流浪者的生活，而在另一個地方，那個英國病人則像一個國王似地躺在床上休息。

從外面看來，這個地方好像已經荒廢了。一道外面的樓梯消失在半空中，欄杆懸吊著。他們的生活猶處於搜尋而未定的安全狀態。他們在夜間只使用必要的燭光，因爲部隊拿走了能拿的一切東西。他們能安然無恙只因爲這座別莊看起來像一個廢墟。可是她在這裡覺得很安全，半像大人，半像孩子。在戰爭中遇到那些事之後，她給自己訂下幾條規矩。她不要再聽命於人，或是爲了大我而遂行某些責任。她只要照顧這個燒傷的病人。她念書給他聽，替他洗澡，給他打嗎啡——她唯一來往的就是他。

她在花園和果園裡忙著。她把那六呎高的十字架由炸毀的小禮拜堂裡搬出來，把十字架在她播種的地上做成個稻草人，掛上空的沙丁魚罐頭，風一吹就乒乒乓乓亂響。在別莊裡，她會由瓦礫堆走到一處點了蠟燭的壁龕，那裡有她收拾得整整齊齊的箱子，裡面沒有多少東西，只有幾封信，幾件捲起來的衣服，一個裝了醫藥用品的鐵盒子。她只清理了別莊裡的一小部分，而這些只要她高興的話，都可以一把火燒掉。

她在黑暗的走廊裡擦亮一根火柴。移過去點著了燭芯。光躍上了她的肩頭。她跪在地上。她把兩手放在大腿上，吸進硫磺的氣味，想像著自己也吸進了光。

她向後退了幾呎，用一支粉筆在木頭地板上畫了一個長方形。然後繼續往後退，又畫了很多個長方形，結果像金字塔似地一層疊一層，先是一個，再是並排的兩個，然後又是一個。左手平撐在地板上，低著頭，十分認眞。她退得離燭光越來越遠。最後她直起身來，將重心落在腳後跟上，佝僂著坐在那裡。

她把粉筆放進衣服口袋裡，站起來，把鬆垂的裙子下襬撩起來，在腰間打了個結。由另一個口袋裡摸出一塊鐵片，朝前面丟了出去，正好落在最遠的方格子裡。

她跳向前去，兩腿用力往下蹬，她的影子在她身後直蜷進走廊深處。她的動作很快，球鞋踩在她先前寫在每個長方形裡的數目字上。一腳著地，再是兩腳著地，然後又是一腳，一直到她到了最後的方格裡。

她彎下腰，撿起那塊鐵片，她停頓在這個位置，一動也不動，裙子仍然塞在大腿上方，兩手自然下垂。用力地呼吸。她深吸一口氣，吹熄了蠟燭。

現在她置身在黑暗之中，只有煙的味道。

她一躍而起，在半空中側轉身子，因此落下地時面朝另一個方向，然後比先前更狂亂地在黑暗的走廊中向前跳去，仍然落腳在她知道畫在那裡的方格之中。她的球鞋砰然有聲地重重落在黑黑的地板上——使得聲音在這間空蕩蕩的義大利別莊裡處處響起回聲，還向外傳向月亮，以及如一道疤般半繞著這棟建築的峽谷。

有時在夜間，那燒傷的男人聽到屋子裡有輕微的震動聲。他放大了助聽器的音量，來聽那個他始終還弄不清楚也難確定是什麼的砰砰聲響。

她拿起那本放在他床邊小桌子上的筆記本。那是他由火裡帶出來的一本書——是一本希羅多德所寫的《希臘波斯戰爭史》，裡面有他添加的很多東西，由其他書本裡剪下而貼進來的書頁，或是他自己的意見寫在裡面——全都和希羅多德的文字擠在一起。

她開始看他小而潦草的字跡。

在摩洛哥南部有一種旋風，叫aajej，埃及和敘利亞一帶的農夫都用刀對抗以自保。還有africo，有時會吹到羅馬城裡。alm是從南斯拉夫吹來的秋風。arifi，也叫做aref或是rifi，灼熱得像有無數火舌。這些全是目前都還有，永遠不變的風。

也有其他的風，不那麼始終如一，卻會改變方向，會吹倒馬匹和騎士，自己還會以逆時針方向反轉的。bist roz摸進阿富汗，長達一百七十天——埋掉了好多村落。有從突尼斯吹來又熱又乾的ghibli，不斷地翻滾，令人緊張不安。haboob——一種蘇丹的沙風暴，形如一堵鮮黃色的一千公尺高牆，接著會下大雨。harmattan一路吹過去，最後自己淹死在大西洋裡。imbat是北非的海風。有些風直升上天際，夜晚的沙風暴隨著寒冷而來。khamsin是埃及三月到五月間的沙塵暴，名字是由阿拉伯文的「五十」而來，前後長達五十天——是埃及的第九大天災。datoo來自直布羅陀，帶來香氣。

另外還有——，是沙漠中一種祕密的風，名字被一位兒子死於這種風中的國王抹消了。還有nafhat——由阿拉伯來的陣風。mezzar-ifoullousen——暴烈而寒冷的西南風，北非原住民巴巴里人說是「會拔掉雞毛的風」。beshabar是由高加索吹來既黑又乾的東北風，又叫「黑風」。土耳其的Samiel，「毒風」，通常用在作戰時。其他的「毒風」還有北非的simoom，而solano，其中的沙塵會吹落花瓣，令人頭昏眼花。

其他的，比較個人性的風。

像洪水一般捲地而來。吹掉牆上粉刷的石灰，吹倒電線桿，吹走石頭和雕像的頭。harmattan吹過撒哈拉沙漠，充滿了紅色沙塵，沙塵像火，像麵粉，會吹進長槍的槍機，然後結在裡面。水手稱這種紅風叫「黑暗之海」。由撒哈拉吹來的紅色塵霧甚至可以遠到北方的康瓦爾和德文港，造成的泥雨大到也被誤認爲血。「在一九〇一年，葡萄牙和西班牙各地都有血雨的報導。」

空氣中永遠都有幾百萬噸的灰塵，正如在地球上有好幾百萬立方的空氣，而泥土裡的活物（蟲子、甲蟲和地下的生物）又比存在於地上的更多。希羅多德記錄了很多軍隊被simoom吞沒之後再無蹤跡。其中一段說：「他們被這種妖風激怒得向之宣戰，列陣迎戰，卻只迅速地完全埋葬其中。」

狂風沙有三種形狀：旋風、風柱、風牆。在第一種裡，地平線都消失不見。在第二種裡，你被「舞動的精靈」包圍。第三種，風牆，是「銅色的，大自然有如著了火一般」。

她放下書，抬起眼來，看到他的兩眼望著她。他開始在黑暗中說了起來。

貝都因人讓我活著是有原因的。妳知道，我很有用。我的飛機墜毀在沙漠裡的時候，有人認爲我有某種技巧。我是一個只憑地圖上簡單的形狀就能認出一個未名城鎮的人。我隨時都有各種資料像海一般存在我體內。我這個人若是獨自留在某人家裡的話，就會走到書櫃前，抽出一本書來就看得入迷。我懂得海底的地圖，顯示地殼弱點所在的地圖，畫在皮上、包含有十字軍東征時各路線的地圖。

因此我在墜毀到他們之中以前就已經知道他們的地方。知道亞歷山大大帝在很早的年代就因爲這個理念或那種貪念而橫越過這裡。我熟知遊牧民族醉心於絲綢或水井的習俗。有一個部落把整個山谷染黑，以增加對流而可能使老天降雨，或建造很高的建築來刺穿雲的肚腹。有些部落在起風時會伸起張開的手掌抵擋，他們相信如果這種做法在時機上拿捏得準的話，可以把風暴打偏到沙漠中鄰近的部分，轉向另外一個不受喜愛的部落。風沙不斷地淹沒下，一些部落突然走入歷史。

在沙漠裡很容易喪失區位劃分的感覺。當我由空中墜落到沙漠裡，墜入那一片黃沙中的時候，我心裡只想到：我一定要造一個筏子……，我必須造一個筏子。

而在這裡，雖然我是在乾旱的沙裡，我卻知道我是在水的民族之中。

我在阿爾及利亞的阿哲高原看到刻在岩石上的畫，當時撒哈拉的人乘著蘆葦船獵水馬。在埃及的瓦迪蘇納，我看到山洞裡的壁上畫滿了游泳的人，那裡以前是一個湖，我可以在牆上爲他們把湖的形狀畫出來。我可以帶他們到六千年前的湖邊去。

去問個行船的人，史上最早的船帆是什麼模樣，他就會形容是一塊掛在蘆葦船桅桿上的梯形，這在蘇丹的奴比亞岩畫上就看得到。在古埃及王朝統治之前。時至今日，在沙漠中還找得到魚叉。這些都是水的民族。即便是今天，旅行商隊看來還像一條河。不過，現在水在這裡倒成了陌生人，水是逃亡在外的，用罐子和瓶子帶回來，是在你兩手和嘴之間的鬼魂。

當我迷失在他們之中，不確定自己身在何處時，我所需要的只是一帶小山脊的名字、一個當地的習俗、一個已絕種動物的細胞，這個世界的地圖就會出現。

我們大多數人對非洲的這些部分知道些什麼呢？尼羅河的大軍來來去去——一個深入沙漠八百哩的戰場。快速輕型坦克車。布萊尼姆式中程轟炸機。格鬥士雙翼戰鬥機。八千人。可是誰是敵人？誰又是這個地方的盟軍呢——是利比亞昔蘭尼加的肥沃土地，還是利比亞阿給拉的鹹水沼澤？全歐洲都在北非、在西迪雷吉、在巴格城打他們的仗。

他躺在貝都因人後面拖著的滑橇上在黑暗中走了五天，罩子蓋在他身上。他躺在浸滿了油的布裡。然後氣溫突然降低，他們到了高高紅色峽壁之間的山谷裡，和這沙漠的水部落其他人會合，他們散開來，滑過沙丘和石頭，藍色的袍子飄動，好像潑灑的牛奶，或是翅膀。他們把軟布由他身上揭開，拉離了他的身體。他置身在如一個更大子宮的峽谷裡。在他們上方高處嗡嗡作響的蟲子滑下一千年進入他們紮營的石縫裡。

到了早上，他們把他抬到siq（峽谷）的另外一頭。現在他們在他旁邊大聲說話了。話語突然清楚了。他之所以在這裡是因為那些埋藏起來的槍械。

他被抬向什麼東西，他蒙上了雙眼的臉向著正前方，而他們拉著他的手向前伸出一碼左右。經過多日的旅行，來此往前一碼。俯身向前，爲了某個目的而去摸什麼東西，他的手臂伸著，手掌向下，張了開來。他摸到了輕機槍的槍身。而抓住他的手放開了，四周的聲音一下子停了下來。他是到這裡來認槍的。

「十二毫米口徑的布里達機關槍。義大利來的。」

他拉開槍機，把手指伸進去，發現裡面沒有子彈，就把槍機推回去，扣了扳機。砰。「很有名的槍。」他喃喃地說道。他們又把他向前抬去。

「法國製的七點五毫米口徑，沙泰勒羅輕機槍，一九二四年的產品。」

「德國製七點九毫米口徑，ＭＧ—十五空軍用槍。」

他被帶到每一支槍前面。那些武器似乎來自不同的年代和很多個國家，像是沙漠中的一座軍械博物館。他摸著那些收藏品和子彈的外形或是摸著準星，說出那支槍的名稱，然後再被抬到另一支槍前。有八支槍很鄭重其事地遞到他手裡，他大聲地說出名稱，先用法語，再用那個部落的方言。可是他們在乎的是什麼？也許他們需要的並不是那些名稱，而是要曉得他知道這些槍支是什麼。

又有人抓住了他的手腕，他的手伸進一盒子的彈藥裡。右邊另外一個盒子裡是更多的子彈，這回是七毫米的子彈，然後是另外一些。

他小時候，是在一個阿姨家長大的，在她家的草坪上，她把一副撲克牌面朝下地散在草上，教他玩佩爾曼記憶訓練紙牌戲。參與遊戲的每一家每次可以翻開兩張牌，最後，要根據記憶配對。這類情景也出現在另外一個場合，一條有鱒魚的溪流邊，他可以由停頓的方式來判定是哪種鳥的叫聲。一個萬事萬物各有名稱的世界。現在，他的臉上蓋著藥草做成的面具，蒙住了雙眼，他拿起一顆子彈，指示抬著他的人帶他走向一支槍。裝上子彈，關上槍機，舉到空中開槍。槍聲如發狂般地沿著峽谷兩邊的山壁一路響過去。「因為回聲乃是在空曠處激動起來的聲音之靈魂。」這是一個別人認爲憂鬱而瘋狂的人在一家英國醫院裡寫下的句子。而他，現在在這個沙漠裡，神智清醒，思路清晰。撿起牌來輕鬆地配對，他的笑臉飛向他的阿姨，把每一個成功組合射入空中。漸漸的，那些在他四周而他看不見的人對每一槍都報以歡呼。他會轉過去面對一個方向，然後這回是乘著他那頂奇怪的人轎回到布里達機關槍那裡，後面跟著一個人，拿著一把刀，在放子彈的盒子和槍支上做記號。他享受著這一切——他的動作和獨角戲過後的歡呼。這是他以他的技巧對那些爲這樣的目的而救了他的人付出的報酬。

有好些他和他們一起去到的村落裡都沒有女人。他的知識成爲有用的資產，由一個部落轉到另一個部落。代表了八千人的各個部落。他遇到特殊的風俗習慣，聽到特別的音樂。他大部分時間蒙住雙眼，聽到姆吉納族以狂喜的聲音唱的汲水歌、dahhiya舞、在緊急時用來傳訊息的笛子、makruna雙笛（其中一支始終發出單調的低音）。然後進入五弦琴的領域。一個屬於前奏或間奏的村落或綠洲。擊掌，輪唱的舞蹈。

只有在天黑之後，才讓他看，讓他看到俘虜他和拯救他的人。現在他知道自己身在何處。因爲有些他畫過超出他們疆界的地圖，而另外一些他說明槍支機械原理的部落也一樣。那些樂手隔著火堆坐在他對面。simsimiya琴的音符被一陣微風帶走。或是那些音符越過火焰向他而來。有一個男孩在跳舞。在這樣的光線下，是他所見過最能挑起他慾望的事物。他細瘦的肩膀白如紙草，火光映照著他肚子上的汗水，由他所穿藍色袍服敞開的部分看到的裸體，形成由頸部到腳踝的一線誘惑，把他自己展露成一道棕色的閃電。

夜晚的沙漠包圍著他們，偶爾有風暴和旅行商隊通過。他四周永遠有祕密和危險，比方說在蒙住他雙眼時，他移動了手部，結果被沙子裡的一把雙面刀片割傷。有時他不知道自己是不是在作夢。那一刀割得乾淨俐落得一點也不痛，他得把血塗到頭上（他的臉部仍然碰觸不得）來讓俘虜他的人知道他受了傷。這個沒有女人的村落，送他進來時毫無一絲聲息，還有整個月來他都沒有見到月亮。這些是造出來的嗎？是他裹在油和毛氈以及黑暗中所夢到的嗎？

他們經過一些裡面的水有毒的井。在一些空曠的地方有隱藏的城鎮，他等著他們挖穿沙子進到埋藏的房間裡，或是等著他們挖到水源。還有那純眞的舞蹈男孩純淨的美，有如一個男童合唱團的歌聲，在他記憶中是最純淨的聲音，最清澈的河水，最透明的深海。在沙漠裡這個地方，原先是一片老舊的海洋，裡面沒有任何拴得住或留得下的東西，一切都在漂流——就像那男孩身上飄動的袍子，好像他是在擁抱或脫離一個大海或他自己的藍色胞衣。一個令自己亢奮的男孩子，他的生殖器襯在紅火之前。

然後那火用沙蓋熄了，煙在他們四周繚繞。樂器聲低了下來，有如脈動或雨聲。那個男孩子將手臂伸過來，伸過已經消失的火，讓笛子噤聲。那個男孩子不見了，他離開時也不聞腳步聲。只剩下借來的破衣服。其中一個人爬到前面，收集起落在沙上的精液，帶到那說明槍支的白人面前，交到他手裡。在沙漠裡最看重的就是水了。

她站在水槽前面，用手緊緊抓住，望著塗了灰泥的牆壁。她早已把所有的鏡子都取了下來，收在一個空房間裡。她抓緊了水槽，把頭擺來擺去，造成影子的移動，她沾濕了兩手，把水梳進頭髮裡，弄到整頭濕透。這讓她冷靜下來，而她很喜歡在走到外面的時候，有微風吹拂著她，消除了雷聲。

二、在幾近廢墟中

那個手上纏著繃帶的男子在羅馬這所軍醫院裡已經有四個多月，才偶然聽說那個燒傷病人和那個護士的事，聽到了她的名字。他在門口轉過身來，走回到他剛才經過的那一群醫生身邊，想知道她在哪裡。他在這裡休養已經有很長一段時間，大家都覺得他是個一直躲著別人的人。可是現在他卻和他們說話，問到那個名字，使他們大爲吃驚。他在這裡的那段日子裡，從來沒有開口說話，只是用手勢和皺著的眉頭，以及偶爾咧嘴一笑來與人溝通。他什麼都沒有透露，甚至沒說他的名字，只寫出了他的兵籍號碼，顯示他是盟軍的一員。

他的身分經過再三查證，由倫敦來的訊息加以證實。他身上有某些疤痕。於是那些醫生又回來看他，和他手上包著的繃帶，原來他是一個想要安靜的名人，一個戰地英雄。

他這樣最感到安全。什麼也不透露。不管他們對待他多客氣或是哄騙他或是以刀威脅都一樣。四個多月來，他沒有說過一句話，在他們面前，他就像一隻巨大的野獸，送進來時已幾近全毀。他們給他一般用量的嗎啡來爲他兩手止痛。他總是坐在黑暗中一張扶手椅上，看著病人和護士如潮來潮往般進出於各個病房和貯藏室。

可是現在，他在走廊上經過那群醫生身邊時，聽到那個女人的名字，他慢下腳步，轉過身來走到他們面前，特別問到她是在哪個醫院裡工作。他們告訴他說，那是一間古老的女修道院，先被德軍占領，等盟軍收復之後，改成了醫院。就在佛羅倫斯北方的山裡。大部分已經炸毀。很不安全。那裡只是個暫時性的戰地醫院。可是那個護士和那個病人卻拒絕離開。

你們為什麼不強迫他們南下呢？

她說那個病人病重得不能搬動。我們當然可以很平安地把他帶到這裡來，可是根本沒有時間爭論。她自己的情況也不怎麼好。

她受了傷嗎？

沒有。大概有一部分是戰爭疲勞症吧，現在誰也不能強迫誰做什麼。病人自己離開醫院，部隊的人在運送回家之前就先逾假不歸了。

是哪一間別莊？他問道。

就是那間他們說花園裡有鬼的聖吉諾拉摩別莊。呃，她有個她自己的鬼魂，是個燒傷的病人。臉是有張臉，可是認不出來。所有的神經都死了。就算點燃一根火柴劃過他的臉，也不會有表情。那張臉睡著了。

他是什麼人？他問道。

我們不知道他的名字。

他不肯說話嗎？

那群醫生大笑了起來。不對，他說話，他一直在說話，他只是不知道自己是誰。

他是從哪裡來的呢？

貝都因人把他送到西瓦綠洲，然後他在比薩待了一陣子。然後……大概有哪個阿拉伯人戴著他的名牌。說不定哪天把名牌賣了，我們能拿到手，也可能他們根本不會賣掉。那些可是很了不起的護身符啊。所有墜毀在沙漠裡的飛行員——沒一個回來是有身分證明的。現在他窩在托斯卡尼的一所別莊裡，那個女孩子不肯丟下他。就是不肯。盟軍在那裡收容了一百個傷兵。之前德軍在那裡駐紮了一小群部隊。是他們的最後據點。有些房間裡畫了壁畫，每個房間有不同季節的風景。別莊外面是一道峽谷。全都在離佛羅倫斯大約二十哩的山裡。你當然需要有通行證。我們大概可以找個人開車送你去。那裡還是很可怕。死了的家畜。開槍射殺的馬，吃掉了一半。人倒吊在橋上，戰爭最後的惡行。完全不安全。工兵還沒到那裡去清理。德軍撤退的時候，一路埋設了好多地雷。那個地方當醫院太可怕了。死屍的臭味是最糟糕的一點。我們需要一場大雪來清理這個國家。我們需要大烏鴉。

謝謝你。

他走出醫院，到了外面的陽光下，幾個月來，他還是第一次走到室外，走出了那在他心裡像玻璃似的亮著綠光的房間。他站在那裡將一切吸入，每個人的匆忙。首先，他想道，我需要有橡皮底的鞋子。我需要gelato（冰淇淋）。

他發現在火車上很難入睡，因爲身體一直左右搖擺。在那節車廂裡其他的人都在抽菸。他的太陽穴不停地撞在窗框上。每個人都穿著暗色的衣服，而那麼多點著的香菸讓車廂裡看來像著了火一樣。他注意到每當火車經過一處墓地的時候，他周圍的人都會畫十字。她自己的情況也不怎麼好。

gelato（冰淇淋）是爲了扁桃腺，他記得。他陪著一個女孩子和她父親去割她的扁桃腺。她只看了那間住滿其他孩子的病房一眼就斷然拒絕。這個所有孩子裡最隨和親切的女孩子突然變成一塊堅拒的石頭，堅定不移。就算今天算命的也勸她動這個手術，也休想從她喉嚨裡割了什麼去。她要把那個留在她身體裡過一輩子，不管「那個」到底是什麼長相。他一直搞不清楚扁桃腺是什麼東西。

他們始終沒有碰過我的頭，他想道，這實在是很奇怪。最壞的時候就是他開始想像他們下一步要做什麼，下一步要割哪裡。在那些時候他總是想到他的頭。

天花板上像有老鼠跑過。

他提著旅行包站在走廊的那一頭。他把包包放下，隔著黑暗向中間那幾圈燭光揮手。他走向她時沒有發出腳步聲，地板上一點聲音也沒有，這會讓她吃驚，卻也讓她感到熟悉而安心，他能悄無聲息地接近她和那英國病人的私密空間。

在他經過長長走廊中的燭光時，燭光將他的影子投在他身前，她轉高了油燈的燈芯，放大了她周圍的光圈。她一動也不動地坐著，那本書放在她懷裡，而他走到她面前，在她身邊像個叔叔那樣蹲了下來。

「告訴我扁桃腺是什麼？」

她兩眼瞪著他。

「我一直記得妳氣沖沖地走出了醫院，讓兩個大人跟在後面。」

她點了點頭。

「妳的病人在那裡面嗎？我能不能進去？」

她搖著頭，一直搖到他再開口說話。

「那，我明天再看他。只要告訴我該去哪裡。我不需要床單。這裡有廚房嗎？爲了找到妳，這一趟路程眞奇怪。」

等他順著走廊走了之後，她回到桌子前坐了下來，渾身顫抖。需要這張桌子和這本看了一半的書來讓她自己定下神來。一個她認得的男人千里迢迢坐著火車來，又從村子裡爬了四哩山路和長長走廊到這張桌子邊，只爲了來看她。過了幾分鐘後，她走進那個英國人的房間，站在那裡低頭看著他。月光照著牆上的枝葉，也只有在這樣的光下，那些畫看起來才像眞的，她都可以將花摘下來插在衣服上了。

那個叫卡納瓦吉奧的男人把那個房間裡所有的窗子全都推開，好讓自己能聽到夜裡的聲音。他脫了衣服，輕輕地用雙掌揉著頸子，在那張沒有鋪好的床上躺了一陣。樹的聲音，月光裂成銀色的小魚在外面星星狀的葉子上彈跳。

月光在他身上，像一層皮膚，一束清水。一個小時之後，他到了別莊的屋頂上，到了最高處，他注意到斜斜的屋頂上有好幾處炮彈炸毀的地方，別莊旁那兩畝毀了的花園和果園。他由他們在義大利存身之地的上方望出去。

早上，他們在噴泉旁遲疑地開始交談。

「妳現在既然已經到了義大利，就該找更多和威爾第有關的資料。」

「什麼？」她放下正在噴泉外洗滌的床單，抬起頭來。

他提醒她道：「妳以前有一回告訴我說妳愛上了他。」

漢娜低下頭去，感到很窘。

卡納瓦吉奧四下走動，第一次好好地看看這幢建築，由涼廊望進花園裡。

「沒錯，妳以前很愛他，用妳那些和威爾第有關的新資料把我們搞得快瘋掉了。他眞了不起！妳說，在每方面都是最好的。我們還非同意妳不可，那個神氣十足的十六歲的妳。」

「不知道她後來怎麼了。」她把洗好的床單鋪開在噴泉邊上。

「妳以前是一個具有危險意志力的人。」

她走到石板路對面，石板縫裡長著青草。他注意看著她穿了黑色絲襪的雙腳，薄薄的棕色衣裳。她靠在欄杆上。

「我必須承認，我想我到這裡來，的確是在心裡有什麼讓我爲了威爾第而來。當然也因爲你走掉了，我爹也去打仗了……。你看那些老鷹。牠們每天早上都在這裡。這裡其他的一切都毀了，七零八落的。整個別莊裡唯一的活水就在這個噴泉裡。盟軍撤離的時候把水管都拆掉了。他們以為那樣就能逼我離開。」

「妳應該走的，他們還得清理這個地區。這裡到處都有未爆的炸彈。」

她走到他面前，伸出手指來按在他嘴上。

「我很高興能見到你，卡納瓦吉奧，沒有別人比得過。別說你之所以到這裡來是想勸我離開的。」

「我想找一家有架華麗茲鋼琴的小酒吧去喝一杯，而不會有操他媽的炸彈爆炸，聽聽法蘭克·辛那屈唱歌，我們得弄點音樂來。」他說：「對妳的病人有好處。」

「他現在還在非洲。」

他望著她，等她講下去，可是關於那個英國病人也沒什麼好說的了。他喃喃地說：「有些英國人就愛非洲。他們的腦子裡有一部分完全和沙漠一樣。所以他們在那裡也不會覺得陌生。」

他看到她微微地點了點頭。一張細瘦的臉，頭髮剪得很短，沒有了長髮的遮掩和神祕。說起來，她在這個她的世界裡似乎很平靜。噴泉的水聲在後面不住地響著，那些老鷹，別莊裡遭到摧毀的花園。

也許這才是走出戰爭的方法，他想道。有個燒傷的病人要照顧，有些床單要在噴泉裡洗乾淨，有個畫得像花園的房間。好像剩下的一切都是由遙遠的過去所留下來的，遠溯到威爾第之前，十五世紀佛羅倫斯梅迪奇家族的人在考慮要裝設欄杆或窗子，夜裡舉著一支蠟燭，對著請來的一位建築師——

十五世紀最好的建築師——要求有更令他們滿意的東西來框住這所別莊。

「如果你要住下來的話，」她說：「我們就需要更多的食物。我種了些蔬菜，我們有一袋豆子，可是我們需要幾隻雞。」她看著卡納瓦吉奧，知道他以前的技巧，但沒說出來。

「我膽子小了。」他說。

「那，我陪你一起去，」漢娜自告奮勇地說：「我們一起動手。你可以教我怎麼偷東西，告訴我該做些什麼。」

「妳不明白。我沒膽子再做了。」

「爲什麼？」

「我給逮到了。他們差點砍掉了我操他媽的兩隻手。」

到了夜裡，那個英國病人睡著了，或是甚至在她獨自在他房門外看了一陣子書之後，她去找卡納瓦吉奧。他會在花園裡，躺在噴泉的石頭邊緣上仰望著星星，或是她會在一處比較低的露台上碰到他。在這初夏的天氣裡，他覺得夜裡很難留在室內。大部分時間，他都在那破了的煙囪旁邊的屋頂上，可是看到她的身影橫過露台來找他的時候，他就會悄無聲息地滑下來。她會在那位伯爵的無頭雕像附近見到他，當地的貓裡有一隻喜歡坐在雕像的那一截脖子裡，有人類過來的時候，就會坐得端端正正地，一面流著口水。他總讓她覺得是她找到了他，這個熟知黑暗的男人，喝醉酒時常說他是由一家子貓頭鷹養大的。

有兩隻貓頭鷹停在高處，遠方是佛羅倫斯和那裡的燈光。在她看來，他有時很激動，有時又太鎭定。在陽光下，她更能注意到他的行動，注意到他綁著繃帶的兩手上面的雙臂僵直，還有在她指著山上的什麼東西時，他會將整個身子轉過去看，而不是只轉動脖子。可是這些事她一句也沒跟他提起。

「我的病人認爲把孔雀骨頭磨成粉是一種很好的癒合劑。」

他抬眼望著夜空。「嗯。」

「你當時是個間諜嗎？」

「也不完全是。」

他覺得在黑暗的花園裡，只有樓上那個病人房間裡閃著燈光，讓他更爲自在，也不像那樣暴露在她面前。「有時候會派我們去偷東西。發現我既是個義大利人，又是個賊，他們簡直不相信有那麼好的運氣，迫不及待地要利用我。我們大約有四、五個人。我有一陣子做得滿好的。後來我意外地被拍了照片。妳想得到嗎？

「我當時穿著燕尾服，像耍猴戲似的服裝，爲的是要混進那次集會，一場舞會，去偷一些文件。我其實還不過就是一個賊。不是什麼了不起的愛國者，不是什麼了不起的英雄。他們只是讓我的技巧派上了用場。可是有個女人帶了照相機來，照著那些德國軍官的照片，而我在穿過跳舞廳時，走到一半被照個正著，剛跨了半步，快門的聲音使我把頭朝那邊轉了過去。因此突然之間未來的一切都變得危險了。那個女人是某位將軍的女朋友。

「在戰時拍的所有照片都交由政府的實驗室去沖洗，由蓋世太保檢查，所以我這個顯然不在賓客名單上的人，等到底片送進米蘭的化驗室之後就會由一名官員列入檔案。也就是說我必須想辦法把那捲底片先偷回來。」

她去看了下那個英國病人，他沉睡的身子大概是在好幾哩外的沙漠裡，正由一個不斷把手指伸進他兩隻腳掌合成的碗裡、再俯身向前、把黑黑的泥漿塗在他燒傷臉上的人，爲他治療。她想像著那隻手的重量落在她臉頰上。

她沿著走廊走下去，爬進她的吊床，在離地時讓吊床晃動起來。

在入睡前的時刻最讓她感到活力十足，躍過那一天的點點滴滴，把每一刻都隨她帶上床來，就像個孩子帶著教科書和鉛筆一樣。在這些時刻之前，這一天看來毫無秩序，現在的時刻則如同她的一本帳冊。她的身體裡充滿了故事和狀況。比方說卡納瓦吉奧就給了她一些東西。他的動機，一場好戲，和一個偷竊的意象。

他駕著車離開了舞會。車子輾過通往外面的那條弧度不大的石子路，發出輕響，在夏夜裡黑如墨水。在科西馬別莊舞會的後半夜裡，他一直在看著那個拍照的女人，每次她朝他這邊拿起相機時，就將身子轉開。現在他知道有照相機了，就能避開。他靠近可以聽到她說話的地方，她的名字叫安娜，是個軍官的情婦，會在這間別莊裡過夜，明天早上再動身往北經過托斯卡尼。這個女人的死或突然失蹤只會引起懷疑。近來只要是不尋常的事都會引起調查。

四個小時之後，他腳上只穿著襪子跑過草地，被月光畫出的影子蜷在他身下。他在石子路邊停了下來，緩緩地踩過石頭。他抬頭看著科西馬別莊，那些如方形月亮的窗子。那是戰時女性的皇宮。

一道汽車前燈的光——像由管子裡噴灑出來——照亮了他走進去的那個房間，他又在跨了半步時停了下來，看到那同一個女人的兩眼望著他。有個男人壓在她身上動著，手指插在她的金髮之中。他知道，儘管現在他全身赤裸，她也看得出他正是先前在擁擠的舞會中拍到的那同一個男人，因爲他純屬偶然地以同樣的姿勢站著，因爲燈光暴露了他在黑暗中的身影而吃驚地半轉過身子。車燈的光掃向房間的一角，接著就消失了。

然後是一片黑暗，他不知道該不該動，不知道她會不會輕輕地告訴那個正在幹她的男人說房間裡還有另外一個人。一個光著身子的賊。一個赤身露體的刺客，他是不是應該——把他的雙手伸出去弄斷脖子——走向床上的那對男女呢？

他聽到那個男人繼續做愛的聲音，聽到那女子的靜默——沒有低聲耳語——聽到她在思想，她的兩眼在黑暗中望向他這邊。用詞應該是思考吧，卡納瓦吉奧的思路轉向這一方面的考慮，是另外一個詞句，意謂著思索，有如一個工匠在做一輛只完成一半的腳踏車。文字是很微妙的東西。他的一個朋友曾經這樣對他說過，文字比拉小提琴更多花招。他的腦海中回憶起那女人的金色頭髮，以及金髮上綁的黑色緞帶。

他聽到車子掉頭回來，等著另一道光照過。那時由黑暗中浮現的臉仍如一支箭般對著他。光由她臉上往下掃過那位將軍的身體，掃過地毯，再一次掃過卡納瓦吉奧。他已經看不見她了。他搖了搖頭，然後做了個割斷她喉嚨的手勢。把她的相機拿在手裡讓她明白是怎麼回事。然後他又隱身在黑暗中了。他聽到她向她的愛人發出一聲愉悅的呻吟，而他知道這是她在向他表示同意。沒有說話，沒有任何諷刺的暗示，只是和他訂約，用暗號表示了解，於是他知道自己現在可以安全地退到陽台上，再向外躍進黑暗中。

要找到她的房間可是困難多了。他進了別莊，悄沒聲息地經過半隱在暗處的走廊上的十七世紀壁畫。那裡有好幾間臥室，有如一套金色西裝裡的黑色口袋。他唯一能經過警衛的方法就是裝出一副天眞的模樣。他將身上的衣服全部脫光，留在一個花壇裡。

他光著身子慢慢地由樓梯走到二樓有警衛在的地方，彎下腰來笑著遮掩，因此他的臉幾乎貼在自己的肚子上，跟警衛胡扯他今晚的邀約，al fresco（好冷），是吧?還是褻瀆了a cappella（小禮拜堂）。

三樓有一條長走廊，一名警衛站在樓梯口，另外一名則在二十碼外的那一頭，距離太遠了。所以要很戲劇化地走這一段，而卡納瓦吉奧現在必須表演一番。在站在入口、帶著懷疑和輕蔑眼光的一對書擋注視下，光著屁股露著下體往前走，在一段壁畫前停了一下，看著畫上一隻在樹叢裡的驢子。他把頭靠在牆上，幾乎要睡著了似的，然後又走了起來。踉蹌了一下，馬上打起精神，像軍人似地走著小快步。擺動的左手向天花板上和他一樣光著屁股的小天使揮舞著，一個賊在敬禮，然後如跳舞般地滑過去一小段，壁畫在他身邊飄過，城堡、黑白兩色的大教堂、升天的聖人，都出現在這個戰時的星期二，爲了拯救他的僞裝和他的生命。卡納瓦吉奧是要來找他自己的照片。

他輕拍著裸露的胸口，好像在找他的通行證。又用手抓住老二當鑰匙想開門讓他進入有警衛守著的那個房間。他一面笑著，踉蹌後退，對自己的失敗感到生氣，然後哼著歌走進隔壁房間。

他打開窗子，跨到外面的陽台上。一個又黑又美的夜晚。然後他爬出陽台，盪到下一層的陽台上。他現在才能進入安娜和她的將軍所在的房間。那裡除了一陣香水味之外什麼也沒有。沒有腳印，沒有影子。好多年前，他向一個朋友的孩子說過一個人找自己影子的故事——就像他現在也在一張底片上找他自己的影像。

進到房間之後，他馬上注意到有性行爲開始進行。他的手伸進她丟在椅背上和地上的衣服裡。他躺了下來，在地毯上一路滾過去，以便能感覺到像照相機那樣的硬東西，接觸這個房間的表面。他悄無聲息地以扇形滾動，但什麼也沒有找到。房間裡連一絲光也沒有。

他站了起來，緩緩地將兩臂揮出，碰到一座大理石雕像的胸部。他的手順著一隻手摸過去——他現在了解那個女人的想法了——在手上掛著照相機的皮帶。接下來他聽見車聲，就在他轉身的時候，那個女人在突如其來掃過的車燈燈光中看見了他。

卡納瓦吉奧注意地看著漢娜。她坐在他對面，正視著他的兩眼，想要讀出他的心思，想要像他太太以前那樣弄清楚他的思路。他注意地看著她像在嗅著他的氣味，找著他的蹤跡。他把自己的行蹤埋藏起來，知道自己的兩眼毫無誤失，清如河水，像一片風景似地無懈可擊。他知道一般人會迷失在他眼中，而他能隱藏得很好。可是這個女孩子疑問地望著他，不解地歪著頭，好像一隻狗聽到不像人聲的語調或聲音在叫牠的反應。她坐在他對面，身後是那面暗暗的，血紅色的牆，他不喜歡這片牆的顏色，而她的黑髮，她的表情，窈窕的身材，還有由鄉下的陽光曬成橄欖色的皮膚，在在都讓他想起他的妻子。

最近他都沒有想到他的妻子，雖然他知道他可以轉頭就說出她的每個動作，描述她的任何一面，夜間她手腕擱在他心口的重量。

他坐在那裡，兩手放在桌子底下，看著那女孩子吃飯。他仍然喜歡一個人獨自吃東西，不過吃飯的時候他總是陪著漢娜坐在那裡。虛榮，他想道，凡人的虛榮。她曾經由窗子裡看到過他用手拿東西吃，就坐在小禮拜堂旁邊那道三十六級階梯的某一級上，沒有看見有刀叉，好像他在學著像東方人那樣進食。由他花白的鬍渣和黑色的上裝，她終於看到他屬於義大利的一面，她越來越注意到這點。

他注意到她襯在棕色和紅色牆前的皮膚和剪短頭髮的黑。他戰前就在多倫多認識了她和她的父親。當時他是個小偷，是個有家室的男人，帶著慵懶的自信在他所選擇的世界裡來去，對那些富人騙術高明，對他的妻子季安麗妲和這個他朋友的小女兒則風采迷人。

可是現在他們四周幾乎連世界也不存在了，逼得他們都只能靠自己。這些日子裡，在這個接近佛羅倫斯的山城中，下雨天就在室內，在廚房的一張軟軟的椅子上，或是在床上，或是在屋頂上做白日夢。他沒有什麼要付諸實施的計畫，他只對漢娜有興趣。而看起來她卻把自己拴在樓上那個垂死的男人身邊。

吃飯的時候，他坐在那個女孩子對面，看著她吃飯。

半年前，由比薩的聖塔奇亞拉醫院長廊盡頭那扇窗子望出去，漢娜可以看見一隻白獅子，獨自站在城垛頂上，和大教堂以及墓地的白色大理石顏色一樣，雖然那粗糙和未經雕琢的形體看來像是另一個時代的東西。像是由過去送來而不得不接受的禮物。不過她在這所醫院四周的事物裡最能接受它。半夜裡，她也會由窗子望出去，知道它會站在宵禁熄燈的暗處，會和她一樣在清晨值班時浮現。她會在五點或五點半，然後是六點鐘的時候抬起頭來，看它的側影和越來越亮的細部。每天晚上她在病人之間走動時，它都是她的哨兵。即使是在火炮攻擊下，軍方也把它留在那裡，更擔心的是那有名營區的其他地方——有這種瘋狂的邏輯，只因爲有那座像個畏戰的人似地斜著的高塔。

他們的醫院建築坐落在舊修道院的地上。那些數千年前由細心的修士們雕刻的東西，現在已經看不出那些動物的形體，而白天的時候，護士們用輪椅推著病人在這些消失殆盡的形體之間走動。看起來似乎只有白石能維持長久。

護士們也因爲周遭的人死去而得了戰爭疲勞症，或者起因也可能是如一封信等等的小事。她們會帶著一隻截斷的手臂走過走廊，或是清掃停不了的血，好像傷口是一口井。而她們漸漸的什麼也不相信，什麼也不信任。而她們崩潰的情形就像拆解地雷的人突然眼前的線路全亂了時一樣。漢娜是在聖塔奇亞拉醫院裡崩潰的，原因是有個軍官在一百張病床中間走了過來，給了她一封信，通知她父親陣亡的消息。

一隻白獅子。

就是在那件事過了一陣子之後，她遇到了這個英國病人——那個人看來像燒傷了的動物，拉得緊緊的，又黑。對她來說像一場賭博。現在，幾個月過去了，他現在是她在聖吉諾拉摩別莊裡的最後一個病人，他們的戰爭結束了，兩個人都拒絕和其他人一起回到安全的比薩一帶的醫院裡，所有的海港，像索倫托和比薩港，現在到處都是北美和英國的部隊，等著回家。可是她洗乾淨了制服，摺好，還給那些離開的護士。他們告訴她，不是每個地方的戰爭全都結束了。戰爭結束了，這場戰爭結束了。這裡的戰爭。他們說這樣做法像是開小差。這不是開小差，我會留在這裡。他們警告她說還有未清理的地雷，缺水缺糧。她上了樓去見那個燒傷的人，那個英國病人，告訴他說她也要留下來。

他什麼也沒說，甚至於無法把頭轉向她這邊，但是他的手指滑進了她白白的手裡，而在她俯身向他的時候，他黑色的手指伸進她的頭髮，在他的指縫間感覺很清冷。

妳多大年紀？

二十歲。

以前有個公爵，他說，臨死的時候要人把他抬到比薩斜塔一半高的地方，這樣他死時能向外看到一半遠的地方。

我父親的一個朋友希望在跳上海舞的時候死掉，我不知道上海舞是什麼，他自己也只是聽說過而已。

妳父親在做什麼？

他在……他在打仗。

妳也在打仗。

她對他一無所知。即使在照顧他一個多月，給他注射嗎啡之後也還是一樣。起先他們兩個人都很靦腆，尤其是在只剩下他們兩個之後更加明顯。然後這種情形突然就過去了。病人和醫生和護士和設備和床單和毛巾——全都回到山下，進入佛羅倫斯，再到比薩。她報虛帳藏起了止咳鎮痛的藥片，還有嗎啡。她看著他們離開，那一列卡車。那就，再見了。她在他房間的窗口揮著手，把百葉窗關了起來。

在別莊後面，有一堵高過房子的岩壁。房子的西邊是一個圍起來的長長花園。二十哩外就是佛羅倫斯城，經常消失在山谷的霧霾中。謠傳說住在隔壁老梅迪奇別莊中的將軍裡有一個吃了隻夜鶯。

聖吉諾拉摩別莊是爲了保護裡面的人不受魔鬼的肉慾侵擾而建的，外觀看來有如一座遭到圍攻的城堡，大部分雕像的手腳都在炮擊的前幾天裡就給炸掉了。在房舍與山水之間，在炸燬的建築物和燒燬炸爛的大地之間，似乎沒有什麼差別。對漢娜來說，那些狂野的花園就像另外一些房間，她在園子邊上工作，隨時注意到未爆的地雷。在房子旁邊一塊土壤肥沃的地方，她開始狂熱地開墾種植，那種熱情只有生長在城市裡的人才會有的。儘管大地遭到燒燬，儘管缺水。將來總有一天會有一座涼亭似的萊姆樹叢，會有好多綠光的房間。

卡納瓦吉奧走進廚房，看到漢娜佝僂著身子坐在桌子前面。他看不見她的臉或是藏在身體下的兩臂，只看到裸露的脖子，光著的肩膀。

她並不是靜坐著或睡著了。每次抽搐，她的頭就在桌子上抖動。

卡納瓦吉奧站在那裡。哭泣的人耗費的精力比做其他任何事所耗費的精力都多。現在天還沒亮。她的臉襯在黑黑的木頭桌子前。

「漢娜。」他說，而她整個人一動也不動，好像可以藉此把自己隱藏起來。

「漢娜。」

她開始呻吟，讓聲音成爲他們之間的一道屏障，一條河，而她在無法企及的彼岸。

他起先不知道是不是該觸摸她赤裸的身體，說道：「漢娜。」然後把他綁了繃帶的手放在她肩膀上。她的顫抖並未停止。那最深沉的悲傷啊，他想道。在那裡唯一能活下去的方法就是挖開一切。

她站了起來，仍然低垂著頭，然後貼靠著他站直，好像要將自己從那張桌子的磁場拉開。

「如果你想幹我的話就不要碰我。」

她腰以上的皮膚蒼白，在這間廚房裡，她只穿了一條裙子，好像她剛由床上起來，沒有完全穿好衣服就來到這裡，由山裡來的冷空氣進了廚房，將她罩住。

她的臉又紅又濕。

「漢娜。」

「你了解嗎？」

「妳爲什麼這麼仰慕他？」

「我愛他。」

「妳不愛他，妳仰慕他。」

「走開吧，卡納瓦吉奧。求求你。」

「妳一定有什麼原因才會把自己和一具屍體拴在一起。」

「我想，他是個聖人。一個絕望的聖人。世界上有這種東西嗎？我們的欲望就是要保護他們。」

「他甚至於根本不在乎。」

「我可以愛他。」

「一個二十歲的女孩子脫離這個世界去愛一個鬼魂！」

卡納瓦吉奧停了一下，「妳一定不能讓自己難過。傷心和憎恨是非常接近的。讓我告訴妳這一點，這是我學到的一件事。如果妳吃下別人的毒——以爲和他們分擔就能治癒他們——其實只會把毒留在自己體內。那些沙漠裡的人比妳聰明多了。他們認爲他很有用。所以他們才救了他，可是等到他沒有利用價值之後，他們就丟下了他。」

「不要管我。」

她一個人的時候，會坐下來，注意到腳踝的神經，腳踝在果園的花草中沾濕了。她剝開在果園中找到的一顆梅子，放進她衣服的黑黑棉布口袋裡。她一個人的時候，想像著會有什麼人沿著那條舊路在那十八棵柏樹的綠色天篷下走來。

英國人醒來的時候，她彎腰在他身上，把三分之一的梅子放進他嘴裡。他張開的嘴含住梅子，像含住水一樣，下巴沒有動。他看來好像因此高興得要哭出來。她能感覺到那塊梅子肉吞了下去。

他把手伸了起來，擦掉他嘴唇上舌頭舔不到的那點口水，再把手指放進嘴裡吮吸。讓我告訴妳梅子的事，他說。我小時候……

在過了最初那幾夜，大部分的床都當成燃料燒來取暖之後，她拿了一個死人的吊床，開始用了起來。她可以把釘子釘在任何一面她中意的牆上，釘在任何一個她想在那裡醒來的房間裡，把床浮在地板上那些髒東西和火藥以及汙水，還有從三樓下來開始出現的老鼠上方。每天晚上，她爬進由一個死去的士兵那裡拿來的吊床卡其色鬼影般的繩索裡。那個士兵是在她看護下過世的。

一雙球鞋和一個吊床。是她在這場戰爭中從別人那裡拿來的東西。她會在天花板上一道月光下醒來，身上裹著一件她總用來當睡衣的舊襯衫，自己的衣服掛在門邊的一根釘子上。現在熱多了，她可以這樣睡。之前，天冷的時候，他們得燒些東西。

她的吊床和她的鞋子還有她的衣服。她在這個自己建立起來的小世界裡很安全。另外兩個男人似乎是遠處的兩個星球，各自在他自己回憶和孤獨的星球裡。卡納瓦吉奧，是她父親在加拿大的一個常來往的朋友，在那時候，在那一大隊似乎是他自己投身其中的女人之間，總能屹立不搖而引起騷動。現在他躺在黑暗之中。他以前是一個賊，拒絕和男人一起工作，因為他不信任他們，他會和男人說話，但更喜歡和女人交談，而一旦他開始和女人說話，不久就會陷入情網。有時她在清早溜回家，會發現他睡在她父親的安樂椅上，因為職業上或個人的偷竊而疲累不堪。

她想到卡納瓦吉奧——有些人妳就是得去擁抱，不管是用什麼方式，必須咬著下唇，讓自己在他們面前保持理性。妳需要抓住他們的頭髮，像個溺水的人那樣抓住不放，好讓他們把妳拉進他們裡面去。否則的話，就算他們隨意地在街上走向妳，幾乎要揮手招呼，卻會跳過一道牆，一走就是好幾個月。他這個做叔叔的就常常消失不見蹤影。

卡納瓦吉奧單是把妳抱在懷裡，在他羽翼下，就能使妳心煩意亂。和他在一起，妳會沉浸在他的特質之中。可是如今他和她一樣躺在黑暗中，在這棟大房子的某個邊遠地方。所以卡納瓦吉奧在這裡，還有個沙漠來的英國人在這裡。

在整個戰爭期間，雖然有那麼多情況最糟的病人，她還是能在護士這個角色裡藏著一份冷淡而撐了過來。我能撐過現在這種情況的，我不會在這種情況下崩潰。這些都是埋在心底的句子，隨她經過戰事，經過他們偷偷接近或穿越的城鎮：烏比諾、安吉亞里、蒙特利其，最後進入佛羅倫斯，然後再往前進，終於到了比薩附近的另一個海洋。

在比薩的醫院裡，她第一次見到那個英國病人。一個沒有臉的人，一個黑色的深潭。所有的身分證明全都被火吞噬了。他好幾部分燒傷的身體和臉都噴上了丹寧酸，在他的皮膚上結成一層保護殼。他兩眼四周都塗上了厚厚一層紫色的植物性藥膏。在他身上沒有任何可以識別之處。

有時候她會收來好幾床毯子，蓋在身上，所享受的是毯子的重量，而不是因此而有的溫暖。而當月光照在天花板上時，會讓她醒來。她躺在吊床裡，思緒流動。她發現休息是比睡眠更眞正愉悅的狀態。如果她是個作家的話，她就會帶著她的鉛筆和筆記本以及她最愛的貓，在床上寫作。陌生人和愛人都絕對不能進入那扇鎖著的門。

所謂休息，就是接納這個世界的所有面相而不加以評斷。是在海裡泡水，是和一個永遠不知道妳姓名的士兵做愛。溫柔對待那些未知和匿名的吧，那對本身就是一種溫柔。

她的兩腿在那些軍毯的重壓下動著，她在羊毛中泅泳，就像那英國病人在他的布胎盤裡挪動。

她在這裡少的是緩緩籠罩下來的暮色，熟悉的樹聲。她在多倫多的少年生活裡，學會了細讀夏夜，她在那裡才能自在，躺在床上，走到外面的防火梯上，半睡半醒地把貓抱在懷裡。

在她小時候，卡納瓦吉奧就是她的教室。他教她翻觔斗。現在，他兩手永遠插在口袋裡，只用肩膀來表示意思。他知道戰爭使他待過的那些國家。她自己是在女子學院附屬醫院受的訓練，然後在入侵西西里時派到海外來。當時是在一九四三年。加拿大第一步兵師從義大利揮軍北上，傷兵送回到野戰醫院裡，就像挖地道的人在黑暗中將爛泥往回送來。阿雷瑟之役後，第一批交火部隊退卻時，她日夜都被傷患包圍，想想三天三夜不得休息之後，她終於躺在地板上，就在一張上面有死屍的床墊旁邊，睡了十二個小時，閉上眼睛不看她周遭的世界。

等她醒來之後，她從一個瓷碗裡拿出一把剪刀，把身子往前俯著，開始剪自己的頭髮，不理式樣和長短，就只把頭髮剪掉——前一天因爲長髮所引起的不快仍然留在她心裡——她俯身向前時，頭髮碰到了傷口的血。她不想有任何東西把她和死亡連接或鎖在一起。她抓著剪剩下來的頭髮，確定不會再有一綹綹垂下的頭髮，這才再轉過身來，面對擠滿了傷兵的房間。

她從此沒有再照過鏡子。戰爭更慘烈之後，她接到很多訊息說她認識的一些人死了。她很怕有一天在擦去傷兵臉上的血汙後，發現那是她父親或是丹佛斯大道上餐館裡送餐給她的人。她對自己和病人都嚴肅起來。唯一可能救得了他們的只有講道理，卻沒有道理可講。在這個國家裡流的血越來越多。在她心裡多倫多究竟在哪裡？又是什麼？這是一場危險的歌劇，所有的人對他們周圍的人全都硬起了心腸——士兵、醫生、護士、平民。漢娜的身子變得更貼近她照顧的傷兵，對他們輕聲說話。

她稱每個人「兄弟」，還笑著那首歌裡的歌詞：

每次我碰巧見到富蘭克林・狄，
他總是叫我：「嗨，兄弟。」

她給流血不止的手臂消毒，她夾出的碎彈片多到讓她覺得好似在軍隊北移的過程中由一個她照顧的巨大人體中弄出了一噸重的金屬。有天晚上，一個病人死了之後，她不顧所有的規定拿走了他隨身背包裡所帶的一雙球鞋，自己穿上，那雙鞋對她來說稍微大了一點，但是她穿得很舒服。

她的臉變粗變瘦了一些，那張卡納瓦吉奧後來見到的臉。她很瘦，大部分是因為勞累。她永遠感到飢餓，覺得替一個不能進食或不想吃飯的病人餵食，看著她想大口吞食的麵包壞掉、湯冷掉，是一件令人惱怒而洩氣的事。她並不想要什麼特別的東西，只要麵包和肉。在某一個鎮上，醫院邊有一處烘焙麵包的地方，她不當班的時候就在那些麵包師傅之間走動，吸著灰塵和食物的香氣。後來，等他們到了羅馬的東邊，有人送了她一把菊芋當禮物。

睡在教堂，或是修道院，或是其他收容傷兵的地方，都很奇怪，而他們一直向北移動。有人死了的時候，她就把床腳的小硬紙旗折斷，這樣看護兵由遠處一眼就可以看到。然後她會離開那棟大石頭建築，走到外面的春天或冬天或夏天裡，各個季節看來都古色古香，像個老紳士般坐在那裡度過戰爭。不管天氣如何，她都會走到外面去。她想要有聞起來沒有一點人味的空氣，想要月光，哪怕是隨著暴風雨而來。

你好，兄弟，再見，兄弟。照顧的時間很短。那只是一紙到死爲止的合約。在她心裡或過去都沒有什麼教過她做護士。可是剪掉頭髮是一紙合約，一直延續到他們在佛羅倫斯北方的聖吉諾拉摩別莊紮營。這裡另外還有四名護士，兩位醫生，一百個病人。義大利境內的戰事還在往更北的地方進行，他們是給留下來的。

然後，就在慶祝一次當地的勝利，在這個山城裡也算很可憐的狀況下，她表示說她不再回佛羅倫斯或羅馬或任何其他的醫院，她的戰爭已經結束了。她要留下來陪著他們稱爲「英國病人」的那個燒傷的男人，她現在很清楚那個人因爲四肢太脆弱而不能移動。她會給他的眼睛敷藥膏，替他結疤的皮膚和嚴重的燒傷用鹽水擦澡。他們告訴她說這所醫院不安全——女修道院幾個月來一直是德軍的據點，受到盟軍炮火的攻擊。既沒有什麼東西會留下來給她，也可能會有土匪來。她仍然拒絕離開，脫下了她的護士制服，打開她帶了好幾個月的那件棕色印花的女裝穿上，配搭那雙球鞋。她離開了戰爭，她先前一直隨他們的意思來來回回。現在在那些修女來要回這個地方之前，她要陪著那個英國人坐在這所別莊裡。他有些東西是她想要了解、深入和隱藏其中的，在那裡她可以不必長成大人。他和她說話的方式和他思想的方式中，有某些輕巧的東西。她想要救他，這個沒名沒姓，幾乎沒有臉，卻是這次北伐期間由她照顧看護過的兩百來人之中的一個。

她穿著印花衣服離開了慶祝會場。她走進和其他護士同住的房間，坐了下來。在她坐下時，有什麼閃到了她的眼睛，她看到了一面圓形的小鏡子。她緩緩地站起來，走了過去。那面鏡子很小，但即使如此，看來還是很奢華。她已經有一年多拒絕看她自己的模樣，偶爾只看到她在牆上的影子。這面鏡子只照到她的臉頰，她得將手臂伸直，把鏡子拿遠，她的手擺動。她看著自己那小小的肖像，有如鑲在一個胸針上。是她。由窗外傳來把病人連椅子抬到外面陽光下的聲音，病人在笑著，和工作人員一起歡呼。只有那些傷勢很重的人仍留在室內。她爲這事微笑起來。嗨，兄弟，她說。她瞇起眼睛來看自己的樣子，想要認清自己。

漢娜和卡納瓦吉奧走在花園裡，黑夜隔在他們之間，現在他開始用她熟悉的那種吞聲慢氣的腔調說話了。

「那次是什麼人晚上在丹佛斯大道的夜行者餐廳開生日宴會，妳記得嗎？漢娜？每個人都得站起來唱首歌。妳父親、我、季安麗妲、其他的朋友，妳說妳也要唱——是第一次唱歌。妳當時還在上學，是在法文課上學到那首歌的。

「妳唱得很正式，站在板凳上，再跨一步到了木頭桌子上，站在盤子和點著的蠟燭之間。

「『Alonson fon!』[2]

「妳大聲地唱著，左手放在心口，『Alonson fon!』在場的人有一大半不知道妳在唱些什麼鬼東西，也許妳自己也不知道那些字句的意思，可是妳知道那首歌唱的是什麼。

「由窗子裡吹進來的風把妳的裙子吹了起來，差點碰到一支蠟燭，而妳的腳踝看來是火白的。妳父親抬眼望著妳，令人驚異地用著這種新的語言，那種精神那樣清楚地流瀉出來，毫無缺失，毫不遲疑，燭火搖動，沒有碰到妳的衣服，但是幾乎碰到。妳唱完之後，我們全都站了起來，而妳走下桌子，投入他懷裡。」

「我要把你手上的繃帶解掉。你知道，我可是個護士呢。」

「這很舒服呀。像手套一樣。」

「怎麼會這樣呢？」

「我由一個女人房間的窗子裡跳出來的時候被抓到了。那個女人我跟妳說過，拍照的那個。不是她的錯。」

她抓住他的手臂，捏了下他的肌肉。「讓我做吧。」她把他綁了繃帶的兩手由他大衣口袋裡拉了出來。她在陽光下看過那兩隻手是灰灰的，但在這種光線下卻幾乎是透明的。

在她解鬆繃帶時，他往後退了一步，白色的部分由他手臂上露了出來，好像他是個魔術師，最後整個解開了。她走向這個從童年時就認得的叔叔，看到他的眼光想捕捉她的視線來延遲這件事，因此她不看別的地方，只正視著他的兩眼。

他的兩手像一個碗似地合在一起。她伸手過去，同時把臉抬向他的面頰，依偎在他頸間。她手裡所握著的部分看來很結實，已經痊癒了。

「我跟妳說過了我得適應他們留給我的那些部分。」

「你怎麼做法呢？」

「以我以前所有過的全部技巧。」

「哦，我記得，不要，不要動。不要離我而去。」

「這是個很奇怪的時候，戰爭的末期。」

「對，是一段調整時期。」

「對。」

他把兩手舉起，好似要捧住那四分之一的月亮。

「他們切掉了兩根大拇指。漢娜，妳看。」

他把兩手伸在她面前，讓她直接看到原先只瞥到一眼的東西。他把一隻手翻轉過來，好像表示沒有玩什麼花招。而拇指截斷的地方看起來像是一塊垂肉。他將手伸向她的罩衫。

她感到在她肩膀下方的衣服給提了起來，是他用兩隻手指夾著輕輕拉向他那邊。

「我這樣去碰布料。」

「我小時候一直認爲你是海綠[3]，而在我的夢境裡，我和你一起在夜裡站到屋頂上。你會在口袋裡裝著冷了的飯菜、鉛筆盒和林山鋼琴的樂譜來給我。」

她對著他隱在暗處的臉說話，枝葉的影子如一個富婆的蕾絲手巾般掃過他的嘴。「你喜歡女人，是吧？你以前喜歡她們。」

「我喜歡她們。爲什麼要用過去式呢？」

「現在碰上戰爭和這類的事情，看起來就不重要了。」

他點了點頭，枝葉的影子由他身上讓了開去。

「你以前就像那些只在晚上作畫的藝術家，在他們住的那條街上只亮著那一盞燈。像抓蚯蚓的人，把舊咖啡罐綁在腳踝上，如頭盔般直罩下來的燈光射進草叢裡。在所有的公園裡都有。你帶我去了那個地方，是他們買賣蟲子的咖啡店，你說，那裡就像是一個股票市場，蟲子的價格有跌有漲，五分錢，一毛錢，有人慘賠，有人大賺。你還記得嗎？」

「記得。」

「跟我一起走回去吧，越來越冷了。」

「那些了不起的扒手生下來第二和第三根手指幾乎一樣長。他們不需要把手很深地伸進口袋裡，最了不起只須伸進半吋而已。」

他們在樹下走向那棟房子。

「是誰這樣對你的？」

「他們找了個女人來做這件事。他們覺得這樣會比較乾淨俐落。我的手腕銬在桌腳上。當他們切掉我兩根拇指之後，我的兩手就毫不費力地滑了出來。像是夢裡希望的那樣。可是把她叫進來的那個男人，納努西奧．托瑪索尼，他才是眞正主事的人——就是他在當家。她是清白無辜的，對我一無所知，不知道我的名字，或國籍，或是我到底做了些什麼。」

他們走進屋子裡的時候，那個英國病人正在號叫。漢娜放開了卡納瓦吉奧，而他看著她跑上樓梯，她的球鞋閃動著，一路往上，又順著欄杆轉過去。

叫聲迴盪在走廊裡。卡納瓦吉奧走進了廚房，撕下一段麵包，跟在漢娜後面上了樓。在他往那個房間走過去的時候，叫聲變得更爲狂亂。他走進房間，那個英國人正瞪著一隻狗——那隻狗的頭往後仰著，好像被尖叫聲嚇到了。漢娜看著卡納瓦吉奧，咧嘴一笑。

「我已經有好多年沒看過狗了。打仗的這幾年我都沒見過狗。」

她蹲了下來，抱著那隻動物，聞著牠的毛和毛裡面混著的山上青草的味道。她把那隻狗帶到卡納瓦吉奧那邊，他把麵包頭遞了出來。那個英國人這才看見了卡納瓦吉奧，他的嘴張了開來。他想必是覺得那隻狗——現在被漢娜的背擋住了——變成了一個人。卡納瓦吉奧把那隻狗抱在他懷裡，離開了房間。

我一直在想，那個英國病人說，這裡想必是義大利學者波利齊亞諾的房間。我們所在的地方想必以前是他的別莊。那個水就是從那道牆上來的，那個古老的噴泉。這是個很有名的房間。他們都在這裡聚會。

這裡是個醫院，她不動聲色地說，在那之前，很久很久之前是個女修道院。後來軍隊搶了過來。

我認爲這裡是布魯斯柯里別莊。波利齊亞諾是受佛羅倫斯統治者羅倫佐保護和贊助的名人之一。我說的是一四八三年。在佛羅倫斯，在聖三一教堂裡，你可以看到畫上有梅迪奇和波利齊亞諾，披著紅色的斗篷。很聰明，很可怕的一個人，是一個在社會上力爭上游的天才。

這時候早過了午夜時分，而他又清醒了。

好吧，告訴我吧，她想道，把我帶到另外一個時空去。她的心思仍然放在卡納瓦吉奧的雙手上。

卡納瓦吉奧現在大概正在餵那隻流浪狗，如果這地方眞是那個名字的話，那他餵的就是布魯斯柯里別莊廚房裡的食物了。

那眞是個他媽的年代，刺客和政治，三角帽和殖民地風格的長襪和假髮。絲的假髮！當然薩沃那洛拉[4]是後來的事，也不很後。還有他的「焚燬虛榮」[5]。波利齊亞諾翻譯過荷馬的作品，他還寫了一首關於西蒙妮妲．韋斯普奇[6]的詩，妳知道她嗎？

不知道，漢娜說著笑了起來。

佛羅倫斯到處都有她的畫像。她二十三歲就死於肺癆。他以〈美之頌〉這首詩使她成名，然後波提且利畫出了他詩裡的情景，達文西也畫出他詩裡的情景。波利齊亞諾每天上午以拉丁文演講兩小時，下午以希臘文演講兩小時。他有個朋友，叫做皮可．迪拉．米蘭杜拉[7]，一個很瘋狂的社會名流，突然改變了想法，加入了薩沃那洛拉的陣營。

我小時候的綽號就叫做皮可。

不錯，我想這裡發生過很多事。這個在牆上的噴泉、皮可和羅倫佐和波利齊亞諾還有年輕的米開朗基羅。他們兩手各掌握了新世界和舊世界。圖書館到處搜求西賽羅的最後四本著作。他們由海外運來一隻長頸鹿，一隻犀牛，一隻渡渡鳥。托斯卡尼里[8]根據他和商人的來往信件繪製了世界地圖，他們坐在這個有柏拉圖胸像的房間裡爭論了一整夜。

然後街上傳來薩沃那洛拉的叫聲：「悔改吧！大洪水要來了！」而一切都被捲走——自由意志、想要舉止高雅的欲望、名聲、像崇拜耶穌基督一樣崇拜柏拉圖的權利。現在燒起了篝火——燒燬假髮、書籍、毛皮、地圖。四百多年之後，他們挖開墓穴，皮可的遺骨還保存得很好，波利齊亞諾的遺骨卻已碎成粉末。

漢娜靜靜地聽著，那英國人翻開他那本厚書的書頁，讀著由其他書上剪下來貼在那裡的資料——一些偉大的地圖在篝火中焚燬，柏拉圖的雕像在大火中燒壞，那大理石雕像在熾熱中碎裂，智慧崩裂一如越過山谷傳來精準的報告。波利齊亞諾站在長滿草的小山上聞著未來，皮可也在他灰色的牢房中，以他救世的第三隻眼注視這一切。

他在一個碗裡倒了些水給那隻狗喝。一隻很老的雜種狗，比這場戰爭還老。

他帶著修道院僧侶給漢娜的那瓶酒坐了下來。這是漢娜的房子，他走動得很小心，什麼都不亂動。他注意到她的修養表現在那一小束野花上，是她給自己的小禮物。即使是在雜草叢生的花園裡，他也會看到大約一呎見方的地上的青草由她用護士的剪刀修得整整齊齊。如果他年紀再輕一點的話，就會因爲這些事而愛上她了。

他已經不年輕了。她究竟會怎麼看待他呢？他的傷，他的失衡，還有他頸後鬈曲的灰髮。他從來不覺得自己是一個會感覺到年歲和智慧的人。他們都老了很多，可是他仍然不覺得他隨著年齡增長了智慧。

他蹲下來看那隻狗喝水，卻來不及穩住身體，他抓住桌子，打翻了酒瓶。

你的名字叫大衛・卡納瓦吉奧，對吧？

他們把他兩手銬在一張橡木桌的粗桌腿上。其間他把桌子抱著站了起來，血由左手流下。他想帶著桌子跑出那扇薄薄的門，卻跌倒了。那個女人停了手，丟下刀子，拒絕再做下去。桌子的抽屜滑了出來，壓在他胸口，裡面的東西也掉了下來，他想說不定裡面有支手槍可以用。然後納努西奧・托瑪索尼把剃刀撿起來，走到他面前。卡納瓦吉奧，對吧？他還是不確定。

他躺在桌子下，血由他的左手流到他臉上，他突然想清楚了，把手銬由桌腳滑了出來，將椅子甩出以減輕疼痛，然後俯身向左來脫出另一邊的手銬。鮮血流得到處都是。他的兩手已經沒有用了。之後的好幾個月裡，他發現自己只看著別人的大拇指，好像那件事使他改變的只有產生了羨慕的感覺。但是那件事讓他老了，好像在他給銬在桌子上的那個晚上，他們倒了某種藥水在他身體裡，使他的動作都慢了下來。

他有點發暈地站在那隻狗和那張浸著紅酒的桌子邊。兩名警衛，那個女人，托瑪索尼，幾支電話在響，電話響著，打斷了托瑪索尼，他放下剃刀，很挖苦地說了聲對不起，用他那隻血汙的手接起電話來聽。他覺得自己沒有說什麼對他們有價值的話，但他們卻放他走了，所以也許他的想法不對。

然後他走在聖靈大道上，走向他深藏在腦海裡的一個地點。走過建築師布魯內萊斯基建造的教堂，走向日耳曼學院的圖書館，他知道那裡會有某個人來照顧他。突然之間，他想到這正是他們會放他走的原因。放他自由離開，會騙得他暴露他的連絡人。他轉進一條側街，沒有回頭看，絕不要回頭看。他想要街頭生的火堆，這樣他就可以讓傷口止血，把手垂在燒煤焦油的大鍋冒出來的煙上，讓黑煙包住他的雙手。他走在聖三一大橋上，那裡什麼也沒有，沒有來往的車輛，讓他很驚訝。他坐在大橋光滑的欄杆上，然後躺了下來。一點聲音也沒有。先前，他在走路的時候，兩手插在濕了的口袋裡，四周有坦克車和吉普車狂亂地來往。

就在他躺著的時候，那道埋了地雷的橋爆炸了，他被拋向空中，然後又像是世界末日的一部分那樣地掉了下來。他睜開眼睛，看見旁邊有個巨大的頭。他一吸氣，胸口裡就充滿了水。他在水底下。在亞諾河的淺水裡，旁邊有一顆長了鬍子的人頭。他伸手過去，但連推都推不動。有亮光照進河裡。他游上水面，河面上有好幾處起火了。

那天晚上，他把這段故事告訴漢娜的時候，她說：「他們不再拷打你是因爲盟軍來了。德軍撤離了那個城市。走的時候炸掉了好幾座橋。」

「我不知道，也許我把所有的事都告訴了他們。那是什麼人的頭呢？一直不停地有電話打到那個房間來。所有人都靜了下來，那個男人從我身邊退了開去，而所有的人都望著他接電話，聽著另外那個聽不見的聲音。我們都聽不見。是誰的聲音？是誰的頭？」

「他們在撤退。大衛。」

她打開了《大地英豪》最後的空白書頁，開始寫著：

有一個叫卡納瓦吉奧的男人，是我父親的朋友。我一直很愛他。他年紀比我大很多，大約四十五歲吧，我想。他在一段黑暗時期裡，沒有信心。不知為什麼，我父親的這個朋友卻很關心我。

她合上書本，走進圖書室，把那本書藏在一個書架的高處。

那個英國人睡著了，像他平時不管醒著或睡著的時候一樣，用嘴巴呼吸。她由坐著的椅子上站了起來，輕輕地拔出了他拿在手上的那支點燃的蠟燭。她走到窗前，在那裡把蠟燭吹熄，讓煙由房間裡飄了出去。她不喜歡他躺在那裡，手裡拿著蠟燭，裝出一副死人的模樣，而融蠟流在他手腕上也不知道。好像他在讓自己有所準備，好像他要藉著模仿這樣的氣氛和亮光而進入他自身的死亡。

她站在窗前，手指用力地緊抓起一把頭髮扯著。在黑暗裡，在任何一個天黑後的夜晚，你若是割開一條血管，流出來的血都是黑的。

她需要離開這個房間。突然之間，她像患了幽閉恐懼症，一點也不疲累。她大步走過走廊，跳下樓梯走到別莊外面的陽台上，然後抬頭看去，好像想要辨識出她剛脫離的那個女孩子的身影。她走回到房子裡，推開那扇僵直而發脹的門，走進圖書室。把房間那頭落地長窗上釘著的木板拆下來，將長窗打開，讓夜晚的空氣進來。卡納瓦吉奧在哪裡，她不知道。現在大部分夜晚他都在外面，通常是在天亮前一兩個鐘點才回來。反正到處都不見他的蹤影。

她抓住蓋在鋼琴上的灰色被單，抱在身後走到房間的一角。一道蜿蜒的布，一網魚。沒有光亮。她聽到遠方的悶雷。

她站在鋼琴前面，沒有低頭去看，就把兩手放下去彈奏起來，只是一些和弦，把旋律化為極簡的骸骨。彈完每一組音符之後就停下來，好似把手由水裡縮回來看看抓到了什麼，然後再繼續，放下曲調的龍骨。她把手指的動作放得更慢。她正低著頭時，兩個男子由落地長窗外溜了進來，把他們的槍放在鋼琴的那一頭，站在她面前。琴聲依然響在這個有了變化的房間裡的空氣之中。

她兩手垂在身側，一隻赤腳踩在踏板上，繼續彈奏她母親教她的那首歌。她以前在任何一個平面上練習過的，一張廚房裡的桌子，上樓梯時的牆壁，在入睡之前她自己的床鋪。他們家裡沒有鋼琴。她都是在禮拜六早上到社區活動中心去，在那裡彈琴，但一整個禮拜裡，她都隨處練習。在她母親的粉筆畫在廚房桌子上，過後又會擦掉的鍵盤上練習。這還是她第一次彈奏別莊裡的這架鋼琴，雖然她在這裡已經有三個月了，第一天就由落地長窗外看到了這架鋼琴。在加拿大，鋼琴需要水。要把後面打開，放進一滿杯水。一個月之後，杯子就會空掉了。她父親告訴她說有不上酒吧專到鋼琴裡喝水的小精靈。她從來不相信這個說法，但是起先以為大概是老鼠來喝掉了。

一道閃電照亮了山谷，暴風雨來了一整夜，她看到其中一個男人是個錫克教徒。現在她暫停下來，微微一笑，有些訝異，但還是鬆了口氣，他身後那道弧形的亮光閃亮的時間很短促，只看到一眼他的頭巾和濕亮的槍。鋼琴上面的蓋板幾個月前就給拆去當醫院的桌子了，所以他們的槍支是放在鋼琴琴鍵後面那頭的槽裡。那個英國病人應該可以認得出這些武器。該死的，她四周圍全是外國人。沒有一個是純種的義大利人。一段別莊裡的羅曼史。波利齊亞諾對這個一九四五年的場景會有什麼想法？兩個男人和一個女人，隔著一架鋼琴，戰爭幾乎已經結束，閃電每次照進這個房間，就見到槍支的濕亮，閃電讓所有一切充滿色彩和陰影，就像現在這樣，每隔半分鐘，雷聲就響徹山谷，和音樂交互輪唱，還有彈奏的和弦，每當我帶我的甜心去喝茶……

你們知道歌詞嗎？

他們一點動靜也沒有。她拋開了那些和弦，放縱手指進入她先前壓抑住的狂放。爵士風味打開了旋律的胡桃殼呈現新的角度。

每當我帶我的甜心去喝茶，
所有的男孩都會嫉妒，
所以當我帶甜心去喝茶，
絕不帶她到那幫人出沒之處。

他們的衣服濕了，每次有閃電亮在房間裡時，他們就看著她。她的雙手現在在雷電中彈奏，也像在和雷電對抗，填滿了亮光之間的黑暗。她臉上表情專注，他們知道她根本看不見他們，腦子裡只忙著記起她母親的手撕開報紙，在廚房水龍頭下打濕了，用來擦乾淨畫在桌上的琴鍵，那些無聲的音符。之後她到社區活動中心去上她每週一次的課，在那裡能眞正彈琴，她的腳仍然無法在坐著時碰到踏板，所以她寧願站著，夏日的涼鞋踩在左邊的踏板上，節拍器滴答作響。

她不想就此結束，放掉那首老歌的歌詞。她看到他們所去的那些地方，是那幫子人從來不去的，到處長滿了葉蘭。她抬起頭來，向他們點了點頭，表示她現在要停下來了。

卡納瓦吉奧沒有看到這些。等他回來的時候，他發現漢娜和那兩個由工兵單位來的士兵在廚房裡做三明治。

三、有時是火

一

一九四三和一九四四年在義大利所打的仗是最後一場中世紀式的戰爭。那些位於大海岬上，從第八世紀以來始終是兵家必爭之地的堡寨城市，都有新的諸王人馬拚命地攻擊。在露出的岩石四周，是川流不息的擔架，遭蹂躪的葡萄園，在那裡，要是你在坦克車的車轍印下往下挖掘的話，就會發現染血的斧頭和長矛。蒙特利其、科塔納、烏比諾、阿雷瑟、聖斯波克洛、安吉亞里。然後是海岸。

貓睡在朝南的炮塔裡。英國、美國、印度、澳洲，和加拿大的部隊向北推進，炮彈的軌跡在空中爆炸，消失。當大軍集結在以十字弓爲標誌的聖斯波克洛鎮外時，有些士兵弄到了十字弓，在夜間悄無聲息地越牆射進那座尚未攻克的城鎭裡。率領德軍撤離的卡賽林元帥則認眞地考慮過要將滾燙的熱油由城垛上往下澆。

研究中世紀的學者們由牛津大學出來，飛進恩布里亞。他們的平均年齡是六十歲。他們和部隊住在一起，和戰略指揮階層開會，始終會忘記空襲這件事。他們談到各個城鎭，重點都在城裡的藝術品，在蒙特利其有皮耶羅．狄拉．法蘭契斯卡所繪的分娩聖母像，就在墓園邊的教堂裡。等那座十三世紀的城堡終於在春雨中攻下之後，部隊都住宿在那座教堂的大穹頂下，就睡在神話中大力士赫丘力士格殺九頭蛇所在的石刻講道壇四周。那裡的水不好，很多人死於傷寒，也有些死於熱病。以軍用望遠鏡在這座哥德式教堂裡向阿雷瑟望去，士兵們就會看到他們的臉孔在皮耶羅．狄拉．法蘭契斯卡的壁畫裡。示巴女王在和所羅門王對話，旁邊一棵善惡之樹上的枝椏伸進已死的亞當嘴裡。多年之後，這位女王會知道橫跨西羅亞湖的那道橋就是用這棵聖樹的木材所搭建的。

天一直下著雨又很冷，沒有軍事命令，只有那張標註藝術品的大地圖，顯示出判斷、虔敬，和犧牲。英軍部隊遇到一條又一條橋樑已摧毀的河流，他們的工兵單位以繩梯在敵人炮火中沿河岸而下，游水或涉水到對岸。糧食和帳篷遭水沖走，將身子繫在配備上的人員失蹤。一旦過河之後，他們努力由水裡爬上來，把雙手連手腕插進陡直的泥岸壁裡，整個人懸在半空中，希望泥壁能硬得夠撐住他們。

那個年輕錫克教徒的工兵把臉貼在泥壁上，想著示巴女王的臉，她皮膚的觸感。在河水中很不舒服，只有他對她所懷的慾望，多少使他保持溫暖。他要把面紗由她頭上揭開，他要把右手放在她的頸子和橄綠色的罩衫之間。他也既疲倦又傷感，就像兩週前他在阿雷瑟所看到的那有智慧的王和那有罪的女王一樣。

他懸吊在水面上方，兩手插進泥壁裡。那些人物，那些精細的藝術，在這些白天與夜晚消失於他們之間，只存在於一本書裡，或是在一堵畫好的牆上。在這穹頂下的牆上，究竟是誰更悲傷？他俯身向前，貼靠在她脆弱脖頸的皮膚上。他愛上了她低垂的雙眸。這個後來會知道那座橋之神聖處的女人。

夜裡躺在軍營的床上時，他的兩臂像兩支武器似地向外伸長著。並不可能有解答或勝利，只有他和繪在壁畫中的貴族之間暫時性的協定，而他們會忘記他，從來就不知道他的存在，或注意到他。一個錫克教徒，在雨中半爬在一架工兵的梯子上，正爲後面的部隊架設一座倍力橋。可是他記得那幅關於他們之間故事的畫。一個月後，部隊抵達了海邊，在他們撐過了一切，進入那名叫卡托利卡的海邊城鎮，而工兵在海灘上清理掉一條二十碼空地上的地雷，好讓人下海洗澡之後，他去找了一個對他很友善的中世紀學者——那個人有次和他說過話，還和他分享了午餐肉——承諾說要讓他看些東西，以回報他的好心。

那個工兵簽字借出一輛勝利牌的摩托車，把一盞深紅色的警示燈綁在手臂上，兩個人騎著車子向來時的路疾馳回去——進入又穿過現在已經平安的城鎮，像烏比諾和安吉亞里等等，沿著有如脊柱般的山脊直下蜿蜒的山谷往義大利南部走，那個老人穿著厚衣服乘坐在他身後，緊抱著他，騎下西側的山坡，朝阿雷瑟而去。夜間的廣場上沒有軍隊，工兵把車停在教堂前面，扶著那位中世紀學者下了車，帶著他的配備走進了教堂。那裡更冷更黑，更大更空。他的腳步聲迴盪在那個地方。他又聞到了陳舊石頭和木頭的氣味。他點上三枚照明彈，把滑輪和吊索扔過教堂中央上方的柱子，然後再將一支穿有繩索的鉚釘射進一根木頭大樑。那位教授興味盎然地望著他，不時瞇眼看向黑暗的高處。年輕的工兵在他身旁繞行，把繩索縛在他的腰部和肩部，再把一支點著的小照明彈黏在老人的胸口。

他讓老人站在祭壇前的圍欄邊，自己由樓梯到了上面一層，也就是繩索另一端所在的地方。他抓住繩子，由樓座躍進黑暗之中，而老人同時飛騰而上，一直到那個工兵落在地上，他懸在半空中，距離繪有壁畫的牆只有三呎遠，照明彈在他四周照出一環光來。那個工兵仍然抓緊了繩子，向前走去，而老人則盪向右方，正好在「馬森提亞斯王出亡圖」面前。

五分鐘之後，他把老人放下來。給自己點了一枚照明彈，把身體拉進穹窿下那暗藍色的人造天空中。他記得當時用望遠鏡看過的金色星子。他低頭俯視，看見那位中世紀學者筋疲力盡地坐在長椅上。他現在才注意到這座教堂的深度，而不是其高度，以及那裡如水底般的感覺。還有那裡的空曠和黑暗。照明彈在他手裡如一根魔杖似地噴射，他將自己拉得靠近她的臉，那悲傷的女王，而他棕色的小手伸出去摸著那巨大的頸子。

那錫克教徒在花園的最那頭搭好帳篷，漢娜覺得那就是以前生長著薰衣草的地方。她曾經在那裡找到乾枯的葉子，在指間揉碎之後，確認了那是什麼。後來不時在下雨之後，她還能聞到那種香氣。

他起先完全不肯進到屋子裡來，只在外面走過，去做他拆除地雷的工作。永遠是客客氣氣地。微微地點頭爲禮。漢娜看到他用一盆接來的雨水抹身子，盆子很規矩地放在日晷儀上。以前用來澆花用的水龍頭，現在已經乾了。她看到他裸著上半身的棕色軀體，像小鳥撲翅似地把水潑在自己身上，在白天的時候，她大多注意到他由短袖軍服露出來的雙臂和那支他永遠隨身攜帶的步槍，儘管對他們來說現在戰爭已經結束了。

他拿槍的姿勢很多——把槍揹在肩膀上時半豎著，半彎著手肘。他發現她在看他時會突然轉過身來。他是靠恐懼存活下來的，會躲開所有可疑的事物，把她的視線和其他景物包含在一起，好像在宣稱他能應付這一切。

他這種自給自足對她，和對屋子裡所有的人來說，都是件好事，不過卡納瓦吉奧抱怨說那個工兵老在哼著他在過去三年的戰爭中所學來的那些西洋歌曲。另外那個工兵，和他一起在那場大雨中來的，叫做哈地，住在另外一個地方，靠近鎮上，不過她也看到他們在一起幹活，帶著他們的工具走進一個花園裡去清除地雷。

那隻狗跟著卡納瓦吉奧。那個年輕的士兵會和狗一起跑跑跳跳，卻拒絕給牠任何食物，覺得那隻狗應該自謀生路。要是他找到吃的，就自己吃了。他的好意只到那裡爲止。有些夜裡，他睡在臨著山谷的胸牆上，只在碰到下雨的時候才爬進帳篷裡。

他也看過卡納瓦吉奧夜間徘徊。那個工兵有兩次遠遠地跟著卡納瓦吉奧。但是兩天之後，卡納瓦吉奧攔住他說，不要再跟著我。他開始否認，但那個年紀比他大的人用手摑了他那說謊的臉，讓他閉嘴。所以這名士兵知道卡納瓦吉奧在兩天前已經發現了他。其實，跟蹤只是他在戰時學會而留下來的習慣，就好像即使到了現在，他還想用他的長槍瞄準而準確地擊中目標。他一再地瞄準一座雕像的鼻子，或是一隻在山谷上空飛過的棕色老鷹。

他還是很年輕。吃起東西來狼吞虎嚥，跳起來收拾碗盤，只給自己半個鐘點吃午飯。

她注意看他工作的情形，像一隻貓一樣謹愼而無始無終地在果園或是屋子後面那座雜草叢生的花園裡工作。她注意到他暗棕色的手腕，在手鐲裡自由地滑動，而手鐲則在他有時在她面前喝杯茶時會叮噹作響。

他從來不談伴隨他的搜尋而來的危險。不時有爆炸聲使她和卡納瓦吉奧很快地由屋子裡出來，她的心因為那沉悶的爆裂聲而揪了起來。她跑到外面，或是衝到窗前，眼角會看到卡納瓦吉奧，然後他們會看見那個工兵懶懶地朝房子這邊揮著手，甚至對著種香草的花壇，連身子也沒轉過來。

有一次，卡納瓦吉奧走進圖書室，看到那個工兵在天花板上，靠著壁畫——只有卡納瓦吉奧會在走進一個房間時抬頭往屋角看是不是還有別人在——而那個年輕士兵，兩眼沒有離開所盯視的東西，伸出手來，打響手指，不讓卡納瓦吉奧進去，警告他離開那個房間以策安全，讓他能理清之後剪斷一根他追索到屋角，藏在帷幔上方的引線。

他永遠不是在哼歌，就是在吹口哨。「是誰在吹口哨？」那個英國病人有天晚上問道。他還沒和這個新來的人見過面，甚至沒有看過這個人。他躺在胸牆上仰望著一絲流雲時，也總是自顧自地唱著。

每次他走進那看似空曠無人的別莊時，都相當大聲。他是所有的人裡唯一還穿著軍服的一個。穿著整齊，皮帶環晶亮，這個工兵從他的帳篷裡出來，頭巾裹得端端正正，靴子擦得乾乾淨淨，大步走進林子裡或是屋子的石板地上。會突然放下他正在處理的麻煩事而爆笑起來。他似乎下意識地愛著他的軀體、他的肉身，不論是彎腰拿起一片麵包，或是指節碰到草葉，甚至是在沿著那行絲柏走去和在村子裡那個工兵會合時，心不在焉地把長槍像一根大權杖似地轉著。

他似乎很滿足於和別莊裡這一小群人相處，有如他們這個星系邊緣的一顆孤星。在經歷過戰場中的爛泥、河川和橋樑之後，這對他來說有如度假。他只有在受到邀請時才進到屋子裡來，只是一個暫時的訪客，就像第一天晚上他隨著漢娜那不流暢的琴音而順著種植了絲柏的小路走進圖書室來時一樣。

他在那個暴風雨之夜會到別莊來，並不是因爲對樂聲好奇，而是因爲那彈琴的人會有危險。撤退的軍隊常會在樂器裡藏著袖珍的詭雷。回到舊居的主人打開鋼琴，結果炸掉了雙手。很多人會讓老掛鐘的鐘擺再度擺動，而一個玻璃炸彈卻會炸掉半邊牆和牆邊的人。

他隨著鋼琴的聲音和哈地衝上山來，翻過石牆，進入別莊。只要琴音不停，就表示彈琴的人不會俯身向前去抽開那條細細的金屬條讓節拍器擺動。大部分的小炸彈都藏在這些裡面——那是最容易把那一層薄薄線路朝上放置好的地方。炸彈會連在水龍頭和書脊上，會鑽洞藏在果樹裡，這樣有蘋果落在稍低一點的枝椏上時就會引爆這棵樹，就像有手拉扯那根枝椏一樣。他只要看著一個房間或一塊地，就能看到有武器藏在那裡的可能。

他在落地長窗邊停了下來，把頭靠在窗框上，然後溜進了房間，除了在閃電的時候之外，始終隱身在黑暗中。那裡站著一個女孩子，好像在等著他，正低頭看著她在彈奏的琴鍵。他的兩眼像雷達一樣先掃過整個房間，然後才看到她。節拍器已經在響著，無害地來回擺動。沒有危險，沒有小小的引線。他穿著一身濕了的軍服站在那裡，那年輕的女子起先沒有注意到他進來。

在他的帳篷旁邊，一架晶體收音機的天線伸進樹裡，如果她在夜裡用卡納瓦吉奧的軍用望遠鏡往那邊看時，可以看到收音機上選台波段顯示窗的綠光。有時那個工兵橫過她的視線，他那移動的身影就會突然將一切遮沒。他白天把這個新奇的小東西隨身帶著，只插著一邊的耳機，另外一邊則懸垂在他下巴的下方，這樣他才可以聽到其他說不定對他很重要的聲音。他會走進屋子裡來，把他認為他們會感興趣的消息告訴他們。有天下午，他宣布說樂團指揮葛倫·米勒過世了，因為乘坐的飛機在英法之間的某處墜毀。

他就這樣在他們之中來往。她看到他在遠處一個荒廢的園子裡，聽著收音機，或是在他找到什麼東西的時候，解開別人留下的像一個可怕字跡般糾結的線路和引線。

他總在洗手，卡納瓦吉奧起先覺得他太講究。「你是怎麼從戰爭中撐過來的？」卡納瓦吉奧大笑著問他。

「我是在印度長大的，叔叔，那裡隨時都要洗手，吃東西之前都要洗手。習慣吧，我出生在旁遮普。」

「我生在北美洲。」她說。

他半睡在帳篷裡，半在帳篷外。她看到他伸手拉下耳機，丟在自己懷裡。

然後漢娜放下望遠鏡，轉身走開。

他們在那巨大的拱頂下方。士官長點燃了照明彈，那個工兵躺在地上，透過步槍上的瞄準望遠鏡往上看，看著那些土黃顏料畫的面孔，就像是在人群中尋找他的兄弟。十字線橫過那些聖經中的人物，光漫漶在彩色的衣飾和被數百年油與蠟燭的煙燻黑了的人體上，而現在又加上黃色的瓦斯煙，他們知道這對這個聖地是一種褻瀆，會讓這些士兵被趕出去，讓人記得他們傷害了能來看大教堂的恩准。他們涉過海角，經歷了千回小戰鬥，以及蒙特卡西諾的大轟炸，再靜悄悄而很有禮貌地走過拉斐爾畫廊，最後到了這裡，十七個人，由西西里登陸，一路從這個國家的南端打到這裡——只給他們一個大部分很黑的大堂，好像有這個地方就足夠了似地。

他們之中有一個說：「媽的。也許再多來點亮光吧？桑德士官長？」士官長放鬆了照明彈上的控制鈕，舉高了手臂，亮光由他的拳頭如大瀑布般流瀉下來。他就站在那裡等整個燒完。其他的人站著仰望天花板上由亮光顯露出來的擁擠人體和面孔。但那個年輕的工兵已經仰臥在地，將步槍向上瞄準，他的眼光幾乎掃到諾亞和亞伯拉罕的鬍子和各式各樣的魔鬼，最後他看到了那張大臉，讓他靜止下來，那張臉像一支矛，聰明，無情。

警衛在入口叫嚷，他聽到跑來的腳步聲，照明彈還剩三十秒才會熄滅。他翻過身來，把步槍交給隨軍牧師。「那一個，他是誰？在西北角三點鐘方向的，他是誰？快點，照明彈差不多快熄滅了。」

隨軍牧師端起步槍，轉向那個角落，這時照明彈熄滅了。

他把步槍還給年輕的錫克教徒。

「你知道我們帶著武器到西斯汀大教堂裡來會惹上很大的麻煩吧。我不該到這裡來的。可是我也一定要感謝桑德士官長，他這樣做法很了不起。我想，也沒有眞正造成什麼損害。」

「你看到了沒有？那張臉，那個人是誰？」

「啊，不錯，那的確是一張了不起的臉。」

「你看到了。」

「是的。那是先知以賽亞。」

第八軍到達東岸的嘉比斯時，這名工兵當上了夜間巡邏的頭頭。第二天夜晚，他由短波無線電收到訊號，在水中有敵軍活動，巡邏隊射了一發炮彈，河水溢了出來。算是警告的射擊，他們並沒有擊中任何東西。但在爆炸產生的水花中，他看到有黑影在動。他舉起了步槍，對準了那個移動的黑影看了整整一分鐘，決定不再開槍射擊，以便看看附近是否還有別的動靜，敵軍仍然駐紮在北方，在雷米尼，在那個城市的邊緣。他望著那個黑影，突然看到聖母瑪利亞頭上的光環亮了起來。她正由海中上來。

她站在一艘船裡。兩個男人划著槳，另外兩個男人把她扶得直立著。當他們抵達海灘的時候，鎮上的人都由他們打開的黑暗窗戶裡歡呼起來。

那個工兵看到那張奶油色的臉和用電池發電的小燈的光環。他躺在水泥的機槍掩體上，正處身在鎮上和海灘之間，望著那四個男人下了船，把那尊五呎高的石膏像拉在他們懷裡。他們毫不停留地走上海灘，也不因可能有的地雷而有絲毫遲疑。也許他們在德軍還在時早看到地雷埋設的情形而畫下了路線圖。他們的腳深陷進沙裡。那是一九四四年五月二十九日的嘉比斯海祭，爲聖母瑪利亞舉行的海上祭禮。

男女老幼都到了街上，穿著樂隊制服的男人也出現了。樂隊不會演奏，因爲這違反宵禁的規定，但樂器仍是典禮的一部分，擦得雪亮。

他由黑暗中滑退出來，迫擊炮的炮管揹在背上，兩手持著步槍。他的頭巾和他的武器使他們大吃一驚，他們沒有想到他也由那無人之地的海灘上出現。

他將步槍舉起，由瞄準器細看她的臉——那張不會老的，沒有性別的臉，在那後面是眾人黑黑的雙手，伸進她的光裡，那一圈輕微晃動的二十個小燈泡。那座雕像披著淺藍色的披風，左膝微微抬起，讓衣飾現出垂落的皺褶。

他們不是一群浪漫的人，他們經歷過法西斯主義者、英國人、高盧人、哥德人和德國人的統治而熬了過來。他們已經不把受到統治當回事了。但是這尊藍色和奶油色的雕像，從海裡出來，放上一輛堆滿了花的運葡萄的卡車上，樂隊無聲地走在最前面。不論他對這個鎮可能可以提供什麼樣的保護，都算不了什麼。他不能帶著這些槍械走在那群穿白色衣服的孩子之間。

他沿著他們南邊的一條街走過去，和雕像移動的速度相同，因此他們同時抵達了其間相連的各個街口，他再次舉槍瞄準了她的臉。一切終止在一處俯臨著大海的岬角，他們將她留在那裡，各自回家。沒有一個人注意到在外圍的他。

她的臉上仍有光照著，送她來的那四個男人在她四周像哨兵一樣地坐成一個四方形。附在她背上的電池漸漸耗盡；清早四點半終於用完了。他當時看了下錶。他透過步槍的瞄準器看著那幾個人，其中有兩個睡著了，他再將瞄準器向上對準了她的臉，仔細地看看，失去了光照之後，她的臉看來有所不同。在黑暗中的那張臉更像他所認得的什麼人。一個姐妹，有時是一個女兒。如果這個工兵能向雕像告別的話，他也會在那裡留下一些代表他敬意的東西。可是他畢竟有自己的信仰。

卡納瓦吉奧走進了圖書室。大部分下午的時間，他都在這裡度過。像平常一樣，書本對他來說是一種神祕的東西。他抽出一本來，翻到書名頁。在他進到房間五分鐘左右時，聽到一聲輕微的呻吟。

他轉過身來，發現漢娜睡在沙發上。他合上書本，向後靠在書架下方高及膝部的邊上。她蜷曲著身子，左頰壓在骯髒的錦緞上，右臂伸向她的臉，拳頭抵在頷下，眉毛挑動，整張臉在睡夢中緊繃著。

在經過那麼久之後第一次再見到她的時候，她看起來很緊張，整個人像是熬乾得只夠讓她勉強撐過來。她的身體一直在交戰中，而就如同在戀愛之中一樣，耗盡了每一部分。

他大聲地打了個噴嚏，等他把後仰的頭收回來抬眼看去時，她已經醒了，瞪大了兩眼看著他。

「猜猜看現在幾點幾分。」

「大概是四點零五分，不對，四點零七分。」她說。

這是一個大人和孩子之間以前常玩的老遊戲。他走出房間去看鐘，而由他的動作和自信的態度，她就看得出來他剛剛才用了嗎啡，因而精神抖擻，行動準確，恢復他慣有的信心。她坐起身來，微笑著看他走回來，一面爲她猜測之準確而驚訝地搖著頭。

「我天生腦袋裡就有個日晷，是吧？」

「那晚上呢？」

「有所謂月晷嗎？有沒有人發明過？說不定每個建築師都在別莊裡給小偷藏了一個月晷，就像必須課繳的稅一樣。」

「眞該替有錢人擔心。」

「和我在月晷那裡見面吧，大衛。那是弱者能進入強者的地方。」

「像那個英國病人和妳？」

「一年前我差點生了個孩子。」

他現在的思想因爲使用了藥物而清明準確，她能任意轉折而他都能跟得上，能和她有一樣的思路。而她很坦然，並沒很注意到她神智清醒地與人交談，好像仍然在夢裡說話，好像他那個噴嚏是在夢裡打的。

卡納瓦吉奧對這樣的情形很熟悉。他常和別人在月晷前見面，半夜兩點鐘時因爲犯錯而使臥室裡的櫃子倒了下來，驚擾了他們。他發現這種震驚讓他們遠離恐懼和暴力。驚動了他在偷竊的屋主時，他會拍著手。不停地和對方說話，把一座名貴的鐘拋在空中，再接回手裡，很快地向他們提出問題，問哪些東西在什麼地方。

「我是說，我打掉了那個孩子。我不能不打掉那個孩子，那個做父親的已經死了。而當時又在打仗。」

「妳那時候是在義大利嗎？」

「出這件事的時候是在西西里。我們一路跟著軍隊由亞得里亞海北上的時候，我想到這件事。我一直在和那個孩子對話。我在醫院裡辛勤工作，盡量遠離我四周所有的人。只有那個孩子，我和他分享一切。在我腦海裡。我替病人洗澡和照顧他們的時候，都在和他說話。我當時有點瘋狂。」

「後來妳父親死了。」

「是的，後來派屈克死了。我聽到消息的時候是在比薩。」

她清醒過來，坐直身子。

「你知道這件事，是嗎？」

「我收到一封從家裡來的信。」

「所以你才到這裡來？因爲你知道了？」

「不是。」

「很好，我想他不相信留下什麼痕跡之類的事情。派屈克以前常說他死的時候希望有兩個女人用樂器演奏二重奏，手風琴和小提琴，如此而已。他眞是多愁善感。」

「不錯，你眞的可以讓他做任何事。只要讓他碰上個傷心的女人，他就不能自已了。」

風由山谷裡颳到他們這座小山來，吹動了列在小禮拜堂外三十六級階梯兩邊的絲柏樹，先前積在枝葉上的雨珠掉落下來，發出小小的響聲落到在階梯旁欄杆上的他們兩人身上。那時候早已過了半夜，她躺在水泥的邊上，而他則走動著，或是探身俯視山谷。只有滴落的雨珠聲。

「妳什麼時候才沒再和那孩子說話？」

「突然之間忙得不可開交。部隊在莫洛橋和敵軍交戰，然後進入烏比諾。大概是在烏比諾的時候停下來的吧。在那裡讓你覺得隨時會被打死。不一定要是當兵的，神父和護士也一樣。那些狹窄而傾斜的街道，就像一個兔子籠。士兵們進來時只有殘軀剩肢，愛上我一個小時，然後就死了。重要的是要記住他們的名字。可是每次他們死的時候我都會一直看見那個孩子，給沖走了。有些人會坐起來，扯掉身上的衣服，想呼吸得順暢些，有些人則在死的時候還擔心手臂上的割傷。然後嘴裡冒出一個泡泡，啵的一聲破了。有次我俯身向前，蓋上一個死了的士兵的眼瞼，他把眼睛睜開來，冷笑著說：『等不及要我死是不是？妳這個婊子！』」他坐起身來，把我托盤的東西全掃落在地上。那樣憤怒。誰會想那樣死掉？帶著那樣的怒氣死掉，妳這個婊子！從那次以後，我總等到他們嘴裡冒出了泡泡。我現在很知道死亡了，大衛。我知道所有的氣味。我知道怎麼分辨那些氣味和痛苦的不同，什麼時候該很快地把一劑嗎啡注射進一條大血管裡，或是生理食鹽水，讓他們在死前先清乾淨他們的糞便。每個該死的將軍都該做做我的那份工作，每一個他媽的將軍。這應該是渡河攻擊前的必要條件。我們算什麼，要承受這樣的責任，要我們和老教士們一樣聰明，知道該怎麼樣帶領人們去做那件沒有人要做的事，還要想辦法讓他們覺得舒服。我永遠也不能相信他們為死者所行的那些儀式，他們那些粗俗的言辭。他們怎麼敢！怎麼敢對一個人的死亡說那樣的話。」

沒有光亮，所有的燈都熄了。天上雲層密布。不要驚動那些房舍裡的人比較安全，他們已經習慣於行走在黑暗的屋子裡。

「妳知道軍方爲什麼不要妳留在這裡，陪著那個英國病人嗎？妳知道吧？」

「像個令人尷尬的婚姻關係？我的戀父情結？」她對他微笑道。

「那個老傢伙怎麼樣了？」

「他對那隻狗的事還不能平靜看待。」

「告訴他說那隻狗是跟著我來的。」

「他其實也並不確知你在這裡，認爲你會偷了瓷器走。」

「妳想他會想喝點酒嗎？我今天想辦法弄到了一瓶。」

「從哪裡弄來的？」

「妳到底想不想要呢？」

「我們現在就喝吧，不用理他。」

「啊，大突破！」

「不是什麼突破。是我很需要喝一杯。」

「二十年的老酒。我二十歲的時候……」

「好啦，好啦，你何不在哪天弄一架留聲機來呢。對了，我覺得那應該叫偷。」

「這全是我的國家教給我的。這也是戰時我爲他們所做的事。」

他穿過炸毀的小禮拜堂走進屋子裡。

漢娜坐了起來，感覺有點暈眩而不穩。「看看他們怎麼對你。」她自言自語地說。

在戰時，即使是在和她一起工作的人之間，她也很少和別人交談。她需要一個叔叔，一個家裡的人，她需要那個孩子的父親，同時她在這個小山城裡等著多年來第一次喝得爛醉，而一個燒傷的人在樓上沉入他四小時的睡眠。她父親的一個老朋友現在正翻著她放藥品的小櫃子，扳斷小玻璃藥瓶的瓶頸，用一根鞋帶綁緊手臂，很快地把嗎啡注射到自己體內，快得只在轉身之間。

到了晚上，在他們四周的山裡，就連到了十點鐘，還只有大地是黑的，灰色的天空和綠色的山丘仍然清亮。

「我恨透了那種飢渴，讓人家對我充滿慾念。所以我閃躲一切：約會，吉普車兜風，追求，他們死前的最後一支舞——大家都覺得我狂傲自大。我工作得比別人辛苦，當兩班，在火線下，爲他們做所有的事，清理每一個便盆。說我狂傲自大是因爲我不肯出去花他們的錢。我想回家，可是家裡一個人也沒有了。我對歐洲已經煩膩透了。恨透了因爲我是個女的就把我當黃金。我愛過一個男人，結果他死了，那孩子也死了。我是說，那孩子不是就那樣死了，而是我摧毀了他。在那之後，我退得更遠到沒有人能接近我。管他說什麼我狂傲自大，管他什麼人死掉。然後我碰到了他，那個燒黑了的人，那個英國人。

「已經好久了，大衛，我都沒再想過和一個男人之間有什麼關係。」

在那個錫克教徒工兵現身別莊一個禮拜之後，他們認可了他的飲食習慣。不論他在什麼地方——在山上或是在村子裡——他都會在十二點三十分左右回來，和漢娜以及卡納瓦吉奧一起吃中飯。他從肩袋裡抽出捲成一小團的藍色手巾，鋪在餐桌上他們的食物旁邊。他的洋蔥和各種香草——卡納瓦吉奧懷疑那些都是他在花園裡掃除地雷的時候摘來的。他用那把割除引線外面膠皮的刀子來剝洋蔥。接下來是水果。卡納瓦吉奧猜想他在整場戰事中從來沒吃過軍中的伙食。

事實上，他總是天才一亮就很規矩地在那裡等著，把握著杯子的手伸出來，要他喜歡的英國茶，加上他自備的煉乳。他慢慢地喝著，站在陽光下，望著那些部隊緩慢的移動，如果他們當天是駐紮在那裡的話，上午九點時，他們已經在玩牌了。

現在，黎明時分，在半被炸燬的聖吉諾拉摩別莊那些傷痕累累的樹下，他由自己的水壺裡喝了一口水。把牙粉倒在牙刷上，開始他長達十分鐘若有所思的刷牙，一面走動著，俯瞰仍埋藏在霧中的山谷，心裡對他碰巧現在居住的那棟大別莊所感到的不是驚嘆，而是好奇。刷牙，從他還是個孩子時開始，對他來說一向是個戶外的活動。

他四周的景觀都只是暫時的，沒有永久性。他只感到有可能會下雨，以及由樹叢中所傳來的某種氣味。好像他的心思，即使是在不用的時候，也像雷達一樣。他的兩眼定出方圓四分之一哩範圍內每一件無生命的東西所在的關係位置。四分之一哩正是小型武器的致命射程。他仔細看著他小心地由土裡挖出來的那兩顆洋蔥，知道這些園子裡也有撤走的軍隊埋下的地雷。

吃中飯的時候，卡納瓦吉奧以長輩的眼光看著那方藍色手巾上的東西。大概有某些稀有動物，卡納瓦吉奧想道，會吃這同樣的食物吧，那個年輕士兵以右手取食，用手指將食物送進嘴裡。他的刀只用來剝掉洋蔥的皮，或是切水果。

那兩個男人開車到下面山谷裡去取一袋麵粉，另外，那名士兵也必須將已清理過區域的地圖送到設在聖多明尼哥的司令部去。他們發現很難彼此詢問對方的事，所以就談起漢娜。在問了很多問題之後，那個年紀大的男人才承認在戰前就認得她了。

「在加拿大？」

「對，我是在那裡認得她的。」

他們經過路邊無數的火堆，卡納瓦吉奧把那年輕士兵的注意力轉到那上面去。這個工兵的綽號叫「醃鯡魚」。「去找醃鯡魚。」「醃鯡魚來了。」這個名字很奇怪地就這樣加在了他的身上。在英國的第一份炸彈清理報告上沾到了奶油，他的長官當時叫道：「這是什麼？醃鯡魚的油漬嗎？」周圍響起了一片哄笑聲。他完全不知道醃鯡魚是什麼，但這個錫克教徒卻從此轉成了一條英國的鹹魚。不到一個禮拜，他的眞名，寇爾帕．辛，就被大家忘了。他倒也不在乎這件事。舒福克爵士和他的爆破隊都用這個綽號叫他，和英國人通常只用姓氏稱呼人的習慣比起來，他還寧願這樣。

那個夏天，那英國病人戴上了他的助聽器，因此對屋子裡的一切都知之甚詳。那個掛在他耳朵裡的琥珀色小貝殼送進那些不經意發出的聲音——椅子在走廊上拖過地板，狗爪子在他房間外踩地的聲音，如果他把音量開大，甚至還聽得到那隻畜牲的呼吸，或是那個工兵在陽台上喊叫的聲音。在那年輕士兵到這裡才幾天的時間裡，那個英國病人就因此而知道有這個人在屋子附近，雖然漢娜始終把他們分開，知道他們大概彼此都不會喜歡對方。

可是有一天她走進那英國人的房間時，卻看到那個工兵在裡面。他站在床腳，兩手抓著橫在他肩膀上的步槍。她不喜歡這種隨便拿槍的樣子，還有他懶懶地轉向走進門來的她，好像他的身子是一根輪軸，好像那支武器縫在他肩膀、手臂，和那雙棕色的小小手腕上。

英國人轉向她說道：「我們處得非常好！」

她對那個工兵這麼隨便地走進這塊領域，似乎可以避開她，到每一個地方的事感到很不高興。醃鯡魚由卡納瓦吉奧那裡聽說這個病人對槍支很內行，就開始跟英國人討論搜查炸彈和地雷的事。他到了這個房間裡，發現對方是一個對聯軍和敵方武器所知甚爲清楚的人。這個英國人不僅知道很差的義大利引信，也知道托斯卡尼這一帶的詳細地形。他們很快地就彼此畫出各種炸彈的圖形，談論每種特殊線路的理論。

「義大利的引信好像是垂直插入的。而且不完全總在尾端。」

「呃，那也要看情況而定，在那不勒斯製造的都是這種方式，可是羅馬的工廠卻走的是德國系統的路線。當然啦，那不勒斯，回溯到十五世紀……」

這也就是說要聽那個英國病人用他那種旁徵博引的方式說話，而那個年輕的士兵卻不習慣於靜坐傾聽，他會坐立難安，不住打斷那英國人爲讓整個思路順暢而常有的停頓和靜默。士兵擺頭向後，望著天花板。

「我們應該做一副擔架，」工兵在漢娜走進來時轉身對她說道：「把他抬到屋子裡的每一個地方。」她看著他們兩個，聳了下肩膀，走出房間。

卡納瓦吉奧在走廊上碰到她的時候，她正在微笑，他們站在走廊上，聽著房間裡兩人的對話。

我有沒有跟你說過我對維吉爾人的看法？醃鮮魚？讓我……

你的助聽器開著嗎？

什麼？

打開——

「我想他找到了一個朋友。」她對卡納瓦吉奧說。

她走到外面陽光下的院子裡。正午時分別莊噴水池裡的噴水口會噴出水來，足足二十分鐘。她脫掉了鞋子，爬進乾涸的池子裡等著。

這個時候，到處都是乾草的氣味。矢車菊在空中擺動，撞在人身上，像撞上一堵牆一樣，然後又若無其事地退開。她注意到水蜘蛛在噴水池上緣底下築巢的地方，她的臉就在那些垂掛物的陰影中。她喜歡坐在這個石頭搖籃裡，那又冷又黑，隱藏著的空氣，由她附近仍然空無一物的噴口裡逸出的氣味，像是暮春時節第一次打開地下室所冒出的空氣，和懸在外面的熱氣恰成對比。她撣乾淨兩臂和腳趾上，以及鞋縫中的塵土，伸了個懶腰。

房子裡的男人太多了。她的嘴靠過去，貼在自己光裸的肩膀上，聞著自己的肌膚，那種熟悉的味道。一個人自己獨有的味道和氣味。她記起第一次注意到這件事的時候，大約是十幾歲吧——似乎重要的是在什麼地方，而不在什麼時間——親著手臂來練習接吻，聞著手腕或彎腰下去聞大腿。把氣呼進自己彎曲的手掌心裡，讓呼吸的氣味再回到她的鼻子裡。現在她把雪白的一雙赤腳磨擦著噴水池上的彩紋。那個工兵跟她說過他在作戰時見過的一些雕像。有次他睡在一座哀悼的天使像旁邊，那天使半是男性，半是女性，他覺得非常之美。他當時向後靠躺著，望著那個身子，而從打仗以來，他第一次感到平靜。

她聞著石頭，那冷冷的青苔味。

她父親死得很辛苦，還是很平靜？會像那個英國病人一樣神氣地躺在床上嗎？是不是由一個陌生人來照顧？和你沒有血緣關係的人比和你有血緣關係的人更容易使人情緒激動。好像跌入陌生人的懷裡，你會發現你的選擇映照了出來。她父親和那個工兵不一樣，從來就對這個世界不會完全感到自在。說起話來會因爲靦腆而含糊不清。她母親就曾經抱怨，說派屈克的每一句話裡，都會聽不到兩三個關鍵性的字。可是漢娜喜歡他這一點，完全沒有封建時代的味道。他那種含糊與不定讓他有一種猶疑的魅力。和大多數人不一樣。即使是那個受傷的英國病人也有那種熟悉的封建時代味道。但她父親卻是個飢渴的鬼魂，喜歡周圍的人很有自信，甚至是鬧哄哄的。

他在迎向死亡的時候，是否也保有那種不過是偶然碰上的感覺？還是說充滿憤怒？他是她所認識的人中最不會生氣的，討厭和人爭辯，如果有人說羅斯福或加拿大共產黨領導人提姆・貝克的壞話，或是稱讚某位多倫多的市長，他就會走出那個房間。他這輩子從來沒有去說服什麼人，只是對他周遭發生的事表示喜歡或不予理睬。如此而已。一本小說就是一面活動的鏡子。她在那英國病人推薦給她的某本書裡讀到這句話，而她記憶中的父親——每次她想和他共處的時刻——正是如此。半夜裡把車停在多倫多波特瑞街北邊的一座橋下，告訴她說那裡正是夜晚椋鳥和鴿子很不舒服地分享椽下的地方。因此他們在一個夏日夜晚停在這裡，把頭伸到那一群嘈雜而睡眼惺忪的鳥叫聲中。

人家告訴我派屈克死在一處鴿房中，卡納瓦吉奧說。

她父親愛他自己創出來的一個城市，那裡的街道、牆壁，和邊界是他和朋友們畫出來的。他從來沒有眞正踏出那個世界。她發現自己對現實世界所知道的一切都是自己學到或是由卡納瓦吉奧那裡聽來的，還有，在他們住在一起的那段時間裡，由她的繼母克拉拉那裡學來。克拉拉以前是個女演員，頭腦清晰，在他們都因戰事離家時，非常憤怒。去年在義大利的這一年裡，她都隨身帶著克拉拉寄來的信。她知道那些信都是在喬治亞灣一個小島上一塊粉紅岩石上寫的，寫信的時候，有風從水上吹來，吹捲了她記事本上的紙，而最後她把那些紙撕下來，放進信封裡寄給漢娜。她在小箱子裡帶著那些信，每封信裡都有粉紅色岩石的碎片和水上颺來的風。但她從來沒有回過信。她非常之想念克拉拉，但就是沒法寫信給她。尤其是現在，她發生了那麼多事之後。她無法忍受談到或甚至表示知道派屈克的死訊。

現在，在這塊大陸上，戰事不停地轉到各處，暫時變成醫院的修道院和教堂都孤立了，被隔絕在托斯卡尼和恩布里亞的山中。那裡存留著戰爭的遺跡，如巨大冰川留下的小小冰磧石。現在在他們四周的只有神聖的森林。

她把雙腳縮在薄薄的衣服下，兩臂擱在大腿上。一切都是靜止的。她聽到那種熟悉的、空洞的攪動聲，不安地響在深埋噴水池正中柱子裡的水管中。然後是一片沉寂。接著突然一陣轟然巨響，水由她四周衝了出來。

漢娜念給英國病人聽的那些故事，和吉卜林寫的《小吉姆的追尋》中那個老旅人，或是斯丹達爾寫的《巴馬修道院》裡的男主角法柏瑞其歐一起去旅行，讓他們沉醉在如漩渦似的軍隊、馬匹，和車輛之中——這些人或是逃離或是奔向戰場。疊在他房間一角的是其他那些她念給他聽過的書，那裡的風景他們都已經經歷過了。

很多書打開來就看到作者所確定的秩序。其中之一如一支槳輕悄地伸入水中。

> 我於塞爾維烏斯．伽爾巴任執政官的時期開始寫我的作品……，提比略、卡利古拉、克勞迪亞斯和尼祿等人的歷史，他們當權時，都在恐怖統治下造假，到他們死後，則在新的恨意下寫成。

塔西佗就是這樣開始他的《編年史》。

但長篇小說都一開始支吾其詞或一片混亂，讀者永遠不能得到完全的平衡。一扇門，一把鎖，一道堰一旦開啓，他們就一擁而出，一手抓著船邊，一手抓著帽子。

她開始看一本書時，像是走過一扇扇高高的門進入廣大的院子。巴馬、巴黎，和印度鋪展開他們的地毯。

> 他無視於當局的規定，跨坐在架設於磚砌平台上的那尊Zam-Zammah巨炮上，對面就是當地人稱為老Ajaib-Gher——驚奇屋——的拉合爾博物館。誰要能掌握Zam-Zammah，也就是「噴火龍」，誰就能掌控旁遮普，因為這件巨大的青銅武器向來是征服者首先取得的戰利品。[9]

「讀他的作品要慢慢地，親愛的小女孩，吉卜林的書一定要慢慢地讀。小心地注意看逗點落在哪裡，就能發現那很自然的停頓。他是個作家，用筆和墨水寫作，我相信他經常會停筆抬頭，從窗子裡望出去，聽著鳥叫，像很多獨坐的作家一樣。有些人不知道那些鳥的名字，不過他知道。妳的眼睛太快，太北美洲化。想想他動筆的速度，就可以看出那令人討厭而糾纏不休的第一段完全是另一番面貌。」

這就是那個英國病人教她如何讀書的第一課。他後來沒有再打斷她。萬一他睡著了的話她也會繼續念到自己累了爲止，始終不抬起頭來。就算他沒聽到最後半個小時裡所念的情節，也不過就像是他已經很清楚的故事裡有一個黑黑的小房間而已。他熟知整個故事的地圖。貝拉納西在東邊，契利安瓦那在旁遮普的北方。（這一切都發生在那個工兵像由小說中走出來，進入他們的生活之前。好像在那天晚上吉卜林的書頁有如神燈般給磨擦了。引發了各種神奇的事。）

她由《小吉姆的追尋》最後那些細緻而神聖的句子——現在十分清晰了——轉而拿起了那個病人的筆記本，就是他不知用什麼方法由火災中隨身帶出來的那本東西。那本筆記本鼓得張了開來，幾乎有原來厚度的兩倍。

裡面有一張薄薄的書頁，是由聖經中撕下而貼過來的。

> 大衛王年紀老邁，雖用被遮蓋，仍不覺暖。
>
> 所以臣僕對他說，不如為我主我王尋找一個處女，使他伺候王，奉養王，睡在王的懷中，好叫我主我王得暖。
>
> 於是在以色列全境尋找美貌的童女，尋得書念的一個童女亞比煞，就帶到王那裡。這童女極其美貌，他奉養王，伺候王，王卻沒有與他親近。[10]

救了那燒傷飛行員的——族人在一九四四年把他送到位於埃及西瓦的英軍基地。由午夜的救護火車從西方沙漠轉送到突尼斯，再運到義大利。戰事進行到這時候，他們已失去了數百名士兵，其中好人比壞人多得多。那些宣稱不知自己國籍的都集中在提雷尼亞的營區裡，海濱醫院也在那裡。這個燒傷的飛行員是又多了一個謎樣人物，沒有身分證明，無法辨識。在附近的拘留所裡，他們把美國詩人伊薩·龐德關在牢房裡，他在身上和口袋裡藏著他由當時遭逮捕的地方、也就是背叛他的那個人的花園裡攀折下來的桉樹枝，每天藏在不一樣的地方，來配合他自己對安全感的意象。「桉樹是用來回憶的。」

「你應該想辦法套我的話，」那被燒傷的飛行員對審訊他的人說：「讓我說德語，告訴你，我是會說的。問我關於唐．布拉德曼[11]、酵母調味醬，或是葛楚．賈基爾[12]的事。」他知道義大利境內每一個有喬托作品的地方，以及大多數能找到具說服力的錯視畫的地方。

海濱醫院是由從上世紀末到本世紀初沿海灘建造供遊客租住的度假小屋所組成。在暑熱的天氣中，那些老舊的巨大陽傘又插進桌上的插座裡。而那些纏著繃帶，受了傷和昏迷不醒的傷兵就坐在陽傘下的海風中，緩緩地說話或是空瞪著兩眼，或說個不停。那個燒傷的人注意到那離群獨處的年輕護士。他對那種了無生氣的眼光十分熟悉。知道她不像護士而更像是病人。在他有所需要的時候，就只跟她說話。

他又受到審訊，他的一切都非常之有英國味，只不過他的皮膚燒得焦黑。在負責審訊的軍官看來，他像是個愛爾蘭的鄉下農夫。

他們問他聯軍在義大利的情況。他說他認爲他們已經攻下了佛羅倫斯，但在北方那一帶山城，也就是所謂的哥特戰線那裡被擋住了。「你們的部隊被困在佛羅倫斯，沒法越過比方說像普拉托和非索列等等的基地。因爲德軍駐紮在莊園或修道院裡，防守得很好。這種事情古已有之——十字軍在打穆斯林時就犯過同樣的錯誤，而你們像他們一樣，現在需要那些城堡。他們除了霍亂流行的那段時間外，始終沒有棄守。」

他一直說個不停，把他們逼瘋了，叛徒還是盟友，他們始終搞不清楚他究竟是哪個。

現在，幾個月之後，在聖吉諾拉摩別莊，在佛羅倫斯以北的這個山城，在這間畫著花草樹木給他當臥室的房間裡，他像拉芬納那座死騎士的雕像似地躺著，他斷斷續續地說著綠洲的小村鎮，已故的梅迪奇家族、吉卜林的文字風格、那個咬進他肉裡的女人。而在他隨身帶著的那本書，一八九〇年版的希羅多德《希臘波斯戰爭史》，又是另外一些片段的雜記——地圖、日記、各種語文的記事，由其他書本裡剪下來的段落。什麼都有，只缺少他的名字。對他的眞實身分仍然毫無線索。沒有名字，不知階級或他所屬的單位。他那本書裡的資料全是戰前的，三〇年代埃及和利比亞的各個沙漠，夾雜著以他本人小小字跡所寫的和洞窟藝術或藝廊藝品有關資訊或是其他記事。「在佛羅倫斯的所有聖母像裡，」那個英國病人在漢娜俯身照顧他時說：「沒有一個是黑頭髮的。」

那本書現在在他的手裡。她看到他睡著了，就把書拿過去放在旁邊的桌子上，還讓書攤開著。她站在那裡，低頭看著，念著那本書，答應自己不要翻頁。

一九三六年五月

我要念一首詩給你聽，克利夫頓的太太說。她的語氣很正式，她一向是這樣的，除非你和她非常親近。我們當時都在南邊的營地裡，圍在火邊。

我行走在沙漠裡。

我叫道：

「啊，神哦，帶我離開這個地方。」

有一個聲音說：「這裡不是沙漠。」

我叫道：「呃，可是——

「這些沙，這份熱，還有遙遠的地平線。」

那個聲音說：「這裡不是沙漠。」

沒有人說什麼。

她說：那是美國詩人史蒂芬．克萊恩的作品，他從來沒到過沙漠。

他到了沙漠裡，麥杜克斯說。

一九三六年七月

戰爭中的叛變與平時我們人類的背叛比起來只是小巫見大巫。新近墜入愛河的戀人進入彼此的習慣。在全新的視野中，各種事物都顛覆了或暴露出來。這些都在緊張不安的或溫柔的話語中顯現，雖然人的心是一種屬火的器官。

所謂愛情故事，說的不是那些失落了心的人，而是那些碰巧找到悶住在那裡的人，也就是說肉體已騙不了任何人，騙不了任何事——騙不過睡眠的智慧或社交禮儀的習慣。是對自我和過去的吞噬。

這間綠色房間裡已經近乎全黑了。漢娜轉開身子，才發現她的頸子因爲太久沒動而僵直了。她剛才一直集中精神沉浸在他那本滿是地圖和札記的大書中厚厚書頁上潦草的字跡裡。書中甚至還用膠水黏了一株小小的蕨類植物。《希臘波斯戰爭史》。她沒有合上書本，當她把書放在旁邊的小桌子上之後，就再沒有碰過。她由書本邊走了開去。

醃鯡魚在莊園北邊的一處田野裡發現了那個大地雷，他的腳——在他橫過果園時差一點就碰上那條綠色的電線——向旁邊扭開，結果失去平衡跪在地上。他抬起那根電線，拉直了，再順著那根電線由樹林裡曲曲折折地走去。

他走到電線的源頭，坐了下來，把背包抱在懷裡。那個地雷讓他大爲震驚。他們用水泥把地雷掩埋起來。他們把炸藥放在那裡，然後在上面糊了濕濕的水泥，掩藏起地雷的裝置和火力大小。在大約四碼遠處有一棵光禿的樹。另外一棵樹在將近十碼遠處。長了兩個月的草長滿在那個水泥球上。

他打開背包，用剪刀把草剪掉，用一球繩子繞在地雷上，然後連上一條繩子和裝在樹枝上的滑輪，把那坨水泥緩緩地拉到半空中。兩條電線由水泥裡垂向地面。他坐下來，身子靠著樹幹，看著那個東西。現在處理的快慢都沒關係。他把那具電晶體收音機由背包裡取出來，把耳機戴在頭上。很快地，收音機就讓他耳朵裡充滿了由ＡＩＦ台播放的美國音樂。每首歌或舞曲平均長度是兩分半鐘。他可以用〈一串珍珠〉或〈西京藍調〉以及其他的歌曲來推算他在那裡待了多久，下意識地聽著這些背景音樂。

聲音也沒影響，這種炸彈沒有輕微的滴答聲或表示危險的輕響，音樂的聲音反而能使他有更清晰的思想，想清楚這個地雷可能有的內部結構，想清楚那些在城裡設下線路，澆上水泥的那些人的性格。

用第二條繩子把那個水泥球拉緊在半空中，表示不管他怎麼用力敲打，那兩根電線也不會拉開引爆。他站了起來，開始輕輕地把外面用作偽裝的水泥鑿掉，用嘴吹掉鬆脫的碎屑，用毛刷撣開，再鑿掉一些水泥。只在音樂中斷，要重新調整電台波長時才會轉移注意力，讓樂曲的聲音再清晰回來。他很慢很慢地讓那些線路重見天日。一共有六條線亂成一團，糾結在一起，全漆成黑色。

他刷乾淨接有線路的版子。

六條黑線。他小時候，他父親常把手指絞在一起，遮得只剩下指尖露在外面，要他猜最長的手指是哪一根。他用他自己小小的手指去碰觸他所選的那根，然後他父親的手放了開來，像開花一樣，讓那孩子看到他的錯誤。當然誰都可能把紅色的電線接在陰極上，但這個對手卻不但把那個炸彈封上水泥，還把所有的線全漆成黑色。醃鯡魚被拉進了一個心理上的迷宮裡。他開始用小刀刮去電線上的油漆，露出一條紅的，一條藍的，一條綠的。他的對手是否也把線路弄混了呢？他得自己弄一個像河流彎道似的外接迴路，然後用來測試是陽極還是陰極。還要檢查其中減弱的威力，來確知危險所在。

漢娜把一面長鏡子拿在前面由走廊上走過來。她因爲鏡子很重而停下來休息一下，然後再往前走，鏡子裡映照著暗粉紅色的走廊。

那個英國人想看看自己的模樣。她在進房間之前，很小心地把鏡面轉向自己，免得由窗外射進來的光會反射到他臉上。

他躺在那裡，一身皮膚焦黑，唯一白色的是他耳朵裡的助聽器，在枕頭上似乎閃著白光。他用兩手把蓋在身上的被單往下推。來，這樣子，他盡其所能地將被單往下推，漢娜把被單摺到床腳。

她站在床腳一張椅子上，慢慢地把鏡子向下斜在他上方。就在她維持這樣的姿勢，兩手伸在前面的時候，聽到了模糊的叫聲。

她起先沒有理會，屋子裡常會聽到山谷裡傳來的聲音。在只有她和那英國病人住在這裡的時候，軍方使用喊話筒總會嚇到她。

「把鏡子扶住，寶貝。」他說。

「我覺得有人在喊叫。你有沒有聽到？」

他用左手把助聽器的音量開大。

「是那個男孩子，妳最好去看看是什麼事。」

她把鏡子靠在牆上放好，衝進走廊裡，在外面停了一下，等著下一聲喊叫。聽到之後，她馬上穿過花園，進了屋子上方的田野。

他站在那裡，兩手高舉過頭，好像撩著一張巨大的蜘蛛網。他搖晃著頭，想甩開那副耳機。當她向他跑過去時，他大聲嚷著要她繞到左邊，那裡到處都是地雷的線。她停了下來，那是一條她走過無數次的路，從來沒感到危險。她提起裙子，向前走去，一面注意著踩進長草中的腳步。

等她走到他身邊時，他的兩手仍舉在空中。他上當了，最後手裡拿著的是兩條「活線」，如果沒有人幫忙就放不下來。他需要另外一隻手來拉開其中一根，而且他還得再回引信頭那邊去一趟。他把兩根電線小心地交給她，把兩臂垂下，讓血液流回到手臂上。

「我馬上再接過來。」

「沒關係。」

「一點也不要動。」

他打開工具箱找電量錶和磁鐵，他把量錶沿著她拿著的線路測試。指針沒有移動。沒有線索。什麼也沒有。他退後幾步，想著不知道問題在哪裡。

「我把這兩條線用膠帶貼在樹上，讓妳快走開。」

「不用，我來拿著，線到不了樹那邊。」

「不行。」

「醃鯡魚——我能拿著。」

「我們碰上了麻煩。眞是笑話，我不知道接下來該怎麼辦，我不知道這玩藝到底有多完整。」

他丟下她，跑回到他最先看到那根電線的地方。這回他抬起那根電線，一路順著走過去，一面用量錶測度著。然後他蹲在大約離她十碼遠的地方，想著，偶爾抬起頭來，對她視而不見地望著。只注視著她握在手裡的那兩根電線。我不知道，他大聲說道，說得很慢。我不知道。我想我得剪斷妳左手的那根電線，妳一定得離開這裡。他又把耳機戴在頭上，聲音重新充滿了他的耳朵裡，讓他思想清晰起來。他檢視幾條不同的線路，再轉到那些線路糾結的地方、突然彎曲之處，以及埋藏的開關，將那些一一解除。一個危險的引火盒。他記起那隻叫這個名字的狗，眼睛大得像兩個碟子。他聽著音樂順著那些線路很快地查過去，兩眼隨時盯著那個女孩子穩穩握住電線的雙手。

「妳最好離開這裡。」

「你需要另外有隻手來剪線，對不對？」

「我可以把電線貼到樹上。」

「我拿著就好。」

他像抓一條細細的毒蛇似地把她左手拿著的那根電線接了過來，然後又拿了另外那根。她並沒有走開，他也沒再說什麼，他現在必須盡可能地想清楚，就像只有他一個人在那裡一樣。她走到他面前，拿回了一根電線。他再一次檢查這個炸彈的線路，也想像著組合線路的那個人的心理，試過每一個關鍵點，像X光似地透視進去。其他的一切都被音樂聲覆蓋。

他走到她旁邊，搶在他的決定消失之前，剪斷了她左拳下方的電線，那聲音聽來就如同什麼被牙齒咬斷一樣。他看到她肩膀和頸部的衣服上汗濕的黑漬。炸彈已經拆除了。他把剪刀丟在地上，伸手搭著她的肩膀，因爲他需要碰觸屬於人的東西。她在說什麼，他聽不見，她把手伸了過來，拿掉他的耳機，寂靜侵來，還有微風和枝葉抖動的聲音，他這才發現剪斷電線的聲音根本沒有聽到，只是感覺到，那突然的斷裂。像兔子的一根小小骨頭折斷一樣。他沒有放開她，而是將手順著她的手臂摸下來，將那七吋長的電線由她仍然緊握的拳頭裡抽了出去。

她正充滿疑問地看著他，等他回答她剛才所說的話，可是他並沒有聽見。她搖了搖頭，坐了下來。他開始收拾散在他四周的那些東西，放進背包裡。她抬頭望進樹林裡，然後完全是偶然地低下頭來看到他的兩手在發抖，緊張而僵硬得像癲癇症患者的手似的，呼吸既深又急，一下就過去了。他蹲在地下。

「你聽到我剛才說什麼嗎？」

「沒有，妳說什麼呢？」

「我以爲我會死掉，我很想死，而我想到如果我會死的話，我倒願意和你一起死。像你這樣的人，和我一樣年輕。在過去那一年裡，我身邊死了太多人，我並不害怕，我剛才也不是勇敢。我只是自己在想，我們有這座莊園、這片草地，在死之前，我們應該一起躺下來，你躺在我懷裡。我想摸你頸邊的骨頭、鎖骨。那在你皮膚底下，就像一對硬硬的小翅膀。我想把我的手指按在上面，我一直喜歡顏色像河水和岩石的肌膚，或者是像一朵黑眼金光菊的花心顏色，你知道那是什麼花嗎？你有沒有見過那種花？我好累啊，醃鯡魚，我想睡覺。我想睡在這棵樹下，把我的眼睛貼靠在你的鎖骨上，我只希望閉上眼睛，什麼也不想，想找個樹杈，爬上去，在那裡睡覺。你的頭腦眞清楚！知道該剪斷哪一根電線。你是怎麼知道的？你一直說我不知道我不知道，可是你是知道的，對吧？不要抖動，你一定要做一張安穩的床給我躺著，讓我蜷曲著身子，好像你是一個我可以緊抱著的慈祥老祖父。我喜歡『蜷曲』這兩個字，這兩個字的節奏好慢，不能說快了……」

她的嘴靠在他的襯衫上。他和她一起躺在草地上，盡其可能地一動也不動，他的兩眼清澈，望著頭上的一根樹枝。他聽得到她深沉的呼吸聲。等他伸手環抱著她時，她已經睡著了，但還是把他的手抓得貼緊自己的身子。他往下看了一眼，看到她仍然抓著那截電線，想必是她後來又撿起來了。

最鮮活的是她的呼吸，她的體重似乎輕得想必是她大半個身子都沒有壓靠著他。他能這樣躺多久？不能動，也不能去忙別的事情。他基本上得維持靜止，像過去幾個月裡的某些情況一樣：他們沿海岸而上，攻打每一個城寨，到最後已經分不清哪裡是哪裡，到處都是一樣狹窄的街道，成爲血流成河的溝渠，讓他夢到如果失去平衡的話，就會在那些紅色的液體上一路滑下坡去，再翻下峭壁跌入深谷。每天晚上，他都會走進一間攻占的教堂冰冷的空間裡，找到一座雕像當他的守護者。他只信任這石雕的族類，在黑暗中盡量貼近他們。一個哀悼中的天使，大腿是女性最完美的大腿，線條和陰影看來極其柔和。他會把頭枕在這樣的懷裡，讓自己放心地進入夢鄉。

她突然將更多的重量加在他身上，她的呼吸更爲深沉，像大提琴的聲音。他注視著她沉睡的面容。他仍然對這個女孩子在他拆解炸彈時留在他身邊的事感到不快，好像她這樣做法讓他欠了她什麼似的。讓他覺得回顧起來應該對她負責，雖然當時完全沒有這種想法。好像那件事能有效地影響到他處理地雷的方式。

可是他現在覺得自己在某樣東西裡面，也許是一張他去年在什麼地方看過的一幅畫。一對無憂無慮的男女在一片田野裡，由他們慵懶而全然沒有想到工作和這個世界上危險事物的睡姿中，他看到了多少這樣的人。在他身邊有漢娜的呼吸，如小老鼠在走動，她的眉毛像在爭論時般地抬了起來，夢中有著小小的忿怒。他將眼光轉開，往上望向樹梢和滿天的白雲。她的手緊抓住他，有如黏在莫洛河岸上的爛泥，他用拳頭插進濕濕的土裡，以免自己再滑回已經渡過的急流中。

如果他是個畫中的英雄人物，就可以好好地睡上一覺，但是就像她說的，他是岩石的棕色，是一條暴風雨中漲了水的河裡爛泥的棕色。而他心裡有什麼使他就連這樣天眞無邪的說法也退避開來。成功拆除了一枚炸彈的結果很奇怪。聰明的白人老先生會握握手，道個好，蹣跚離去，但他是個專業人士，也一直是個外國人，是那個錫克教徒。他唯一算是有接觸的人就是製作了這顆炸彈、而後以枝葉消除了自己蹤跡的這個敵人。

他爲什麼睡不著？他爲什麼不能轉向那個女孩子，不再去想一切都還是半亮著而懸吊著的火呢？在他想像中的一幅畫裡，這塊擁抱著他們四周的田野是一片熊熊火焰，他有一次以望遠鏡看著一個工兵進入一間布有地雷的房子，看到那個人把桌上一盒火柴碰落，隨即被火光包圍，半秒鐘後炸彈爆炸的聲音才傳到他耳邊來。一九四四年的閃電是什麼樣子？他怎麼能連這個女孩子衣服上緊箍在她手臂袖口那條鬆緊帶也相信是真的？或是她呼吸聲中低沉如河中石頭相碰的輕響？

女孩子在那條毛蟲由她衣領爬到她臉頰上時醒了過來，她睜開眼睛，看到他蹲在她身邊。他把毛蟲由她臉上抓起，沒有碰到她的肌膚，把蟲子放進草地裡。她看到他已經收拾好了配備。他向後退開，靠著那棵樹坐下來。看著她緩緩地翻過身來仰臥著，然後伸了個懶腰，把身子盡可能地一直伸展著，時間想必已到了下午，太陽斜照著。她把頭向後仰著看他。

「你應該抱著我的！」

「本來是的，後來妳翻身轉開了。」

「你抱著我有多久？」

「一直到妳翻身，一直到妳要翻身的時候。」

「我沒有占你便宜吧？」又加上一句：「開玩笑的啦。」因為她看到他開始臉紅了。

「妳要回屋裡去嗎？」

「要，我餓了。」

她幾乎站不起來，陽光刺眼，兩腿無力。他們在那裡多久了？她依然不知道。她無法忘記她睡得有多沉，鉛錘有多輕。

卡納瓦吉奧拿出他在什麼地方找到的留聲機，他們在那英國病人的房間裡開了場派對。

「我可以用這個來教妳跳舞，漢娜。不是妳那位年輕朋友知道的那種。我曾經看過某些可以不理會的舞步，可是這首曲子，〈這事有多久了？〉是最棒的歌曲之一，因爲前奏的旋律比由此引出來的歌要純淨得多。而只有偉大的爵士樂手才能了解這點。現在，我們可以到陽台上去跳舞，這樣可以讓我們請那條狗一起來，或者我們去吵那個英國人，在樓上他的房間裡開派對。妳那位不喝酒的年輕朋友昨天在聖多明尼哥找到了幾瓶酒。我們有的不只是音樂而已。把手伸給我。不對，我們首先要在地板上用粉筆畫好舞步來練習。主要是三步——一、二、三——現在把手伸給我。妳今天出了什麼事？」

「他拆除了一個大炸彈，很難拆的。讓他跟你說吧。」

那個工兵聳了下肩膀，不是很謙虛，而是好像那件事太過複雜而很難解釋。夜色很快地籠罩下來，充滿在山谷裡，遮沒了山巒，使他們又只剩下了燈籠。

他們懶洋洋地由走廊走向那個英國病人的臥房，卡納瓦吉奧拿著那架留聲機，一手握住唱頭臂和唱針。

「哎，在你開始講古之前，」他對靜躺在床上的那個人說：「我先請你聽『我的羅曼史』。」

「我相信那是美國名作詞家勞倫茲．哈特先生在一九三五年寫的吧。」那個英國人喃喃地說道。醃鯡魚坐在窗邊，而她說她想跟那個工兵跳舞。

「等我教了妳再說，我親愛的小蟲子。」

她奇怪地抬頭看看卡納瓦吉奧，那是她父親對她的親熱稱呼。他將她拉過來，抱進他寬闊而老了的懷中，又說了一遍「親愛的小蟲子」，開始教她跳舞。

她剛換上一件乾淨卻沒有燙過的衣服，每次他們旋轉的時候，她都看見那個工兵自吟自唱著歌詞。如果他們那裡有電力的話，就可以弄架收音機來，知道別處戰事的消息。他們只有那架屬於醃鯡魚的小電晶體收音機。可是他很小心地把那收音機留在他的帳篷裡了。那個英國病人正在談勞倫茲．哈特不幸的生活，他宣稱哈特給「曼哈頓」寫的一些最好的歌詞被改過了。他突然念起歌詞來：

我們到布萊頓河游泳，
跳進水中，
嚇得魚兒亂逃。
妳的泳裝太薄，
引得蝦子大笑，

笑得嘴都裂掉。

「很棒的詞句，而且很情色，可是李察·羅吉斯好像希望更嚴肅點。」

「妳得猜想我的動作，明白嗎？」

「你爲什麼不猜我的呢？」

「等妳知道該怎麼跳之後，我就會那樣了。目前只有我一個人會。」

「我打賭醃鯡魚知道。」

「他也許知道，可是他不會跳的。」

「我要喝點酒。」那英國病人說，那個工兵拿起一杯水，把裡面的水由窗口倒了出去，替英國人斟上了酒。

「這是我一年來的第一杯酒。」

外面傳來一聲悶響。那個工兵很快地轉過身去，望著窗外，望進那一片漆黑。其他的人全僵住了，那很可能是一枚地雷。他把身子轉回來對著其他人。「沒事。不是地雷，好像是由一處已經清除過的地方傳來的。」

「把唱片翻個面，醃鯡魚。現在，我要介紹各位聽〈這事有多久了？〉，作者是——」他把空下來的留給那個英國病人來塡充，對方只爲難地搖著頭，把酒含在嘴裡笑著。

「酒精說不定會要了我的命。」

「什麼都要不了你的命，我的朋友，你已經是焦炭了。」

「卡納瓦吉奧！」

「是喬治和艾拉．蓋許文兩兄弟的作品。你們聽。」

他和漢娜隨著薩克斯風悲傷的曲調滑動。他說得對。曲調那樣緩慢，那樣消沉，她能感受到樂手不想離開前奏的小小廳堂而進入主旋律，一直希望還留在那裡，在那個故事尚未開始的地方，好像被一位美女在前奏中魅惑了。那個英國人喃喃地說這種前奏對這些歌曲來說叫做「累贅」。

她的臉頰貼靠在卡納瓦吉奧的肩膀上，她能感受到那些可怕的爪子在她背上，抓在她乾淨的衣服上。他們在那有限的空間裡移動，床和牆之間，床和門之間，還有床和醃鯡魚所坐的窗口之間。每每在他們轉身時，她會看見他的臉。他的雙膝豎起，兩臂擱在膝蓋上。或是他在望著窗外的黑暗。

「你們有誰知道一種叫博斯普魯斯擁抱的舞嗎？」那個英國人問道。

「沒這種東西。」

醃鯡魚看著巨大的影子滑過天花板，遮在畫了花樹的牆上。他掙扎著站了起來，走到那英國病人身邊幫他的空酒杯裡添酒，再用酒瓶碰了下杯緣敬酒。西風吹進房間裡。而他突然憤怒地轉過身去，聞到一陣無煙火藥的微弱氣味，混雜在空氣中。然後他溜出了房間，無力地揮了下手，留下漢娜在卡納瓦吉奧懷裡。

他沒有帶著燈火，一路跑過黑暗的走廊。他一把撈起他的背包。出了房子，跑下那三十六級階梯到了路上，只是一路跑著，不去想他身體所感到的疲勞。

那會是一個工兵還是一個老百姓呢？路邊傳來花草的香氣，他身側開始冒汗。那會是意外還是選擇錯誤的結果？大部分時間工兵都不大跟別人交往。在性格上說來，他們是很奇怪的族類，有點像做珠寶和寶石的人，本身有種冷冷的清澈思想，他們的決定就連同行也會被嚇到。醃鮮魚早在寶石工匠身上認識了這種特質，卻從來沒在自己身上看到過，雖然他知道其他的人看得到他也有。工兵們從來不會彼此熟稔。他們交談的時候只談相關的情報、新的裝置、敵人的習慣。他會走進他們駐紮的市政廳裡，眼中馬上見到那三張面孔而注意到少了第四個。或者那四個都在，而在某處田野裡會是一個老人或一個女孩子的屍體。

他當兵之後，就學過看線路圖，那些藍圖越來越複雜，像是巨大的繩結或是樂譜。他發現自己有立體透視的技巧。在看著一樣東西或是一張資料時能重新組合的眼光，看得出所有的虛像。他本性保守，但也能想像出最壞的裝置，能在一個房間裡造成意外——桌上放顆梅子，孩子走來吃下這有毒的東西，一個男人走進一間黑黑的房間，還沒來得及上床去和他妻子睡在一起，就先碰翻了架子上的煤油燈。任何一個房間裡都充滿了這種種的可能。他的眼光能看見隱藏在表面下的埋藏線路。某個接點會怎麼延伸出去通到看不見的地方。他不愛看推理小說，要看出壞人是誰實在是太容易了。讓他最自在的是和那些瘋狂的自學者在一起，比方他的恩師，舒福克爵士，比方這個英國病人。

他現在對書本還沒有信心。最近，漢娜注意到他坐在那英國病人旁邊的樣子，讓她覺得那好像是《小吉姆的追尋》的相反。那個年輕的學生現在是印度人，而那個聰明的老教師是英國人。但在晚上陪著那老人的卻是漢娜，引導他翻過群山到那條聖河去。他們甚至一起讀那本書。漢娜的聲音徐緩，風把她身邊的燭火吹歪，書頁剎時變黑。

他蹲在那間哐啷作響的等候室一個角落裡，什麼別的都不想；雙手交握在懷裡，瞳孔收縮到最小的程度。不用一分鐘——再過半秒鐘——他覺得自己就能解開那巨大的謎團……

而在某些方面，她猜想他們在這些朗讀和傾聽的長夜裡已爲那年輕的士兵做好準備，那個男孩子長大之後，會加入他們。但在故事裡，那個男孩卻是漢娜。如果說醃鮮魚是什麼人的話，他應該是那個叫克里頓的軍官。

一本書，一張線路圖，一塊線板，一個房間裡四個人，在一座廢棄的莊園裡，照亮的只有燭光，以及偶爾因暴風雨而帶來的閃電，偶爾有爆炸的火光。山巒和丘陵以及佛羅倫斯都因爲沒有電而有如瞎了一般。燭光照不到五十碼遠。在更遠的距離之外，這裡沒有屬於外面世界的東西。他們在這個夜晚，在那英國病人的房間裡，以短暫的舞蹈慶祝他們各自簡單的冒險——漢娜是她的睡眠，卡納瓦吉奧是他「發現」了那架留聲機，醃鮮魚是他拆解了一個很難拆的炸彈，雖然他已經幾乎忘了那一刻。他是那種對慶祝和勝利感到很不自在的人。

就在五十碼外，世界上沒有什麼代表他們的事物。在山谷的眼中既聽不見也看不到漢娜和卡納瓦吉奧的影子在牆面上滑過，醃鮮魚舒服地坐在窗口，而那個英國病人啜飲著酒，感到酒精滲進他那無用的身體裡，很快就醉了。他的聲音像一隻沙漠中的狐狸驚起一隻英國的畫眉鳥，他說那種鳥只在艾色克斯才有，因爲牠們只棲息在薰衣草和苦艾生長的地方。這個燒傷的人所有的慾望都在他的頭腦裡，那個坐在石頭窗台上的工兵在心裡這麼想著。然後他突然轉過頭去，因爲他聽到那個聲音，確定那是什麼，也知道是怎麼回事。他回頭看了他們一眼，這輩子第一次說謊騙人——「沒事，不是地雷，好像是由一處已經清理過的地方傳來的。」——準備等那股無煙火藥的氣味傳來。

現在，幾個鐘點之後，醃鯡魚再一次坐在窗口。如果他能走過英國病人房間裡那七碼遠的距離到那邊去觸摸她，他應該是神智清楚的。房間裡的光線很暗，只有她座椅邊的小桌上有一支蠟燭，她今晚沒有念書；他想說不定她有點醉了。

他從地雷爆炸的現場回來時，發現卡納瓦吉奧在圖書室裡的沙發上睡著了，還把那隻狗抱在懷裡。他站在打開的門口，那隻狗望著他，刻意地動了一下，表示牠醒著，正守衛著這個地方。牠低沉的哼叫聲大過了卡納瓦吉奧的鼾聲。

他脫掉靴子，把鞋帶綁在一起，掛在肩膀上走上樓去。外面開始下雨了，他需要一塊防水布去遮他的帳篷。他在走廊上看到那英國病人的房間還有亮光。

她坐在椅子上，一隻手肘撐在桌子上，桌上點著一支殘燭，她的頭向後靠著。他把靴子放在地上，悄無聲息地走進房間，也就是三個小時前開著派對的地方。他聞得到空氣中的酒味。在他走進去的時候，她把手指豎在嘴前，指了下那個病人。他其實聽不見那個工兵靜悄悄的腳步聲。醃鯡魚又再坐在窗前。如果他能走到房間那頭碰觸她的話，那他想必是神智清楚。但是在他們之間卻橫亙著一條艱險而複雜的路。那是一個很寬廣的世界。而那個英國人聽到任何聲音都會醒來，在他睡覺時，助聽器的音量開到最大，讓他自覺有安全感。那個女孩子的眼光四下環顧，然後當她面對著長方形窗子前的醃鯡魚時，兩眼才定下來。

他剛才找到了有人死亡的地點，以及在那裡的殘骸，他們把他的副指揮官哈地埋了。事後他一直想到那天下午那個女孩的事，突然爲她害怕起來，也爲她這樣讓自己牽涉其中而生氣。她居然那樣輕易地想毀了她的生命。她瞪著兩眼，她最後和他的溝通只是把手指豎在唇前。他歪過頭去，用臉頰摩擦過他肩上的繫索。

他剛才穿過村子走回來，雨水落進方場上從開戰以後就沒再修剪過的樹裡，經過那座兩個男人騎在馬背上握手的奇怪雕像。現在他在這裡，燭光搖曳，使她面容改變得讓他說不出她在想什麼。是智慧或悲傷還是好奇。

如果她是在念書，或者如果她正俯身在照顧那個英國病人，他就會向她點點頭，大概就此離開了，可是他現在卻是望著像是年輕而孤單的漢娜。今晚，在看過地雷爆炸的現場之後，他開始爲她下午他拆解炸彈時在場的事感到害怕。他必須把這事擺脫，否則每次他接近一根引信時，都會覺得她在身邊。他會一直想到她。以前他工作的時候，神智清明，只聽得到音樂，人的世界整個消失，現在她卻在他心裡或在他肩上。那樣子就像他有回看到一隻活山羊被一名軍官由他們準備放水淹沒的隧道裡牽出來。

不對。

這話不是眞的。他想要漢娜的肩膀，想把手掌放在上面，就像他在陽光下那樣，當時她睡著了，而他躺在旁邊，好像被什麼人用槍瞄準了，很尷尬地和她在一起，在想像裡的畫家所繪的風景中。他不想安慰她，但希望讓那畫中風景圍繞著她。帶她離開這個房間。他不願相信自己的弱點，而跟她在一起，他找不到自己的弱點。他們兩個都不願意對彼此揭露這種可能。漢娜那樣絲毫不動地坐著，她望著他，燭火搖曳，改變她的面容。他不知道在她眼裡他只是一個黑影，他那小小的身軀和他的皮膚都是黑暗的一部分。

先前，在她看到他獨自離開窗前的時候，覺得很生氣。知道他把他們像孩子似地保護著不受到地雷的傷害。她當時把卡納瓦吉奧貼得更緊，那對她來說是一種侮辱。而今晚越來越高漲的情緒讓她在卡納瓦吉奧先去翻找過她的藥箱，然後去睡覺之後無法念書，還有那英國病人用他骨瘦如柴的手指戳著空氣，在她俯身下去時吻了她的面頰。

她吹熄了其他的蠟燭，只點上床邊小桌上那一截殘燭，坐在那裡，那英國人的身子默默地面對著她，但先前瘋狂地說了一番醉話。「我有時是一匹馬，有時是一條獵犬，一頭豬，一隻無頭的熊，有時是一堆火。」她聽得到燭淚落在她身邊金屬托盤上的聲音。那個工兵出城去了山裡發生爆炸的地方，他那不必要的沉默仍然讓她很憤怒。

她不能看書。她坐在房間裡，陪著那個始終瀕臨死亡的人。她的後腰仍然因爲和卡納瓦吉奧共舞時意外撞到牆而感到隱隱作痛。

現在，要是他向她走來，她會瞪得他退出去，用同樣的沉默對待他。讓他猜想，讓他主動，她以前也被士兵們追求過。

可是他做的卻是這樣一件事。他走到房間中間，手伸進他仍掛在肩上卻打開了的背包裡。他走路悄無聲息，轉過身來停在床邊。等那英國病人長長地吐了口氣時，用剪刀一把剪斷了助聽器的電線，把剪刀丟回背包裡。他轉回身來，對她咧嘴一笑。

「明天早上我再幫他把線接回去。」

他把左手搭在她的肩膀上。

「大衛・卡納瓦吉奧——當然，對你來說是個很荒謬的名字……」

「至少我有個名字。」

「不錯。」

卡納瓦吉奧坐在漢娜的椅子上，午後的陽光充滿了整個房間，照亮那些游動的灰塵。那個長著鷹鉤鼻的英國人的瘦削黑臉看來像一隻一動也不動的老鷹裹在被單裡。卡納瓦吉奧想道：是個老鷹的棺材。

那個英國人轉向他。

「有一幅卡納瓦吉奧[13]在他晚年所畫的作品，〈大衛和巨人歌利亞的頭〉。在畫裡，那個年輕的戰士伸長手臂提著歌利亞衰老的頭顱。可是那還不是那幅畫裡眞正令人傷感的地方。有人說大衛的臉是卡納瓦吉奧年輕時的肖像，而歌利亞的頭則是他老了之後的模樣，也就是他畫這幅畫時的容貌。年輕的伸長了手臂來批判歲月。批判一個人自己的有限生命。當我看到醃鯡魚站在我床尾時，我覺得他就是我的大衛。」

卡納瓦吉奧默默地坐在那裡，思緒迷失在漂浮的塵粒中，戰爭使他失衡，而以他現在的樣子，帶著只靠嗎啡維持的虛假肢體，再沒有其他世界讓他回得去。他是一個從來不曾有過家庭生活的中年人。他這一輩子都在逃避長久的親密關係。在這場戰爭之前，他一直是個好情人而不是個好丈夫。他一直是一個會悄悄溜走的人，像情人離開混亂的場合，像小偷離開洗劫過的房子。

他望著那個躺在床上的男人，他想要知道這個由沙漠中來的英國人到底是誰，要為漢娜揭露他的身分。或者為他造一層皮膚，像用丹寧酸掩飾燒傷患者的皮肉。

戰爭前期在開羅工作的時候，他曾受過訓練，創造出雙面間諜或並不存在的幽靈人口。他曾經負責一個神祕的特工人員，代號「乳酪」，花了好幾個禮拜把事實加諸其身，讓他有性格上的特質——比方說很貪婪，有好酒貪杯的弱點，讓他能把假情報透露給敵方。就像其他在開羅工作的人一樣，造出整個沙漠中的部隊。在那段戰爭期間，他周圍的一切都是謊言。他覺得自己像是一個在黑暗房間裡模仿小鳥叫聲的人。

但在這裡，他們蛻去了表皮，不能假裝是別的什麼，而只是他們的本來面目，再無防護，只能尋找彼此的眞相。

她由圖書室的書架上取下一本《小吉姆的追尋》，靠立在鋼琴邊，開始在最後的扉頁上寫道：

他說那尊炮——那尊巨炮——仍然在拉合爾的博物館外。本來一共有兩尊，是用從城裡每個印度人家裡搜集來的鐵杯和鐵碗——充作jizya，也就是稅捐——鑄造的。那些鐵器熔化了，製成大炮。在十八和十九世紀和錫克人的戰爭中曾經用過很多次。另外一尊是在一次戰爭中渡過契那布河時沉入河中……

她把書合上，爬上一把椅子，將那本書塞進一個看不見的高架裡。

她帶著一本新的書走進了那個畫有壁畫的房間，宣布了書名。

「現在不看書，漢娜。」

她望著他，心裡想道，即使是現在這個樣子，他還是有雙漂亮的眼睛。一切都發生在那裡，在那對由他暗黑的臉上望出來的灰色眼眸中。她一時感到好像有無數眼光射到她身上，然後又如燈塔的光杜一樣移了開去。

「不要再念別的書，只要給我希羅多德的那本作品。」

她把那本髒汙的厚書放在他手裡。

「我看過幾個《希臘波斯戰爭史》的版本都是以他的雕像做封面，是座在法國一個博物館裡找到的雕像。可是我從來沒有想像過希羅多德是那個模樣，我覺得他應該像是沙漠中的一個瘦削男人，從一個綠洲旅行到另一個綠洲，像交換貨物一樣和別人交換傳說，毫不懷疑地接受一切，拼湊出一個虛像。『我寫的歷史，』希羅多德說：『從頭就是在找能補足主要史實的資料。』在他的作品裡，你看到的是歷史洪流中的一些絕境——人如何爲了國家彼此背叛，人如何墜入情網……。妳說妳多大年紀？」

「二十歲。」

「我愛上別人的時候年紀比妳現在大多了。」

漢娜停頓了一下，「她是誰？」

但是他的眼光已經望向了別處。

「小鳥喜歡有枯死枝葉的樹，」卡納瓦吉奧說：「牠們在棲息之處視野廣闊，可以飛向任何一個方向。」

「如果你是在說我的話，」漢娜說：「我可不是小鳥。眞正的小鳥是樓上的那個男人。」

醃鯡魚試著想像她是隻小鳥的樣子。

「告訴我，有沒有可能愛上一個不像你這樣聰明的人呢？」卡納瓦吉奧在嗎啡的影響下，很想辯論。「這是我性生活中最讓我煩心的一件事——我必須先聲明，我的性生活開始得很晚。同樣的，由交談所得到的性愛歡娛也是在婚後才知道的。我以前從來不覺得字句會給人情色的感覺。有時候我眞的喜歡談話更甚於交合。句子，大量的這個，大量的那個，然後又是大量的這個。字句的問題就在於你眞的會把自己說得陷入困境。魚水之歡卻不會讓你自己陷入困境。」

「這是男人在說大話。」漢娜喃喃說道。

「呃，我就沒有過。」卡納瓦吉奧繼續說道：「也許你有過，醃鯡魚，從你由山裡到孟買，還有到英國來受軍訓的時候。我不知道是不是眞有人把自己搞到困境裡的。你多大年紀？醃鯡魚？」

「二十六歲。」

「比我大。」

「比漢娜的年紀大。如果她不是那樣比你聰明的話，你會愛上她嗎？我的意思是說，她也許並不比你聰明。可是對你來說，認為她比你聰明才會愛上她，是不是很重要呢？現在好好想一想。她可能會迷戀那個英國人，只因爲他懂得比較多。我們跟那個傢伙說話的時候，是在一片廣闊的野地裡，我們甚至不知道他是不是英國人。他很可能不是。你明白吧，我想愛上他比愛上妳容易。爲什麼呢？因爲我們希望知道很多事情。這些碎片是怎麼拼在一起的。能言善道的人有誘惑力，言詞會把我們引進困境。我們最希望的就是成長和改變。勇敢的新世界。」

「我並不這樣想。」漢娜說。

「我也不這樣想。讓我告訴你們我們這把年紀的人，最糟糕的一件事就是別人都假定你的性格到這時候應該已經發展完成了。中年人的麻煩就在他們認爲你已完全成形了。喏。」

這時卡納瓦吉奧舉起了雙手，對著漢娜和醃鯡魚。她站起身來，走到他背後，伸手環抱著他的頸子。

「不要這樣，好嗎？大衛？」

她兩手溫柔地握住他的手。

「我們樓上已經有一個瘋言瘋語的人了。」

「看看我們——我們坐在這裡，像那些卑劣的有錢人在那些卑劣的山裡的卑劣別莊裡，因爲城市裡太熱了。現在是早上九點鐘——樓上那傢伙在睡覺，漢娜迷戀上了他，我迷戀上漢娜的頭腦清楚，我最在意的是我的『平衡』，而醃鮭魚很可能在哪一天給炸得粉碎。爲什麼？爲了什麼人？他才二十六歲。英國軍方教他那些技巧，美國人教他更進一步的技巧，而工兵小組聽訓、授階，然後送他們到山裡。就像威爾斯人說的，你被利用了，小子。我不想在這裡再待多久，我要帶妳回去，離開這個鬼地方。」

「不要亂講，大衛，他會活下來的。」

「那天晚上炸死的那個工兵，他叫什麼名字？」

醃鮭魚什麼也沒說。

「他叫什麼名字？」

「山姆．哈地。」醃鮭魚走到窗前，望著外面，離開了他們的對話。

「我們所有人的問題就在於我們都是不該是的那種人。我們到非洲，到義大利來做什麼？醃鮭魚在果園裡拆解炸彈做什麼？天曉得。他爲什麼要來替英國人打仗呢？西線的農夫修剪樹木一定會毀了他的鋸子。爲什麼？因爲在上一場戰役中有大量的榴彈碎片打在裡面了。就連樹也因爲我們帶來的疾病而腫大了。軍方把你們教會了。把你們丟在這裡，他們到別處再去胡搞瞎搞，製造麻煩。黑仔，懂不懂，我們應該一起走掉。」

「我們不能把那個英國人丟下。」

「那個英國人幾個月前就離開了。漢娜，他跟那些貝都因人在一起，或是在某個有夾竹桃和大便的英國花園裡，他恐怕連他追過還想談談的女人都不記得了。他根本不知道他現在是在操他媽的什麼地方。

「妳以爲我在生妳的氣，對不對？因爲妳墜入了情網，是吧？我是個吃醋的叔叔。我是在替妳害怕。我想殺了那個英國人，因爲這是唯一能救得了妳，讓妳離開這裡的辦法。而我已經開始喜歡他了。丟下妳的工作吧。要是妳不夠聰明得讓他不再冒生命危險的話，醃鯡魚又怎麼能愛妳呢？」

「因爲，因爲他相信有文明世界。他是個文明人。」

「第一個大錯，正確的行動是上一列火車，一起離開這裡去生孩子。我們要不要去問那個英國人，那隻鳥，看他有什麼想法？

「妳爲什麼不聰明一點？只有有錢人才不可能聰明，他們只會妥協。多年前就給鎖在特權裡了。他們得保護他們的財物。沒有人再比有錢人更壞了。相信我。可是他們得遵循他們狗屎文明世界的規矩。他們宣戰，他們有名譽，他們不能一走了之。可是你們兩個。我們三個。我們很自由。有多少工兵已經陣亡了？爲什麼你還沒有死？不要負責任吧，運氣會用光的。」

漢娜正把牛奶倒進杯子裡。倒完之後，她把罐口對著醃鯡魚的手，繼續把牛奶倒在他棕色的手和手臂上，直到他的手肘，然後停了下來。他始終沒有把手抽開。

在房子西邊有兩層窄長的花園，一個正規的陽台，再往上，是較暗的花園，石階和水泥雕像幾乎消失在因雨而生的綠色黴菌下。那個工兵的帳篷就立在這裡。雨水落下，霧氣由山谷裡升起。而由絲柏和樅樹枝葉上落下的另一陣雨則落在山丘這一側半清理過的袋狀地區。

只有篝火才能烤乾這種恆久存在的潮濕和在陰影中的花園。因爲轟炸而報廢的板、椽、枯樹枝，下午漢娜拔起的雜草、用鐮刀割下的草和松針——全都拖到這裡來，由他們在黃昏轉黑夜時分燒了。那堆潮濕的東西冒出蒸氣，燒著了。木頭味的煙飄進樹叢之間，升到樹林裡，然後繚繞在房子前的陽台上。飄到那個英國病人臥室的窗口。他聽見有說話的聲音夾雜著間歇的笑聲由煙霧瀰漫的花園裡傳來。他將這種氣味加以解讀，判斷是些什麼在燃燒。迷迭香，他想道，馬利筋、苦艾，另外還有些什麼在裡面。一些沒氣味的，也許是大堇菜，或是小菊芋，那種植物最喜歡像這座山裡微酸的土壤了。

這個英國病人勸漢娜該種些什麼，「讓妳那個印度朋友替妳找種籽來，他好像在這方面很在行。妳該種的是李子，還有火石竹和印度石竹——如果妳要讓妳那位拉丁朋友知道拉丁文的名字，那就是 Silene virginica，紅香薄荷也不錯。如果妳想引鳥來的話，就種榛樹和苦櫻桃。」

她把這一切全都記了下來。然後把自來水筆收進那張小桌子的抽屜裡，那裡面也放著她正在念給他聽的書，還有兩支蠟燭和蠟火柴。這個房間裡沒有藥物，她把藥都藏在其他的房間裡。以防卡納瓦吉奧要找藥時，不至於干擾到那個英國人。她把記著那些植物名字的紙條放進她衣服口袋裡，準備拿給卡納瓦吉奧。因爲那種肉體的吸引力抬頭，讓她開始覺得面對那三個男人時有些尷尬。

如果說這眞的是肉體的吸引力。如果說這一切都和醃鯡魚的愛意有關的話。她倒很想把臉貼在他手臂上，那條深棕色的河流，醒來時沉浸其中，貼靠著他在她身邊的肌膚下看不見的血脈的悸動。那條血管也就是如果他要死的時候她必須找到而將點滴針頭插入的地方。

半夜兩三點鐘時，她離開了英國人之後，穿過花園走向那個工兵那盞掛在聖克里斯多夫雕像手臂上的防風燈。在她和那點燈火之間是全然的黑暗。但她對路上的一草一木都瞭如指掌，還有她經過的燈火，都已接近燃盡，只有粉紅色的小小火焰。有時她曲起手掌蓋在玻璃罩上，吹熄火焰。有時她讓火繼續燒著，從底下鑽過，打開帳篷門鑽進去，爬到他身邊去靠著，靠著她要的那條手臂，用舌頭代替海綿，牙齒代替針頭，用嘴代替面罩，以鎮痛劑使他入睡，讓他那不停動著的腦子得以緩緩地進入夢鄉。她把自己的衣服摺好，放在她那雙球鞋上面。她知道對他來說，在他們周圍燃燒的世界裡只有幾條重要的規矩。你用蒸氣取代炸藥，你將之抽空，你——這一切都在她像個姐妹般毫無邪念地躺在他身邊時，知道會在他的頭腦裡。

帳篷和黑暗的樹林包圍著他們。

他們只比她在奧托納或蒙特利其的臨時醫院裡給其他人的撫慰更進一步。她的身子只為取暖，她的低語只為安慰，她的注射只為入眠。但這個工兵的身體卻不讓任何由另一個世界來的東西進入。一個戀愛中的男孩，不肯吃她找來的食物，他不需要也不想要她可以像卡納瓦吉奧那樣注射進他手臂裡的藥品，或是那個英國人想要的那些沙漠裡的人發明的油膏，那些貝都因人治癒他所用的油膏與花粉。只為了讓他安睡。

他在自己身邊放了一些小東西。一些她給他的葉子，一截蠟燭。在帳篷裡則是他那架電晶體收音機，還有裝了工具的背包。他由戰地裡出來時，十分平靜，即使是裝出來的，在他來說也是一種既定的秩序。他始終維持著一板一眼，用他長槍的V形瞄準器盯著在山谷裡飛翔的老鷹，拆卸炸彈時，即使伸手去拿熱水瓶，打開瓶蓋來喝水，兩眼也始終盯著他要找的東西，連那金屬的瓶蓋都不看一眼。

我們其他人都無關緊要，她想道，他的兩眼只看著危險的事物，他傾聽的耳朵只聽著經由短波傳來發生在赫爾辛基或柏林的事情。甚至在他當個溫柔情人的時候，她的左手握住他kara（手腕）上方，感到他小臂肌肉拉緊，卻覺得在他失神的眼光中，對她視而不見，一直到他發出呻吟，頭垂落在她頸邊。除了危險之外，其餘一切都無關緊要。她曾經教他要發出聲音，想由他那裡聽見他發出聲音。但若說他從打仗以來真正有放鬆的時刻的話，那就是在這種時候了，好像他終於願意認可他在黑暗中的行止，以人類的聲音宣示他的歡愉。

她究竟有多愛他，或是他有多愛她，我們都不知道。也不知道這算不算一個祕密的遊戲。他們越親密，他們之間在白天的距離就越遠。她喜歡他離她這麼遠，他設定的空間正適合他們，能讓他們各自有私密的自我。當他不發一語走過她窗下，到半哩外去和另外那個工兵會合時，也成了他們之間的定規。他把一個盤子或一些食物交到她的手裡，她把一片葉子搭在他棕色的手腕上。或者他們和卡納瓦吉奧一起修建一道坍塌的牆，那個工兵唱他聽過的西方歌曲，卡納瓦吉奧很愛聽，但卻裝出一副不喜歡的樣子。

「賓夕凡尼亞六—五—〇—〇—〇。」那個年輕士兵喘著唱道。

她知道他身上各種程度的黑色，小臂和頸部的顏色，他的手掌、臉頰和頭巾下面皮膚的顏色，還有他黑色的手指分開紅色和黑色的電線，或是由他依然用來裝食物的鐵盤上拿取麵包。還有他起立的時候。他那種自負的態度讓他們覺得唐突，但他毫無疑問地覺得這是非常有禮貌的行爲。

她最喜歡他洗澡時頸部濕濕的顏色。還有他在她身體上方時，她用手指緊抓住的汗濕胸部，以及那兩條既黑又粗的手臂，在他黑暗的帳篷裡，或是有一次在她房間裡，那個山城的光終於擺脫了宵禁，如曙光般升到他倆之間，照亮了他身體的顏色。

後來她才知道他從來不讓自己局限於她，或讓她局限於他。她在小說裡看到這個詞，就由書裡摘出這個詞來查辭典。局限：受制於。而他，她知道，絕不會容許這種事。如果她穿過兩百碼地的黑暗花園去找他，那是她的選擇，而她可能發現他睡著了，不是因爲缺少愛，而是因爲有此必要，這樣才能有清晰的頭腦來面對第二天的危險事物。

他覺得她很了不起。醒來時看到她在灑落的燈光之中。他最愛她臉上那慧黠的表情，或是黃昏時她和卡納瓦吉奧爲一些愚蠢小事爭執的聲音，還有她如一個聖女似地爬進來貼靠著他的身子。

他們談天，他那如吟詠般的細小聲音，在他們那有帆布氣味的帳篷裡。那頂帳篷在到義大利來作戰之後一直都是他的，而他伸出手去，用他細小的手指觸摸，好像那也屬於他的身體，是一隻夜間便收覆在自己身上的卡其布翅膀。這裡是他的世界。在這些夜晚，她覺得自己像由加拿大放逐了出去。他問她爲什麼睡不著，她躺在那裡，爲他的自足和他那樣輕易地就能拋開這個世界的能力而著惱。她想要在下雨天能有鐵皮屋頂，有兩棵白楊樹在她的窗子外面，有些聲音來伴她入睡。像她從小在多倫多東端長大，而後和派屈克與克拉拉一起在斯庫塔馬他河邊住了一兩年，再到喬治灣，一直都有伴她睡覺的屋頂和伴她睡覺的樹。她現在還沒有找到一棵睡覺用的樹，即使在這個林木繁茂的花園裡也沒有。

「吻我。我最純然愛上的就是你的嘴。你的牙齒。」後來，他的頭垂向一邊，向著帳篷門邊的空氣時，她用只有自己聽得到的聲音說道：「也許我們該去問問卡納瓦吉奧。我爸爸以前跟我說過，說卡納瓦吉奧是一個總在談戀愛的男人。不單是在戀愛，而且永遠沉浸在裡面。總是搞不清楚，總是很快樂。醃鮮魚，你聽到我說的話沒有？我跟你在一起好快樂。像這樣和你在一起。」

她最希望的是有一條河，讓他們可以在裡面游泳。她覺得游泳就像在大舞廳裡一樣是很正式的事。但是他對河有另外一種感覺。因爲他曾靜悄悄地進入莫洛河。拉著連接到摺疊起的倍力橋上的繩索，那些拴在一起的鋼材在他身後如怪物般地滑入水中，此時天際因炮火而亮起，而他身邊有人沉入河中間。那些工兵一再潛入水中找回失落的滑輪，在他們之中的水裡撈起掛鉤，淤泥、水面，和人的臉都被四周天空中的磷火照亮。

那一整夜，又哭又喊地，他們必須讓彼此不致瘋狂。他們的衣服浸滿冬日的河水，而橋在他們頭上漸漸鋪成一條路。兩天之後，又是另外一條河。他們所到的每一條河上都沒有橋，好像那裡的名字都已擦去，好像天上都沒有星星，家家戶戶都沒有大門。各工兵單位帶著繩索滑進水裡，把鋼索揹在肩上，用扳鉗上緊閂子，搽上油來使那些金屬不致發出聲音，然後大軍從他們頭上開過。開過預鑄的橋面，而那些工兵還在下面的水中。

他們常常被困在河中間，炸彈落下，擊中泥岸，把鋼鐵打爛散落在石頭間，那時候沒有東西能保護他們，棕色的河水薄如絲綢被彈片劃過。

他拋開這一切。他知道很快入睡的訣竅，不像這個曾有過自己的河流又失落的女子。

不錯，卡納瓦吉奧會向她說明她怎麼樣能沉浸在愛情中。甚至怎麼樣沉浸在審愼的愛情中。「我想帶你到斯庫塔馬他河去，醃鯡魚。」她說：「我想讓你看看煙湖。我父親所愛的女人就住在湖邊，上獨木舟比上車要方便得多。我很想念會閃出電光的打雷，我想要你見見划獨木舟的克拉拉，我們家的最後一個人。現在那裡再沒有其他的人了。我父親拋下她去打仗。」

她一步不錯而毫不遲疑地走向他的夜宿帳篷。樹木形成一個篩下月光的篩子，好像她在大舞廳旋轉光球灑下的光點中。她進了帳篷，把一邊耳朵貼在他沉睡的胸口，聽著他的心跳，像他在聽炸彈的定時裝置。半夜兩點。除了她之外，所有的人都睡著了。

四、南開羅 一九三〇—一九三八

在希羅多德之後，幾百年來，西方世界對那片沙漠都沒有什麼興趣。從公元前四二五年到二十世紀開始，大家都避而不見，無言以對。十九世紀是個尋找河流的年代。然後到了二十世紀二〇年代，這個地區再次得到了歷史記載，大部分得自於私人出資的探測，然後是一些在倫敦肯辛頓三角的地理研究學會裡發表的演講。主講的都是些被太陽曬傷、疲累不堪的男人，像康拉德筆下的水手似地，不習慣於計程車司機的禮貌，以及公車車掌反應很快的冷笑話。

當他們乘坐當地的火車由郊區到武士橋去參加學會開會的途中，經常迷路，車票不知放在哪裡，只緊抓著他們的舊地圖，帶著要講的資料——都是煞費苦心慢慢寫成的——放在永不離身、都像是他們身體一部分的背包中。這些周遊列國的人，都在黃昏時動身，六點鐘，正是薄暮時分。這是一個隱密的時刻，城裡大多數的人都在趕著回家。那些探險家抵達肯辛頓三角太早，先在萊諾士街角之家吃飯，然後進入地理學會，坐在樓上大廳裡那艘巨大的毛利人獨木舟旁邊，再看一遍他們的資料。到了八點鐘，集會開始。

每隔一週有一場演講。由某個人來介紹，某人來致謝。做結論的人通常會質疑或測試演講內容的確實性，都會極其挑剔，但絕不至於魯莽無禮。每個人都假定主講人都會貼近事實，即使是堅持己見的假設，也說得很低調。

我穿過利比亞沙漠的行程是由地中海的索康到蘇丹的烏貝伊德，可算是經過地球表面少數呈現若干不同趣味的地理問題區域之一……

花費在準備、研究和募款的那幾年時間從來不在這些鑲了橡木板的房間裡提起。上個禮拜的演講談到在南極冰原上損失了三十條人命。在極熱或暴風中類似的損失也都以最簡約的詞句敘述。所有和人與錢有關的部分都遠在討論主題之外——談的只是地表和其「有趣的地理問題」。

除了經常談到的瓦迪萊因之外，在這個地區是否還有其他窪地之形成可能和尼羅河三角洲的灌溉或排水有關？是不是那些綠洲的地下水源漸漸枯竭？我們應該到哪裡去找那神祕的「哲祖拉」？是不是還可能發現其他「消失的」綠洲？古埃及托勒密王朝的龜濕地又在哪裡？

約翰．貝爾，埃及沙漠研測主任，在一九二七年提出這些問題。到了三〇年代，那些論文甚至更為低調：「我很想對因為『卡加綠洲史前地理』的討論所引發的論點表示一點意見。」到了三〇年代中期，拉悌士勞斯．狄．阿爾瑪西和他的同伴發現了失落的哲祖拉綠洲。

一九三九年，為期十年的利比亞沙漠探測計畫告終，這一大片廣闊而沉默的大地成了戰場。

在畫有壁畫的臥室裡，那個燒傷的病人望著極其遙遠的彼方。他的姿勢有如拉芬納的那座陣亡武士的雕像，大理石的身軀看來栩栩如生，幾近泛著水光，頭枕在一方石枕上，讓他能越過雙腳望向遠處。遠過非洲渴盼的雨水，望向他們在開羅所有的生活，他們的工作和那些歲月。

漢娜坐在他床邊，像他身邊的一名隨侍經歷那些旅程。

一九三〇年，我們開始測繪大部分吉夫開比高原的地圖，找尋那處稱為哲祖拉的失落的綠洲。金合歡城。

我們是沙漠裡的歐洲人。約翰·貝爾在一九一七年看到吉夫開比高原，然後凱末爾·厄·狄恩也見到了。接下來是巴格諾德，他進入了南邊的沙海。麥杜克斯、沙漠探測計畫的魏爾浦、瓦世飛大公閣下、攝影師卡士柏瑞雅斯、地質學家卡達爾博士以及貝爾曼。而吉夫開比——坐落在利比亞沙漠上的那片大高原，像麥杜克斯喜歡說的，大如瑞士——就是我們心嚮往之的地方。東邊和西邊都有因侵蝕形成的斷崖絕壁。在距尼羅河以西四百哩處由沙漠中升起。

對早期的埃及人說來，在那綠洲城鎮以西就沒有水了。世界到此為止，裡面沒有水。但是在空曠的沙漠中，你的四周總有失落的歷史。提布和賽努西的多個部落在那裡時都有他們挖的井，而他們對此嚴加守密。謠傳說在沙漠之中藏有沃土。十三世紀的阿拉伯作家談到過哲祖拉。「小鳥的綠洲」，「金合歡城」。在*Kitab al Kanuz*，也就是《藏寶之書》裡，形容哲祖拉是一座白色城市，「白如白鴿」。

在利比亞沙漠的地圖上，你會看到一些名字。凱末爾·厄·狄恩在一九二五年幾乎是獨自進行了第一次大型的現代探測。巴格諾德是一九三〇年到一九三二年，阿爾瑪西—麥杜克斯則在一九三一年到一九三七年。就在北回歸線以北。

在幾次戰爭之間，我們如一個小小的國家，測繪地圖，再三探測。我們會集在達克拉和庫夫拉綠洲，好像那些地方是酒吧或咖啡館一樣。巴格諾德稱之爲「綠洲社會」。我們彼此相交甚爲親密，也對彼此的技巧和弱點知之甚詳。對巴格諾德關於沙丘的描述：「那些沙上的溝紋和皺紋很像狗嘴裡的上顎。」我們也可以原諒。因爲巴格諾德就是這樣的人，眞會把手伸進狗嘴去探個究竟。

一九三〇年。我們的第一次行程，從加布布往南進入沙漠裡齊瓦亞族和馬加布拉族部落保留區。歷經七天到艾塔吉。麥杜克斯和貝爾曼，還有其他四個人、幾隻駱駝、一匹馬和一條狗。在我們動身的時候，他們跟我們說了那個老笑話：「在沙風暴裡啓程表示好運。」

第一天夜裡，我們在南下二十哩處紮營。第二天清早五點醒來，走出帳篷。冷得沒法睡覺。我們走到火堆邊，坐在更大的黑暗裡的火光中。頭上是殘存的星光，日出至少還在兩個小時後。我們把裝在玻璃杯裡的熱茶傳給大家。餵食過的駱駝半睡半醒地嚼著帶核的棗子。我們吃過早飯，然後又喝了三杯茶。

幾個鐘點之後，我們陷身在清朗的早晨不知從何而來的沙風暴中。原先令人神清氣爽的微風逐漸變強。最後我們低頭看去，沙漠的表面變了。把那本書給我……喏，這就是哈桑尼英大公對這種狂風沙的生動描述——

「看起來好像地表鋪了蒸氣管，好幾千個噴口，都有小小的蒸氣猛噴出來。沙子在迸射和旋風中飛舞。沙塵一吋吋地隨著風力加強而升高。看起來好像整個沙漠表面因為底下有股向上抬舉的力量而升起。大一些的石子擊打著小腿、膝蓋和大腿。沙粒由身子往上爬，最後打到臉上，更升過頭頂。天空為之遮沒，就連最近的事物也從視野中消失，整個宇宙都被沙塵填滿。」

我們必須繼續前進。如果你停下來的話，沙塵會堆積在任何靜止的物體上，將你封住。這樣你就此永遠不見了。沙風暴可以持續五個小時。即使後來我們坐在車子裡，也得盲目地向前開行。最可怕的是在夜間。有一次，在庫夫拉北邊，我們在暗夜遇到沙風暴來襲。半夜三點鐘，狂風把帳篷連釘拔起，我們被捲在裡面一起翻滾，沙子就如海水湧進下沉的船裡一樣湧了進來，壓住我們，令我們窒息，還好後來一個趕駱駝的人來把我們救了出去。

在九天裡，我們碰到三次沙風暴。我們錯過了可以購買更多補給的小鎮。那匹馬不見了，駱駝死了三隻。過去兩天來，我們沒有吃的東西，只能喝茶。和外在世界的最後連繫只有亮黑的茶罐和長湯匙以及玻璃杯相觸的聲音，在清晨的黑暗中往我們這邊過來。在第三晚之後，我們放棄交談，唯一重要的就是火堆和那一點點棕色的液體。

我們全憑運氣到了艾塔吉那個沙漠小鎮，我走過露天市場，有時鐘響著的巷道，賣晴雨表和氣壓計的街道，經過賣槍支彈藥的小店，各種攤子，販售由班加吉來的義大利番茄湯和其他罐頭食物、埃及來的白棉布、鴕鳥毛的裝飾品、牙醫、書商。我們仍然閉口不言，各自走各自的路。我們慢慢地接受這個新世界，好像是從溺水中恢復過來。在艾塔吉鎮中心廣場上，我們坐下來吃了羊肉、米飯、甜糕，還有把杏仁打在裡面的牛奶。而所有這些都在等了好久的三杯有龍涎香和薄荷味道的茶喝過之後。

一九三一年間，我加入了一個貝都因人的商旅隊，聽說另外有一個我們的人也在那裡。結果是費尼朗—巴恩斯，我去了他的帳篷。那天他正好出去做一點小小的探測，給一些樹化石做編目。我四下看了看他的帳篷，一架子的地圖，始終帶在身邊的家人照片等等。就在要離開的時候，我看見一面鏡子高高地塞在皮牆上，我望向鏡子，看到映照在鏡中的床。床上似乎有一小堆東西，可能是隻狗躺在被單下。我把djellaba（阿拉伯人的寬大袍子）掀開，底下是一個綁住的阿拉伯小女孩睡在那裡。

到了一九三二年，巴格諾德不幹了。麥杜克斯和其他人散在各處，尋找古波斯帝國國王岡比西斯失落的軍隊。尋找哲祖拉。一九三二，一九三三和一九三四。彼此有好幾個月沒有見面。只有貝都因人和我們來回經過四十日路。那裡有好多沙漠部落的支流，是我這輩子所見過最美的人。我們是德國人、英國人、匈牙利人、非洲人——我們所有的人對他們來說都不重要。我們漸漸地變成了沒有國籍之分。我開始憎恨國籍。我們因爲國別而殘廢了，麥杜克斯就因爲國籍而死。

沙漠是不能占據或擁有的——那是一片被風吹動的布料，永遠不能被石頭壓住，早在坎特伯雷建造前已經有過一百個變動的名字，也早在戰爭和條約劃分了歐洲和東方之前。那裡的商旅，那些奇特的祭典和文化，什麼也沒留下，連一點餘燼也沒有。我們所有的人，甚至包括那些在遠方歐洲有房子和孩子的，都希望能脫去我們國籍的外衣。這是一個信仰之地，我們消失在景觀、火和沙之中。我們離開了綠洲的港口，那些有水來觸及的地方……Ain（泉），Bir（井），Wadi（溪），Foggara（地下水管），Khottara（水管），Shaduf（汲水用的吊桿）。我不想用我的名字來換掉這些美麗的名字。消去家族的姓氏吧！消除國籍！我讓沙漠教會了我這類的事。

然而，仍然有些人想把他們的記號留在那裡，在乾涸的河道，在這滿是石子的山丘上。在蘇丹西北，昔蘭尼加以南的這一小塊地裡的一點點虛榮。費尼朗—巴恩斯希望他發現的化石樹能以他的名字命名。他甚至希望一個部落用他的名字而花了一年時間去交涉。然後巴千搶了先，讓某一種的沙丘以他的名字命名。可是我希望抹消我的名字和我的國籍。等到戰爭來臨，我在沙漠中已有十年之後，不屬於任何人和國家的我，很輕易地就能越過邊境。

一九三三還是一九三四，我不記得是哪一年了。麥杜克斯、卡士柏瑞雅斯、貝爾曼和我，兩個蘇丹司機和一名廚子。到了那時候，我們已經是乘坐A型福特廂型車來往，而且是第一次使用被稱爲

「空氣輪胎」的大型低壓輪胎。這種輪胎在沙上好用得多，但要賭一下能不能開上石頭路和嶙峋的岩石。

我們在三月二十二日離開卡加。貝爾曼和我的想法是威廉生在一八三八年所寫的那三條河形成了哲祖拉。

在吉夫開比高原西南有三座孤立的花崗石地塊伸出平原——阿爾卡努山、烏維納特山和齊蘇山。這三座地塊彼此相距十五哩。幾個峽谷裡都有很好的水，不過阿爾卡努山的井水比較苦，除非是在緊急狀況下，否則不能喝。威廉生說三條河形成哲祖拉綠洲，但他始終沒有確定那些河流所在的位置，因此他的說法被視爲杜撰。然而哪怕只有一個很小的雨水形成的綠洲在這些火山形狀的山裡，就能解開岡比西斯和他的軍隊能嘗試橫越這樣一片沙漠之謎了，也能解釋賽努西教徒在大戰期間如何能多次突襲，因爲這些高大的黑色騎士居然可以橫越一片應該沒有水或草原的沙漠。這是一個已經開化幾百年的世界，有上千條通路。

我們在阿布巴拉斯發現典型的希臘雙耳長頸酒瓶形狀的陶器。希羅多德就說過這種容器。

貝爾曼和我在艾爾爵夫的堡壘裡和一個像蛇似的神祕老者談話——那間石頭大堂原先是那位偉大的賽努西酋長的圖書室。老人是個提布族人，職業是商旅隊的嚮導。說一口腔調很重的阿拉伯話。後來貝爾曼引用希羅多德的話說「像蝙蝠叫」。我們跟他談了整天、整夜，他什麼也沒透露。賽努西的教義中最重要的一條到現在還是不得把沙漠的祕密洩漏給陌生人。

在瓦迪美立克，我們看到很多不知名的鳥。

五月五日，我爬上一道石頭斷崖，由一個新的方向走向烏維納特高地。我發現自己置身在一處滿是阿拉伯膠樹的寬大溪谷中。

有一段時間，繪製地圖的人把他們經過的地方以愛人的名字來命名，而不用他們自己的名字。在商旅隊裡看到以一手提著薄棉布擋在身前洗澡的女子。某個老阿拉伯詩人的女人，白皙的肩膀令他用她的名字來形容一個綠洲。皮袋裡的水灑落在她身上，她用那塊布將自己裹起，而那個老作家轉身來寫哲祖拉。

所以沙漠中的男人能像進入一口發現的井裡一樣滑進一個名字裡，而在那陰涼之中，想要永遠不再離開那裡。我最大的慾望就是留在那裡，在那些阿拉伯膠樹之間。我行走的所在不是一個從來沒有人走過的地方，而是在過去幾個世紀裡不時在很短一段時間裡突然有人的地方——一支十四世紀的軍隊，一隊提布族的商旅，一九一五年入侵的賽努西教徒。除了那些時候之外——那裡什麼也沒有。沒有雨的時候，阿拉伯膠樹枯萎，溪水乾涸……。一直到五十年或一百年之後，又突然有水出現。這種零星的重現和消失，就像歷史上的傳奇和謠言一樣。

在沙漠裡，最受人珍愛的水，如同一個愛人的名字，藍藍的在你雙手合捧之中，進入你的喉嚨裡。人會吞下空無。開羅的一名女子，由床上欠起她白皙的胴體，伸到一扇窗子外面的暴風雨中，讓她赤裸的身子承受雨水。

漢娜俯身向前，感到他在神遊，仔細地望著他，一言不發。她是誰？這個女人？

大地的盡頭從來不是地圖上殖民者加以追求，擴大他們影響力領域的那些點。一方面是佣人和奴隸以及勢力的潮流和與地理學會之間的聯絡，另外一方面是一個白人跨過那條大河的第一步，是（一對白人的眼睛）第一眼看到那座始終就在那裡的高山。

我們年輕時不照鏡子。要等到我們老了之後，擔心我們的名聲、我們的傳奇，還有我們的生活對未來有什麼意義。我們對自己的名聲感到虛榮，我們宣稱自己是第一個看見的人，有最強大的軍隊，是最聰明的商人。希臘神話中的美少年納雪色斯也是到老時才想要有自己的雕像。

但我們都有興趣的是我們生活對過去有點什麼意義。我們回到過去。我們年輕的時候。我們知道勢力和錢財都是一時的。我們連睡夢中也想到希羅多德。「那些早年都很偉大的城市現在都變小了。而在我的時代中很偉大的那些城市，以前都很小……。人的幸運永遠不會只寫在同一個地方。」

一九三六年，一個名叫喬佛瑞·克利夫頓的年輕人在牛津見到一個朋友，談起我們在做些什麼。他和我聯絡，在第二天結婚，兩個禮拜之後，帶著他的妻子飛到開羅。

這對夫婦進入了我們的世界——我們四個人，凱末爾王子殿下、貝爾、阿爾瑪西和麥杜克斯。我們嘴裡說的盡是吉夫開比高原，在那個高原上的某個地方藏著哲祖拉，這個名字早在十三世紀就出現在阿拉伯的文獻中。你若要及時到那麼遠的地方，就需要有架飛機，而年輕的克利夫頓很有錢，會開飛機，而且他就有一架飛機。

克利夫頓和我們在烏維納特山以北的艾爾爵夫見面。他坐在他那架兩個座位的飛機裡，而我們由基地營區走向他。他在駕駛艙裡站了起來，由隨身帶著的小酒瓶裡倒了杯酒。他的新婚妻子坐在他旁邊。

「我命名此處爲美沙亞井鄉村俱樂部。」他宣布道。

我看到他妻子臉上露出友好但不知所措的表情，還有她取下皮製頭盔時露出來如獅子般的頭髮。他們很年輕，感覺上像我們的孩子。他們由飛機裡爬了出來，和我們握手。

那時候是一九三六年，也是我們的故事的開始……

他們跳下機翼。克利夫頓朝我們走過來，把小酒瓶遞出來，我們都喝了那溫溫的酒。他是個很講究繁文縟節的人，把他的飛機命名爲「魯伯特熊」。我覺得他並不喜歡沙漠，但是出於對我們工作的敬佩而對沙漠有了一份感情，也想讓自己能和我們打成一片——像一個開心的大學生對圖書館裡的沉默舉止加以尊重一樣。我們本來沒想到他會把妻子帶來，但我想我們對這事表現得很客氣。她站在那裡，飛沙積在她蓬鬆的頭髮上。

在這對年輕夫婦眼裡，我們是什麼樣的人呢？我們之中有人寫過關於沙丘形成、綠洲消失和重現，以及失落的沙漠文化等題材的書。我們好像只對那些不能買賣，外界毫不理會的事物感到興趣。我們爭論經緯度，或是發生在七百年前的一件事情。探測者的一般法則，還有阿不都．厄．馬立克．依伯拉希姆．埃爾．齊瓦亞，那個生活在祖克綠洲放牧駱駝的，是那些部落中第一個能了解攝影基本概念的人。

克利夫頓夫婦正在過他們蜜月的最後幾天。我丟下他們和其他人在一起，自己去找一個在庫夫拉的人，和他一起混了幾天，試著我沒讓其他探測隊員知道的一些理論。三天之後，才再回到艾爾爵夫的基地營區。

沙漠上的營火燃燒在我們之間。有克利夫頓夫婦、麥杜克斯、貝爾和我。要是哪個人往後靠個兩三吋，他就會消失在黑暗中。凱瑟琳．克利夫頓開始背誦某段詩文，而我的頭不再在以樹枝燒起營火的光圈之內。

由她的臉龐就可以看出她傳承的血統。她的父母顯然在法史世界中聲名卓著。我是一個要等聽到一個女人把詩念給我們聽之後才會欣賞詩的人。而在那片沙漠中，她把自己在大學的日子帶到我們中間，細訴星星——像亞當那樣溫柔地以優美的比喻教導一個女人。

深夜裡，人雖然看不見這些星月，
但也不是白白照耀；也不要以為
沒有人，便沒有觀賞天空者和頌讚者；

無論我們醒時或睡時，都有
不可見的千百萬靈物在地上行走：
他們晝夜瞻仰神功而讚嘆不止，
我們豈不常聽見回聲在懸崖
或茂林的山坡上，響徹夜空，
天人的聲音，獨唱，或互相應和，
歌頌偉大的造物主嗎？……[14]

那一夜，我愛上了一個聲音。只是一個聲音。我不想再聽到別的。我站起身來，走了開去。

她是一棵楊柳。在冬天，在我這個年紀時，她會是什麼樣子？我到現在還一直以亞當的眼光看她。她手腳笨拙地從飛機裡爬出來，在我們之間彎下身去撥火，她用水壺喝水時手肘朝上指向我。

幾個月後，她和我一起跳舞。那次是我們一群人在開羅跳舞。她雖然有些微醺，臉上卻是一副不可侵犯的表情。即使到現在，我仍然相信在我們都半醉的時刻裡，那張臉最能暴露出她的想法：我們不是一對情人。

這麼多年來，我一直想弄清楚她把那本書交給我時的表情是什麼意思。看來像是輕蔑。當時我的確是那樣想。現在我想她當時是在仔細打量我。她很天真，對我的某些事感到意外和驚訝。我當時的態度就像我平常在酒吧裡的時候一樣，只是這次同伴不對。我是一個對自己各種言行舉止分得很清楚的人。我忘了她比我年輕許多。

她是在仔細打量我。就是這麼簡單的一回事。而我在尋找她那如雕像般注視中會不會有一點錯失，能洩露她心意。

給我一張地圖，我就給你造一座城。給我一支鉛筆，我就給你畫一個在南開羅的房間，牆上還有沙漠的圖表。沙漠永遠在我們之間。我醒來時，抬眼望去，就見到地中海沿岸一帶的舊居留區——加薩納、托布魯克、麥沙馬特魯——以及南邊手繪的河流，四周是各種深淺的黃色，是我們侵入，想讓自己迷失其中的地方。「我的工作是扼要說明我們前往吉夫開比高原的幾次探測。貝爾曼博士之後會帶我們回到那片沙漠在數千年前的情形……」

麥杜克斯就是這樣在肯辛頓三角對其他地理學者說的。可是你在地理學會的會議記錄裡永遠也找不到偷情的事。我們的房間也永遠不會出現在記錄每個沙丘和每件歷史事件的詳細報告中。

在開羅那條賣進口鸚鵡的小街上，每個人都會被那些叫聲幾乎維妙維肖的鳥所嚇到，那些鳥不停地學狗吠和吹口哨，整條路如一條以羽毛裝飾的大街。我知道是哪個部落的人走了哪條絲路或駱駝道，把這些鳥藏在他們的小肩輿裡越過沙漠。四十天的行程，那些奴隸抓到或在赤道的花園裡像摘花一樣地拿來這些鳥，放在竹籠子裡，到河裡去做交易。那些鳥就像中世紀宮廷中的新娘子。

我們站在牠們之中。我在帶她看一個對她來說還很新鮮的城市。

她的手觸著我的手腕。

「如果我把我的生命給你，你會丟掉嗎？會不會呢？」

我什麼話也沒有說。

五、凱瑟琳

她第一次夢到他時，在她丈夫身邊尖叫著驚醒過來。

在他們的臥室裡，她瞪著窗外樓下的街道，嘴張開著。她丈夫把手搭在她背上。

「做了惡夢，不要擔心。」

「嗯。」

「要不要我給妳倒杯水來？」

「好。」

她不想動，不想躺回他們剛才所在的地方。

夢境中就是這個房間——他的手撫在她頸子上（她現在摸著那個地方），還有在她初見他那幾次時所感到他對她懷有的怒氣。不對，不是怒氣，是缺乏興趣，對一個已婚婦人夾在他們之間而覺得不快。他們像兩隻動物似地弓著身子，而他把她的頸子往後扳著，使她在亢奮中無法呼吸。

她的丈夫把給她的那杯子放在一個盤子上端了過來，但是她卻無法抬起手臂，她的兩臂顫抖，垂落。他笨手笨腳地將杯子湊在她嘴邊，讓她能喝那些用氯消毒過的水，有些水由她下巴淌了下來，落在她肚子上。等她再躺回去時，幾乎沒有時間去想她夢見的事，很快就深深地沉入夢鄉。

那是她第一次認知那件事，她在第二天回想起來，可是她當時正忙著，不想花很長的時間去考慮這事的重要性而將之丟在一邊；那只是在一個雜亂夜裡的一場意外衝突，如此而已。

一年之後，有了另外一些更危險，更平靜的夢境。甚至在最初的某一個夢裡，她記得那雙扼住她頸部的手，等著他們之間的平靜情緒轉爲暴烈。是誰丟下了引誘你的食物碎屑？帶向一個你從來沒想過的男人。一個夢，然後是另外一連串的夢境。

後來他說那是一種親近，在沙漠裡的親近關係。他說，這裡就是會這樣。他很喜歡這個說法——和水親近，兩三個人乘一輛車子在沙海中開行六個小時的親近。她汗濕的膝蓋在卡車的工具箱旁邊。膝蓋晃動著，隨著車子的顛簸而抬起。在沙漠裡你有時間去到處看看，對你四周一切事物的形成推想其原由。

她恨他這樣子說話，她兩眼維持著禮貌的表情，心裡卻在想摑他耳光。她一直有摑他的慾望，而她發覺即使那樣也和性愛有所關連。對他來說，所有的關係都有其模式。或親近或疏遠。對他來說，就如希羅多德記述的歷史釐清了所有的社會。他假設自己是生活在多年前就已離棄了的那個世界裡，始終掙扎著在探測那半造出的沙漠世界。

他們在開羅機場把配備搬進車子裡，她的丈夫留下來，在那三個男人第二天早上出發之前先勘定飛機的航線。麥杜克斯到一個領事館去打份電報。而他要進城買醉。這是通常在開羅的最後一晚會做的事，先是在巴汀夫人的歌劇院賭場，然後消失在巴夏旅館後面的小街裡。他會在黃昏時先打包好行李，讓他第二天一早帶著宿醉爬上車子。

他開車送她進城，空氣很潮濕，那個時間的交通狀況很糟，所以開得很慢。

「太熱了，我要喝杯啤酒，你要來一杯嗎？」

「不要。接下來的一兩個鐘點裡，我要安排好多事。請妳務必見諒。」

「沒關係。」她說：「我不想打擾你。」

「等我回來之後再陪妳喝一杯。」

「三個禮拜之後，是吧？」

「差不多。」

「眞希望我也能去。」

他對這句話沒做任何回應。他們過了布拉克橋，交通狀況更糟，太多車輛，太多行人占滿了街道。他轉向南，沿著尼羅河開向亞述女王大飯店。也就是她投宿的地方，正好在軍營過去一點。

「這次你要找到哲祖拉，是吧？」

「我這次會找到的。」

他又回復他以前的模樣。開車時幾乎沒有看她，就連在某一點上停了五分鐘的時間裡，也沒看她一眼。

到了飯店裡，他極其有禮貌。他這樣的行爲舉止，讓她更不喜歡他；他們都得假裝這種態度是彬彬有禮，非常優雅。卻讓她覺得像是隻狗穿了衣服。去他的吧。要不是她丈夫必須和他共事，她情願再也不要見他。

他把她的行李由後座拖了出來，準備提進大廳裡。

「呃，我自己來。」她從車上下來，襯衫背後都濕了。

司閽要來提行李，可是他說：「不用，她想自己拿。」她爲他這種說法又生起氣來。司閽走了開去。她轉身向他，而他把行李袋遞給她，使得她面對著他，兩手笨拙地把沉重的行李提在身前。

「好了，再見，祝你好運。」

「好的，我會照顧好他們，他們會很安全的。」

她點了點頭。她站在陰影裡，而他似乎沒有注意到刺眼的陽光，站在陽光下。

然後他走到她面前來，靠得很近，一時之間，她以爲他要將她抱住。但他卻把右臂向前伸出，再縮回來，摸著她光裸的頸子，讓她的肌膚受到他整根汗濕小臂的觸摸。

「再見。」

他走回車子那邊。她現在感覺到他的汗水，像是留在刀刃上的血，而他手臂的動作似乎就是在模仿揮刀。

她拿起一個椅墊，放在自己懷裡，像個盾牌擋住他。「如果你和我做愛，我不會騙人說沒有。如果我和你做愛，我也不會騙人說沒有。」

她把椅墊移到心口，好似她能壓制住她身體裡掙脫了的那一部分。

「妳最討厭的是什麼？」他問道。

「謊話。你呢？」

「占有。」他說：「妳離開我的時候，把我忘了。」

她的拳頭揮向他，狠狠地打中他眼睛下方的骨頭。她穿好衣服，離開那裡。

他每天回到家裡就照著鏡子，看看那塊瘀青。他開始覺得很好奇，倒不是那麼在意那塊瘀青，而是自己那張臉的形狀。那兩道他先前從來沒有眞正注意過的長眉，沙色頭髮開始花白。他已經有多年沒這樣照鏡子看自己了。他的眉毛還眞長。

沒什麼能攔得住他去見她。

只要是他沒有和麥杜克斯在沙漠裡，或和貝爾曼在那幾間阿拉伯的圖書館裡的時候，他就和她在葛露碧公園見面——在大量澆水的梅園旁邊。她在那裡最快樂。她是個想念水分和濕氣的女人，永遠會喜歡低矮的綠樹籬和羊齒植物。但對他而言，這麼多的綠意直如一場嘉年華會。

他們由葛露碧公園出去，就到了舊城區，南開羅，那裡有歐洲人幾乎不會去的市場。他的房間裡，牆上全是地圖，儘管他想加以裝飾，那裡還是有股基地營區的味道。

他們躺在彼此的懷裡，電扇轉動的影子落在他們身上。整個早上。他和貝爾曼在考古博物館裡，把阿拉伯文的文件和歐洲的史書擺在一起，企圖找出互相呼應、偶合，以及改變之處——回溯到比希羅多德更早的《藏寶之書》，也就是記述哲祖拉是以一個商旅隊中出浴女子來命名的地方。那裡也有閃動的電扇的影子。這裡也有彼此親密地交換和呼應各自童年的經歷、疤痕、怎麼接吻之類。

「我不知道該怎麼辦。我不知道該怎麼辦！我怎麼能做你的情人？他會瘋掉的。」

一張傷單。

瘀傷的不同顏色——由淡紅褐色轉爲棕色。她由房間那頭端來的盤子，裡面裝的東西摔在一邊，盤子敲碎在他頭上，血湧進了稻草色的頭髮裡。插進他肩膀後面的叉子，留下的傷口讓醫生以爲是給狐狸咬了一口。

他在擁抱她之前，會先看一眼周圍有沒有什麼可以抓起來扔打的東西。他會帶著瘀傷或是頭上纏著繃帶和她以及其他朋友在公共場所見面，解釋說是計程車緊急剎車，害他撞上打開的側窗，或是在手臂塗上碘酒蓋住傷痕。麥杜克斯擔心他突然意外連連，她暗笑他的解釋虛弱無力。也許是他年紀大了，也許他需要配眼鏡，她的丈夫說著用手肘子頂著麥杜克斯。也許是他認得了哪個女人，她說。你們看，那不是女人抓的或咬的傷嗎？

是隻蠍子螫的，他說。Androctonus australis（黃肥尾蠍）。

一張明信片，清晰的筆跡寫滿那一方紙。

> 我的日子裡有一半的時間無法忍受不能撫觸到你，
> 其他的時候我覺得無所謂，
> 只要我能再見到你。這無關道德，
> 只是看你能忍受到什麼程度。

沒有日期，也沒有寫上姓名。

有時她能和他一起過夜，他們會因城裡三座尖塔上破曉前開始的晨禱而驚醒。他陪她走過隔在南開羅和她家之間的染料市場。美麗的宗教歌曲像箭似地射入天空。尖塔之間相互呼應，好像在傳送著有關他們兩個的流言蜚語，而他們在冷冽的清晨空氣中走著，燒炭和痲的氣味已經瀰漫在空中。他們是這聖城裡的兩個罪人。

他用手掃過餐館桌上的杯盤碗碟，讓在城裡另外一個地方的她可能會因爲聽到這種嘈雜聲而抬頭觀看。她不在他身邊的時候，他這個在各沙漠城鎭之間獨行數哩而從不覺孤單的人，一個在沙漠中能把空虛捧在雙手之中、知道那比他吞下去的水更多的人。他知道在艾塔吉附近有種植物，如果把心挖出來，就會有很營養的水分取而代之，你可以每天早上喝到相等於挖去部分那樣大量的水分。那株植物還會繼續存活一年，然後才會因某些原因而死。

他躺在自己的房間裡，四周全是灰白的地圖。凱瑟琳不在。他的飢渴讓他想要燒燬所有的社會規範，所有的禮儀。

她和其他人的生活不再讓他感到興趣。他只要她那高視闊步的美，她那豐富的表情。他要他們之間那些小小的祕密回應，那最淺近的，他們特有的親密關係，如一本緊合書中的兩頁。

他被她解體了。

如果她把他弄到這個地步，那他又把她弄成什麼樣子呢？

當她被她那階層的人圍繞，而他和她一起在一大群人中間時，他會說一些不自嘲的笑話。以很不合他性格的瘋狂態度攻擊過往的探測史。他不高興的時候就會做這種事。只有麥杜克斯知道他這習慣。可是她甚至不看他一眼。她對每一個人、每樣事物報以微笑，稱讚花插得漂亮，一些無足稱道的小事。她誤解了他的態度，以爲這就是他想要的，把周圍的牆加厚一倍來保護自己。

但現在他無法忍受她的這堵牆。你也去建造你自己的牆吧，她對他說，這樣讓我有我的牆。她說話時那種耀眼的美令他無法忍受。她那美麗的華服，對每個向她微笑的人都報以笑容的白皙面龐，因他忿怒的笑話而露出不知所措的笑臉。他繼續說他那些令人討厭的意見來談大家熟知的某些探測行動中的種種事情。

在葛氏酒吧的大廳裡，他和她打過招呼之後，她才一轉開身，他就失去了理智。他知道唯一能接受失去她的方式就是他能繼續抱著她，或是讓她抱著。只要他們能彼此撫慰對方來脫離這種情況就好了。而不是以牆來隔絕。

陽光流瀉進他在開羅的房間。他的手軟弱無力地擱在那本希羅多德的手記上，所有的緊張都存在於他身體的其餘部分，因此他寫下的字句都不對，筆鬆散地劃過，好像沒有骨頭。他幾乎無法寫下「陽光」這兩個字，或是「愛上了」這幾個字。

在公寓裡，只有從那條河以及河那邊的沙漠那裡來的光。光照著她的脖子，她的雙腳，她右臂上那道他喜歡的牛痘疤。她坐在床上，環抱著自己裸露的胴體。他打開手掌，一路撫摸著她汗濕的肩膀。這肩膀是我的，他想道，不是她丈夫的，這是我的肩膀。他們是情人，彼此把自己身體的好幾部分像這樣送給對方。在這個河邊的房間裡。

在他們所有的那一兩個鐘點裡，房間裡黑得只剩下這一點光。只有來自河和沙漠的光。只有難得降臨的雨水，才會讓他們走到窗口，將手臂伸出去，盡量伸長，盡量讓自己能浴在其中。因這陣短暫陣雨而響起的叫聲充塞在街上。

「我們永遠不會再彼此相愛，我們永遠不能再見到對方。」

「我知道。」他說。

那是她堅持要分手的那個夜晚。

她坐著，把自己封閉起來，隱身在她可怕良心的盔甲裡。他無法穿透。只有他的身體在她身邊。

「永遠不會。不論將來如何。」

「嗯。」

「我想他會大發雷霆的。你能了解嗎？」

他什麼也沒有說，拋開了把她拉進懷裡的想法。

一個小時之後，他們走進乾乾的夜裡。他們聽到全音電影院因爲天熱而打開的窗子裡傳來留聲機播放的歌聲。他們必須趕在那裡打烊，有她可能認識的人從那裡出來之前分手。

他們在全聖教堂附近的植物園裡。她看見一滴淚水，就向前俯過身來舔掉，舔進她的嘴裡。就像上次他爲她做飯而割到手時，舔了他手上的血一樣。血。淚。他感到體內所有的一切都消失了，覺得他身體裡只有煙霧。唯一還活著的只有未來的慾望和渴想。他想說的話卻無法對這個女人說。她那樣敞開著，如同一道傷口，她的青春還不會凋零。他無法改變最愛她的那些部分。她的不肯妥協，她所愛的詩篇中的浪漫情懷仍然安然地存在於現實世界中。除了這些特質之外，他知道這個世界裡別無秩序。

她有所堅持的那個夜晚，九月二十八日。樹上的雨水已被炎熱的陽光曬乾。沒有一滴冰涼會如淚水般落在他的身上。在葛露碧公園分手。他沒有問她的丈夫是不是在家，在街對面那一方高高的燈光裡。

他看到那一列高高的扇葉棕櫚伸展在他們上方，那些伸展的手。一如她還是他的情人時，在他上方的頭與髮。

現在不再有親吻。只有一次擁抱。他由她懷裡掙脫出來，走了開去。然後轉回身來。她仍然在那裡。他走回到離她只有一兩碼的地方，豎起一隻手指來加強語氣。

「我只想讓妳知道，我還沒有開始想妳。」

他的臉很可怕地對著她，想要露出微笑。她很快地將頭掉開，撞上了門柱。他看到這下傷了她，注意到她皺起眉頭。但是他們現在已經分離而各自退到自身之中，在她堅持下築起了高牆。她的驚退，她的痛苦，是意外，是故意。她的手靠著太陽穴。

「你會想我的。」她說。

她先前曾輕聲地對他說，從這一點開始，在我們的生活裡，我們若不是能找到，就是會失去我們的靈魂。

怎麼會這樣？墜入情網而遭到解體。

我曾經在她懷裡，把她的襯衫袖子往上拉到肩膀，好讓自己看她的牛痘疤。我愛這個疤，我說。在她手臂上的蒼白圓環。我想見用醫療器材刮過，再把疫苗打進她體內，抽出來，放開她的皮膚，那是好多年前，她九歲的時候，在學校的體育館裡。

六、埋藏的飛機

他瞪著兩眼，兩條視線，望向那張長床的盡頭，在那裡的是漢娜。她替他抹過澡之後，扳斷了一個安瓿的前端，拿著嗎啡轉向他。一個芻像。一張床。他乘著嗎啡之舟。嗎啡在他體內流竄，打破時空，像地圖似地把世界壓成一張二度空間的紙。

開羅的漫長黃昏。如海的夜空，一行行的老鷹到天黑了才得以釋放，轉飛向沙漠最後的色彩。那樣整齊的動作有如一把撒開的種子。

一九三六年在那個城裡，你幾乎什麼都可以買得到——從一吹哨子就會來的小狗或小鳥，到那些可怕的皮帶，綁在一個女人的小指上，讓她能在擁擠的市場中給拉到你面前來。

在開羅的東北區，有一處神學院學生的大院子，過去就是凱爾卡利里市集。我們在狹窄的街道上方俯看鐵皮浪板屋頂上的貓，而那些貓又俯視著十呎下方的街道和畜舍。在所有這一切的上方是我們的房間。打開窗就是清眞寺的尖塔、小帆船、貓，和喧囂的噪音。她和我談她童年時的花園。她睡不著的時候，就把她母親的花園畫給我看，每一個細節，每一個花床。十二月結在魚池上的冰，玫瑰花架的響動。她會抓住我手腕血脈合流之處，引到她凹陷的頸窩。

一九三七年三月，在烏維納特山，麥杜克斯因爲空氣稀薄而暴躁易怒。在海拔一千五百呎處，這麼一點最低的高度就讓他很不舒服。他畢竟是一個沙漠人，離開了他在英國索美塞特郡馬爾斯頓馬格納村的老家，改變所有的習俗和習慣，讓自己能適應平地和經常的乾燥。

「麥杜克斯，女人脖子下方的凹陷地方叫做什麼？在前面。這裡。這叫什麼？有沒有一個正式的名稱？那個凹洞大小大概像你的大拇指？」

麥杜克斯在正午的烈日中看了我一陣。

「控制一下自己。」他喃喃地說道。

「讓我跟妳說一個故事，」卡納瓦吉奧對漢娜說：「有個匈牙利人，名字叫阿爾瑪西。在戰時替德國人做事。和非洲軍團一起飛過一陣，但他的本事不只這些。在三〇年代，他是最偉大的沙漠探險家之一。他知道每個水洞的位置，也幫忙製作了沙海的地圖。他對沙漠無所不知，也懂各地的方言。聽起來很耳熟吧？在兩次大戰之間，他一直在開羅附近探測。其中之一是尋找哲祖拉——那個消失的綠洲。然後大戰爆發時，他加入了德軍。一九四一年，他成爲一些間諜的嚮導。帶他們穿越沙漠進入開羅。我要告訴妳的是，我覺得這個英國病人不是英國人。」

「他當然是英國人。那些在格拉斯特夏的花床怎麼說呢？」

「一點也不錯。那全是再完美不過的背景。兩天前，我們想給那隻狗取名字的時候，記得嗎？」

「記得。」

「他的建議是什麼？」

「他那天晚上很奇怪。」

「他之所以奇怪，是因爲我多給了他一劑嗎啡。妳還記得他說的那些名字嗎？他說了大約有八個名字，其中五個顯然是在開玩笑。然後有三個名字：西塞羅、哲祖拉和大利拉。」

「那又怎麼樣呢？」

「『西塞羅』是一個間諜的代號，英國人把他揭露出來，是個雙面後來成為三面間諜，他逃脫了。『哲祖拉』更複雜一點。」

「我知道哲祖拉，他談起過，他也談過花園的事。」

「可是現在大部分說的都是沙漠了。英國的花園越來越沒得說的了。他快死了。我想妳樓上那個是幫間諜忙的阿爾瑪西。」

他們坐在被褥間裡那個舊的大柳條籃子蓋上，彼此對望著。卡納瓦吉奧聳了下肩膀，「有這種可能。」

「我想他是個英國人。」她說。她像平常在想事情或考慮她自己某些問題時那樣，把兩頰吸了進去。

「我知道妳喜歡這個人，可是他不是個英國人。大戰初期，我在開羅工作——的黎波里軸心部隊。隆美爾的『蝴蝶夢』間諜——」

「什麼叫做『蝴蝶夢』間諜？」

「一九四二年，德國在阿拉敏戰役之前派了一個叫伊培勒的間諜到了開羅。他用一本達芬妮・杜・莫里哀的小說《蝴蝶夢》當密碼本，把部隊動態的情報發給隆美爾。聽好了，這本書後來成了英國情報員的床邊讀物，就連我也看過。」

「你會看書？」

「謝謝妳啊。那個在隆美爾親自命令下帶伊培勒穿過沙漠進入開羅——由的黎波里直到開羅——的就是拉悌士勞斯·狄·阿爾瑪西伯爵。那可是一帶據說無人能穿越的沙漠呢。

「在兩次大戰之間，阿爾瑪西有很多英國朋友，一些很偉大的探險家，可是戰爭一爆發，他就投到德國人那邊去了。隆美爾要他帶伊培勒穿過沙漠到開羅去，因爲如果是乘飛機或跳傘就太明顯了。他帶著那傢伙穿越沙漠，把他送到尼羅河三角洲。」

「這事你可知道得不少。」

「我當時駐在開羅。我們一路追蹤他們，他由吉亞諾帶了一組八個人進入沙漠。他們得一直不停地把陷在沙丘裡的車子挖出來。他讓他們朝烏維納特山和那裡的花崗石高地走，這樣他們可以找得到水，也能在洞穴裡過夜。那是一個中途站。在三〇年代裡，他發現了幾個有岩畫的山洞。但是那處高地上全是聯軍，他不可能用到那裡的水井。他再次進入沙漠。他們突襲英國的軍用品臨時堆集場，來給他們的車加滿油。在卡加綠洲，他們換上英軍的制服，把英國軍車的車牌掛在他們的車子上。被空中偵察到時，他們藏身在河谷長達三天之久，完全一動也不動。在沙裡曬得半死。

「他們花了三個禮拜才抵達開羅。阿爾瑪西和伊培勒握了握手之後離開。我們就是在這裡失去了他的蹤影。他又一個人回到了沙漠裡。我們認爲他再次橫越沙漠，回到的黎波里。可是那是最後一次有人看見他。英國人後來抓到了伊培勒，用《蝴蝶夢》密碼把阿拉敏相關的假情報發給隆美爾。」

「我還是不相信，大衛。」

「幫忙在開羅抓到伊培勒的人叫參孫。」

「大利拉[15]。」

「一點也不錯。」

「說不定他是參孫呢。」

「我開頭也這樣想。他和阿爾瑪西非常像。也是個熱愛沙漠的人。他童年時生活在東黎凡特，也認識貝都因人。但阿爾瑪西還有一點，他會開飛機。我們在講的這個人可是從墜機中救出來的。現在這個人，燒得面目無法辨認，又鬼使神差地到了在比薩的英軍部隊裡。另外，他的英語也很道地，阿爾瑪西在英國念的書。在開羅的時候，別人都說他是『那個英國間諜』。」

她坐在大柳條籃上望著卡納瓦吉奧。她說：「我想我們就這樣讓他去吧。他是哪一邊的都沒關係，對吧？」

卡納瓦吉奧說：「我倒想再和他談談。幫他打更多嗎啡，讓他把話說出來。就我們兩個，妳明白嗎？看看事情會怎麼樣。大利拉，哲祖拉。妳得給他注射加重劑量的嗎啡。」

「不行，大衛，你太偏執了。他是什麼人都無關緊要。戰爭已經結束了。」

「那由我來動手。我會調一杯布倫頓雞尾酒。嗎啡和酒精，那是他們在倫敦的布倫頓醫院裡發明出來給癌症病人用的。別擔心，那不會要了他的命的。那會很快地讓身體吸收。我可以用我們現有的材料來做，讓他喝上一杯，然後再給他打一針純嗎啡。」

她望著坐在大柳條籃子上的他，兩眼清亮，滿面笑容。在戰爭末期，卡納瓦吉奧成爲無數偷嗎啡的賊人之一。他剛到這裡還沒幾個鐘點就找到她放藥用嗎啡的地方。那些小管的嗎啡現在是他的來源。她最早看見那些小玻璃管時，覺得很像是洋娃娃的牙膏，也覺得很奇妙有趣。卡納瓦吉奧每天在口袋裡放兩三管，把裡面的液體注射進他的肉體。她有一回撞見他因爲超量而嘔吐，蹲在莊園一個黑暗角落裡發抖，抬頭看她時幾乎認不出她是誰來。她試著和他說話，他卻只瞪著她。他找到了放補給品的鐵盒子，天知道他用了多大力氣拉了開來。有回那個工兵被鐵門割傷了手掌，卡納瓦吉奧用牙咬斷玻璃管的前端，把嗎啡吸出來吐在那隻棕色的手上，醃鯡魚還沒弄清楚那是什麼東西，只把他推開，怒目而視。

「不要去招惹他，他是我的病人。」

「我不會傷到他的。嗎啡加酒精能止痛。」

（三毫升的布倫頓雞尾酒。下午三點）

卡納瓦吉奧把書由那個人的手中抽出來。

「你的飛機在沙漠裡墜毀的時候——你是從哪裡起飛的？」

「我是由吉夫開比高原啓程。我去那裡接一個人。那是八月下旬，一九四二年。」

「在戰時？那時候想必每個人都已經離開了吧。」

「不錯，只剩下軍隊。」

「吉夫開比高原？」

「是的。」

「那在什麼地方？」

「把吉卜林寫的那本書給我……。這裡。」

在《小吉姆的追尋》扉頁上有一張地圖，上面用一條虛線畫出那個男孩子和那聖者所走的路。那裡畫的只有一小部分印度——用交叉排線畫出的黑黑的阿富汗，還有在山裡的克什米爾。

他用黑色的手沿著努米河畫過去，到那條河在北緯二十三度三十分處入海。他繼續將手指往西移了七吋，離開了書頁，到了他的胸口；他碰著自己的肋骨。

「這裡，吉夫開比高原，就在北回歸線以北。在埃及和利比亞邊界上。」

一九四二年發生了什麼事？

我去了一趟開羅，又從那裡回來。我由敵軍之間溜過，回憶著舊的地圖，找到戰前巡邏隊貯放物質的地方和水源，開車向烏維納特山去。現在我一個人就方便多了。在離吉夫開比幾哩遠處，車子爆炸，我翻倒出去，很本能地滾進沙地裡，不希望有火花濺到身上。在沙漠裡，任何人都永遠怕火。

車子會爆炸，很可能是遭到破壞。貝都因人裡有間諜，他們的商旅隊繼續遊走各城市，把香料、房間、政府的顧問帶到各處。在戰爭期間，任何一個時刻，在貝都因人之中都會有英國人和德國人。

我丟下車子，開始走向烏維納特，我知道在那裡有一架埋藏著的飛機。

等一下。你這話是什麼意思？一架埋藏著的飛機？

麥杜克斯在很早以前有一架舊飛機，他把那架飛機弄得只剩下必要的部分——唯一「額外」的就是駕駛艙上的拱形罩，那在沙漠中飛行時是不可或缺的。我們在沙漠裡的時候，他教我飛行的技術。我們兩個繞著那架用支索撐住的東西走著，討論著在風裡會怎麼穩住或轉向。

等克利夫頓的飛機——魯伯特——飛到我們中間之後，麥杜克斯的那架老爺飛機就留在原來的地方，用一塊防水油布蓋著，固定在烏維納特山東北邊的一個凹洞裡。接下來的幾年裡，沙子漸漸堆積在上面。我們沒有一個人想得到還會再見到這架飛機。那已經成了沙漠裡的另外一個受難者。不到幾個月的時間，我們再經過最北的峽谷時，連一點蹤影也看不見。這時候，克利夫頓那架機齡少了十年的飛機已經飛進了我們的故事裡。

所以你是朝那架飛機走過去了？

是的，走了四夜。我把那個人留在開羅，回到沙漠裡。到處都有戰事。突然之間，有了好多「組」，貝爾曼組、巴格諾德組、史拉汀大公組——他們在很多不同的時間救過彼此的性命——現在都分別紮營。

我走向烏維納特山，大約在中午時抵達，爬上去進入高原的岩洞裡，就在叫做恩多的井上方。

「卡納瓦吉奧認爲他知道你是誰。」漢娜說道。

床上的那個男人什麼話也沒說。

「他說你不是英國人。他曾經在開羅及義大利和情報人員工作過一段時間。一直到他被捕。我家的人在戰前就認得卡納瓦吉奧。他是個賊。他相信『物體移動』。有些做賊的是收藏家，像你看不起的某些探險家，像有些男人喜歡女人，或是有些女人喜歡男人。可是卡納瓦吉奧不像那些人。他太過好奇，太過大方，做不了一個成功的賊。他偷的東西有一半始終沒拿回家。他認爲你不是英國人。」

她說話時望著一動也不動的他；看起來好像他是在仔細地聽著她說的話。只是他想的離他們很遠。就像艾靈頓公爵演奏〈孤獨〉一曲時的模樣和想法。

她停止了說話。

他到了名叫恩多的那口淺井。他脫下所有的衣服，泡進井水裡，再把頭——然後是他瘦瘦的身體也泡進那藍色的水中。他的四肢因爲連走了四晚而疲累不堪。他把衣服攤開在岩石上，往上爬到更高的大石堆裡，爬離了沙漠，那個在一九四二年成爲大戰場的沙漠，全身赤裸地走進洞穴的黑暗中。

他置身於多年前他發現的那些熟悉的岩畫之中。長頸鹿、牛群，那個雙手高舉，戴著羽毛頭飾的人。好幾個毫無疑問是在游泳的人形。貝爾曼說古時候這裡有個湖的說法是對的。他向裡面走進那股冷冽，進入那個泳者洞穴，也就是他把她留下的地方。她仍然在那裡。

她勉強爬到了一個角落裡，將自己用降落傘緊緊裹住。他答應過要回到她身邊來的。

他自己倒覺得能死在一個洞穴中，不受打擾，四周只有刻在岩石上的泳者，是一件快樂的事。貝爾曼曾經告訴他說，在亞洲的花園裡，你可以望著岩石而想像著水，也可以盯著一汪水波不興的池塘而相信那裡硬如岩石。可是她是個女人，在花園裡長大的，在濕氣之中，聽著籐架和豪豬等字眼。她對沙漠所感到的熱情只是暫時性的。她是因爲他才愛上沙漠的荒蕪嚴酷，想要了解他在沙漠的孤寂中何以能如此自在。她一向是在雨中，或在水氣蒸騰的浴室中要快樂得多。那種濕滑的感覺，那個雨夜在開羅，由他的窗子爬回來，一身還是濕濕地就穿上衣服，只爲保住那份濕意。正如同她喜愛家族傳統和行禮如儀以及記得的那些古詩。她會很恨自己沒沒無聞地死去。對她而言，有一長串可以追溯的祖先，全是實實在在的，而他卻切斷了他的來時路。他很訝異儘管他那樣隱匿，她卻還會愛上他。

她仰臥著，像中世紀風的死者般躺著。

我赤裸著身子走向她，就像在我們南開羅的房間裡一樣，想脫去她的衣物，仍然想愛她。

我這樣的做法有什麼可怕的地方嗎？我們不是會原諒愛人的一切嗎？我們原諒自私、慾望、狡詐。只要我們本身就是這些行爲的動機。你可以和一個手臂斷了的女人做愛；或是一個發高燒的女人。她有次吸了我手上傷口的血，而我也曾嚐過吞過她的經血。有些歐洲的用語是永遠無法譯成另一種語文的。Felhomaly（墳墓）。另有死者和生者之間親密關係的含意。

我將她從睡臥之處抱入我的懷裡。衣物如蛛網。我將之全部擾亂。

我把她抱到外面的陽光中，自己穿上衣服，我的衣物因爲曬在熱岩石上而變得既乾又硬。

我的兩手交握，成爲鞍狀，讓她躺在上面。等到了沙地上，我把她翻了過去，讓她面朝後方，揹在我的肩膀上。我感受到她身體的重量很輕，我已經習慣於她這樣在我懷中。她在我房間裡繞著我轉著，好似吊扇的人形倒影——她的手臂伸出去，手指像海星。

我們像這樣走向東北方的峽谷，也就是埋藏了那架飛機的地方。我不需要地圖，身上帶著的是從翻覆的車子裡一路拿來的油箱，因爲三年前我們曾經因爲缺油而動彈不得。

「三年前出了什麼事？」

「她受了傷。那是一九三九年。她丈夫開的飛機墜毀。那原是她丈夫計畫的一次自殺和謀殺行爲，牽涉到我們三個人。當時我們甚至還不是情人呢。我猜想是有人把我們之間的事洩漏給他了。」

「所以她傷重得無法和你一起走。」

「不錯。唯一能救她的機會就是我一個人想辦法去找人救援。」

在洞穴中，經過那麼多個月的分離和憤怒，他們重聚在一起，再一次像情侶般談話，翻過爲了他們兩人都不相信的社會規範而放置在他們兩人之間的石頭。

在植物園裡，她的頭部曾經在下定的決心和狂怒中撞上門柱。太過高傲而不願做情婦，一個祕密。在她的世界裡沒有容身之所，他當時轉回身去對著她，豎起手指，我還沒有開始想妳。

你會想我的。

在他們分開的那幾個月裡，他變得很冷酷而自閉。他避免和她見面。他受不了她看到他時那樣平靜的神情。他打電話到她家裡，和她丈夫通話，聽到她的笑聲。她有一股外在的魅力，能吸引所有人。這正是他愛她的地方。現在他開始什麼都不相信了。

他猜她找了另外一個情人來取代他。他把她的每一個手勢都解釋成對別人有所承諾的暗號。她有次在大廳裡抓住朗德爾的上裝用力搖晃，在他喃喃說些什麼的時候笑他，結果他跟蹤那個無辜的政府助理人員兩天，看他們之間是不是還有別的關係。他也不再相信她先前對他的愛，她不和他在一起，就是在和他作對。她是在和他作對。他甚至受不了她對他所露出的示好的微笑。要是她端了杯酒給他，他不會喝。要是在飯桌上，她指著一個碗裡漂著朵百子蓮，他也不看。只不過是朵他媽的花罷了。她有了一群新的親密朋友，不包括他和她的丈夫在內。沒有人會再回到丈夫身邊的，他在愛情和人性方面至少知道這一點。

他買了淺棕色的捲菸紙，貼在《希臘波斯戰爭史》一書中記錄他不感興趣的戰役上。寫下她所有指責他的話，貼在書裡——只給他自己那個旁觀者，那個傾聽者，那個「他」的聲音。

戰前的最後幾天，他最後去了一趟吉夫開比高原，清理掉基地營。她的丈夫應該去接他，就是在他們開始彼此相愛前都愛過的那個做丈夫的男人。

克利夫頓在約好的那天飛到烏維納特來接他，飛過那失落的綠洲時低得讓阿拉伯膠樹的葉子都被飛過的飛機撞掉。那架蛾式機滑進低地和林中小徑——這時他正站在高高的山脊上用藍色防水布打訊號。然後飛機往下轉，直朝他衝來，接著墜毀在五十碼外的地上。一道青煙由飛機的起落架升起。並不見火光。

做丈夫的瘋了。要把他們全殺掉。要殺掉他自己和他的妻子——還有他，因爲他沒有其他辦法走出沙漠。

只不過她沒有死。他把她拉了出來，抱著她脫離了飛機殘骸，她丈夫的掌握。

你怎麼那樣恨我？她在泳者的洞穴裡低聲地說道，強忍著受傷帶來的疼痛。斷了一隻手腕碎了幾根肋骨。你對我好壞，我丈夫就是那時候開始懷疑你的。我到現在還是爲那些事恨你——消失在沙漠或酒吧裡。

是妳在葛露碧公園離開了我呢。

因爲你不像要別的東西那樣要我。

因爲妳說妳丈夫要氣瘋了。呃，他眞的氣瘋了。也不久。我在他之前就瘋掉了，你把我身體裡的一切都殺死了。吻我，好嗎？別再替自己辯護了。親我，用我的名字叫我。

他們的肉體在香水和汗水中相觸，急於用舌或牙觸到那層薄膜之下。好像他們各自能抓住對方，在熱愛中將之由彼此的身體裡拉出。

現在她的手臂上沒有香粉，大腿上沒有玫瑰香水。

你以爲你是一個打破傳統的人，可是你不是的。你只是移動著，或是換置那些你不可能擁有的。若是在某件事上失敗，就退到別的事情裡去。沒什麼改變你。你有過多少女人？我之所以離開你，是因爲我知道我永遠也不能改變你。你有時會那樣一動也不動地站在房間裡。有時那樣一言不發，好像多揭露一點你的性格就是對自己的最大背叛。

在泳者的洞穴裡，我們談話，我們離庫夫拉綠洲的安全地帶只隔著緯度兩度的距離。

他停了下來，伸出一隻手。卡納瓦吉奧把一粒嗎啡藥片放在那隻黑色的手掌中，那粒藥片消失在那個人黑色的嘴裡。

我越過乾涸的湖底，走向庫夫拉綠洲，除了白天防熱、夜裡防寒的袍子之外，什麼也沒有帶，我那本希羅多德的書留在她那裡。三年之後，在一九四二年。我帶著她一起走向那架埋藏的飛機，抱著她的身體，好像那是一副武士的甲冑。

在沙漠裡，求生的工具都在地下——穴居人的山洞、長眠在埋於土裡一株植物內的水分、武器、一架飛機。在東經二十五度，北緯二十三度的地方，我往下挖向那塊防水布，而麥杜克斯的老爺飛機逐漸出現。那時候是夜間，即使是在寒冷的空氣裡，我卻在流汗。我把油燈拿到她身邊，坐了一陣，就在她的側影邊。兩個情人和沙漠——亮著星光還是月光，我不記得了。外面其他所有的地方都有戰爭。

飛機由沙裡出來。因爲沒有食物，我相當虛弱。防水油布重得讓我無力挖出，只有乾脆割掉。到了清早，在睡過兩小時之後，我把她抱進駕駛艙裡。發動引擎。引擎轟然響了起來。我們動了。然後在晚了幾年後，滑過了空中。

聲音停了下來。那個燒傷的男人在嗎啡影響下，兩眼迷茫地直視前方。

那架飛機現在在他的眼裡。那緩慢的聲音費力地將之帶到空中，引擎時斷時續，好似綻開了縫線。她的裹屍布在充滿了噪音的駕駛艙裡散了開來，在寂靜無聲中飛了幾天之後，噪音變得特別可怕。他低頭看去，看見有油流到他的膝蓋上。一根樹枝在他襯衫上折斷。阿拉伯膠樹和骨頭。他離地有多高？在空中有多低？

起落架擦過一株棕櫚樹的樹梢，他將機頭拉高，而油流瀉到椅子上。她的身子由椅子上滑了下去。由於短路產生了火花，而她膝蓋那邊的一根乾樹枝燃燒起火。他將她拉回到他身邊的座椅上，兩手伸起來抵住駕駛艙的玻璃罩子，但罩子推不動，他開始捶著玻璃，敲出裂縫，終於將之擊碎。油和火四濺到各處。他在天空中到底飛得有多低？她倒了下去——阿拉伯膠樹的細枝、樹葉，形成手臂般的枝椏在四周將他纏住，肢體開始消失在吸引的氣流中。嗎啡的氣味在他的舌頭上，卡納瓦吉奧的臉映照在他如黑色湖水的眼睛裡。他像一個打水的吊桶似地上上下下。不知怎地他滿臉是血。他駕的是一架已經朽爛的飛機，機翼上張著的帆布在高速下裂了開來。還有腐肉。那株棕櫚樹在他後面多遠？是多久以前的事？他把腿由油裡抽抬出來，但是兩腿非常沉重，他沒有辦法再抬得起來。他老了。突然之間。他厭倦了沒有她的日子。他不能躺回她懷裡，相信她在他睡著時整天整夜地守著他。他身邊一個人也沒有。他已經筋疲力竭，不是因爲在沙漠裡，而是因爲孤獨。麥杜克斯不在了。那個女人化成了枝葉，朝天的破碎玻璃罩有如一張大嘴在他上方。

他套上被油沾濕的降落傘背帶，讓機身倒翻過來，掙脫了玻璃罩，風將他的身體往後吹。然後他的兩腿掙脫了一切束縛。他人在空中，全身發光，不知道他爲什麼這麼亮，然後才發現他著火了。

漢娜聽見那個英國病人的房間裡傳來說話的聲音，就站在走廊上，想聽他們說些什麼。

怎麼樣？

好極了！

現在輪到我了。

啊！真好，真好。

這真是最偉大的發明。

了不起的發現啊，年輕人。

她走進門，看見醃鮮魚和那個英國病人正把一罐煉乳彼此傳來傳去。英國人由罐子裡吸了一口，然後把罐子由面前移開，吃著那濃稠的液體。他開心地對醃鮮魚笑著，對方卻似乎因爲東西不在自己手裡而不大高興。那個工兵看了漢娜一眼，俯身在床邊，將手指打響了兩聲，終於把那個罐子由那張黑臉那邊拿了過來。

「我們發現了一件都有過的快樂經驗。這個孩子和我。我是在去埃及的路上。而他呢，是在印度。」

「妳有沒有吃過煉乳三明治？」那個工兵問道。

漢娜來回地看著他們兩人。

醃鯡魚瞇起眼睛來看了看罐子裡面。「我再去拿一罐來。」他說著離開了房間。

漢娜看著那個躺在床上的男人。

「醃鯡魚和我都是到處跑的渾人——生在一個地方，卻選擇住在另外一個地方。一輩子用盡一切辦法不回去或是盡量遠離我們的家鄉。只不過醃鯡魚現在還沒發現這一點。這就是我們能處得這麼好的原因所在。」

醃鯡魚在廚房裡用刺刀在新拿來的那罐煉乳上打了兩個洞，他發現他的刺刀近來越來越只用在這件事上了。他跑回樓上的那個房間。

「你想必是在別地方長大的，」那個工兵說：「英國人不會這樣把煉乳吸出來。」

「我多年來一直生活在沙漠裡，我知道的所有事物都是從那裡學來的。我所遇過的所有重要的事，也都發生在沙漠裡。」

他對漢娜微微一笑。

「一個餵我嗎啡，一個餵我煉乳。我們也許會發現一份均衡的飲食！」他轉回頭來對著醃鯡魚。

「你當工兵有多久了？」

「五年。大部分時間在倫敦，然後是義大利。在拆除未爆彈的單位。」

「你的老師是誰？」

「在渥爾維區的一個英國人。大家都說他是個怪人。」

「那才是最好的老師。想必是舒福克爵士吧。你見過莫登小姐嗎？」

他們兩個在談話時誰也沒理漢娜。可是她想知道他老師的事。要知道他怎麼形容那個人。

「他是個什麼樣的人？醃鮮魚？」

「他在科學研究所上班。是個實驗小組的頭頭。他的祕書莫登小姐始終跟他在一起，還有他的司機佛烈德．哈特司先生也是。莫登小姐在他研究炸彈時記下他口授的筆記，而哈特司先生幫忙他用的各種工具。他是一個很聰明的人。大家稱他們是神聖的三位一體。後來他們三個人都被炸死了。那是一九四一年，在艾立斯。」

她看著那個工兵靠在牆上，一隻腳抬著，靴子的後跟踩著一叢畫在牆上的矮樹。沒有悲傷的表情。沒有任何表示。

有些人在她懷裡解開他們生命中最後的心結，在安吉亞里鎮，她曾經扶起還活著的人，卻發現他們已經被蟲子咬嚙了。在奧托納，她曾經拿著香菸送到一個失去雙臂的男孩子嘴邊讓他吸菸。什麼也攔不住她。她一直繼續盡著她應盡的責任，一面祕密地隱藏起她的自我。有太多的護士成了精神錯亂的戰地女佣，只是穿著帶牛骨扣子的紅黃兩色制服。

她望著醃鮮魚把頭向後靠在牆上，看到他臉上那漠然的表情。她能了解。

七、在原地

英國，威士柏利，一九四〇年

寇爾帕．辛站在馬準備上鞍的地方。他起先都只站在馬的後面，停下來朝那些他雖然看不見卻知道在注意看他的人揮手。舒福克爵士用望遠鏡看著他，看到那個年輕人揮手，兩臂高舉著搖動。

然後他的身子垂落下去，進入了威士柏利那匹巨大的白堊石白馬裡，進入那刻在山上的白馬之中。現在他只是一個黑色身影，背景襯出他皮膚的黑色以及他的卡其布制服。如果那具望遠鏡的焦點調得很精準的話，舒福克爵士就會看見辛的肩膀上那一線紅色記號，表明他的工兵單位。對他們來說，看起來就像他爬下一張切割成隻動物形狀的地圖。但辛卻只注意著他的靴子刮擦粗糙的白堊石，由斜坡往下而去。

莫登小姐，跟在他後面，也慢慢地由小丘上下來，肩膀上揹著個背包，撐了一支收捲起來的傘。她停在那匹馬上方約十呎處，把傘撐開，坐在傘的陰影中。然後她打開了筆記本。

「妳聽得到我說話嗎？」他問道。

「聽得到，沒問題。」她把手在裙子上擦了下，擦掉沾著的石灰，整了下衣裳。她抬頭望向遠方，和辛剛才一樣地向那些她看不見的人揮手。

辛很喜歡她，她是他到英國之後，第一個與他眞正交談的英國女人。他大部分時間都在渥爾維區的營房裡。在那裡的三個月中，他見到的只有其他的印度人和英國軍官。在軍中福利社裡，有一個女人會回答問題，可是和那個女人之間的對話只不過兩三句就沒有了。

他在家裡排行老二。長子去當兵，次子當醫生，第三個兒子做商人。這是他們家裡的古老傳統，可是一切都因爲戰爭而改變了。他加入了一個錫克教徒的軍團，給送到了英國。在倫敦過了前幾個月之後，他志願加入一個爲拆除地雷與未爆彈而設立的工兵單位。一九三九年高層所說的話十分天眞：「未爆彈責任應屬內政部，部方同意交由防空人員及警察蒐集，送至適當之棄置場，再由軍方人員予以拆除。」

一直到一九四〇年，國防部才接掌炸彈拆除的工作，然後交由皇家工兵負責。一共成立了二十五個炸彈拆除小組。他們缺少專業配備，手裡只有錘子、鑿子和修路的工具。也沒有這方面的專業人才。

一個炸彈係由以下各部分組成：

1. 容器或外殼。
2. 引信。

3. 起爆火藥。
4. 主要高能量炸藥。
5. 上層結構裝置——方向舵、升空翼板、彈端環，等等。

投擲在英國的炸彈裡有百分之八十都是外殼很薄、一般性的炸彈。通常在一百磅到一千磅之間。兩千磅的炸彈稱爲「哈爾曼」或「以掃」。四千磅的炸彈則稱爲「撒旦」。

辛每天接受長時間訓練後，會手裡拿著各式圖表昏然睡去，半夢半醒中進入有苦味酸、起爆火藥，以及填充物等等那個圓柱體的迷宮中，一直到主體深處的引信，然後突然驚醒。

炸彈擊中目標時，撞擊力會使得一塊振顫片抖動而點著引信中的火藥，這個小小的火花躍入起爆火藥，使得那層炸藥爆發，引爆苦味酸，進而使塡入的強烈炸藥和鋁粉爆炸。由振顫片到爆炸的過程只有一微秒的時間。

最危險的炸彈是那些低空投擲的，一直要到落地才會啓動。這些未爆的炸彈在城市和鄉野，始終保持著休止狀態，一旦振顫片受到驚動——不管是農夫的棍杖、車輪的碰撞、一顆網球碰在外殼上——就會爆炸開來。

辛乘坐貨車和其他的志願軍一起被送到渥爾維區。這段時間，和未爆彈數量之少比起來，炸彈拆除小組的傷亡率高得可怕。一九四〇年，法國淪陷，而英國遭到圍攻時，情況變得更糟。

到了八月，德國展開閃電戰，一個月內，突然有了兩千五百枚未爆彈需要處理。公路封閉，工廠廢棄。到了九月，未爆彈的數量增到三千七百枚。有一百個新的炸彈拆除小組成立，但是還是沒人知道那些炸彈是如何作用的。這些單位裡成員的壽命平均只有十週。

「這是拆除炸彈的英雄年代，一段展現個人英勇的時期，在情勢緊急，缺乏知識與裝備的情況下冒著極大的危險……。然而，那也是一段主角身分始終隱而不明的英雄年代，因為他們的所作所為基於保密的理由而不能公諸於世。很明顯地不能公開各項資料，以防敵人據以估計應付武器的能力。」

在開往威士柏利的車子裡，辛和哈特司先生坐在前面，莫登小姐和舒福克爵士一起坐在後座。這輛漆成卡其色的車子很有名，擋泥板漆成鮮紅色——像所有炸彈拆除小組的車子一樣——夜裡在左邊的邊燈還有藍色濾光罩。兩天之前，有一個人走近這片石灰石高地上那隻有名的石灰石馬時被炸死。那些工兵抵達現場時，發現還有一枚炸彈落在這塊歷史性地標的中央——在一七七八年刻於這片石灰石山丘上的威士柏利白馬的腹部。經過這事之後，在這片高地上的所有石灰石馬——一共有七匹——都罩上了僞裝網。但並未能保護它們，因爲那些馬終究還是空襲英國時非常明顯的轟炸目標。

舒福克爵士在後座談著歐洲戰區的知更鳥遷移問題、炸彈拆除的歷史、德文郡奶油。他把英國的習俗介紹給這個年輕的印度人，好像那是新近才發現的一種文化。他雖然是舒福克爵士，卻住在德文郡。在戰爭爆發之前，他熱衷於研究《我的蘿娜》[16]以及這本小說在歷史和地理方面的眞實性。大部分冬日裡，他都在布南屯和波洛克的那些小村莊中打轉，而他也說服當局認可艾克斯木一地是用作炸彈拆除訓練的最佳地點。他麾下有十二個人——是由多單位調集來的有才之士，包括工兵和工程人員，辛也是其中之一。每個禮拜大部分時間在倫敦的里奇蒙園基地，聽取新方法的簡報，或是拆除一些未爆的炸彈，周圍還有淡黃色的鹿走來走去。週末則到艾克斯木去，白天繼續訓練，然後由舒福克爵士開車帶他們到羅娜·杜恩在婚禮上遭槍殺的那間教堂。「不是從這扇窗子，就是從後門……，一槍由走道打來——射進她肩膀。說起來，這一槍打得眞漂亮，儘管當然很不應該。那個壞人被追得逃到野地裡，把他的肉都剜了下來。」在辛聽來，這很像熟悉的印度傳說。

舒福克爵士在那一帶的密友是一位女性飛行員，她討厭社交，但喜歡舒福克爵士。他們一起去打獵。她住在康提士堡一處臨著布里斯托海峽懸崖上一間小屋裡。他們在休姆伯河谷經過的每一個村子，都各有舒福克爵士所形容的新奇事物，「這個地方可以買到最好的黑刺李木做的手杖。」好像辛正想穿著制服、戴著頭巾，走進街角那間有都鐸王朝風味的小店去和老闆閒聊有關手杖的事。他後來告訴漢娜說舒福克爵士是最好的英國人。要不是因爲打仗，他恐怕絕不會離開康提士堡和他所住的那個叫家園農莊的家，捨棄和酒，以及後面舊洗衣間裡的蒼蠅廝混。五十歲，已婚，但性格上還像個單身漢，每天爬上懸崖去見他那個當飛行員的朋友。他喜歡修理東西——舊的洗衣盆、抽水機、用水車當動力的烤肉架。他還幫那位女飛行員史薇芙特小姐蒐集和貛的生活習性有關的資料。

因此開車到威士柏利的路上便聽到許多奇聞軼事和各種資訊。即使是在戰時，他也知道最好到哪裡停下來喝茶。他很快地走進潘蜜拉茶坊，一隻手臂因爲處理火藥發生意外而用三角巾吊著，帶著他那批人——祕書、司機和工兵——好像他們是他的兒女。舒福克爵士究竟是怎麼說服未爆彈處理委員會讓他成立他那實驗性的炸彈拆除團隊的，沒有人知道。但以他在發明方面的背景，大概比其他人更有資格。他是個自學者，而他相信他的心智能看到任何一件發明背後的動機與精神。他馬上發明了多口袋襯衫，讓士兵能很容易地收放引信和各種小工具。

他們喝著茶，等著烤餅送來，一面討論著在原地拆除炸彈的事。

「我信任你，辛先生。你知道的，是吧？」

「是，長官。」辛很仰慕他。在他看來，舒福克爵士是他在英國所見到的第一個眞正的紳士。

「你知道我信任你能做得和我一樣好。莫登小姐會跟你一起去，把要點記下來。哈特司先生會留在後面。如果你要其他配備或更多支援，只要吹警哨，他就會過去。他不會提什麼意見，但是他能完全了解，要是他不做什麼的話，就表示他不同意你，而我會聽聽他的看法。可是你在現場有全權行事。把我的手槍帶著。現在的引信大概更進步了，可是誰知道呢？你可能運氣很好。」

舒福克爵士指的是一件讓他聲名大噪的意外。他發現了一種消除延遲作用引信的方法，就是拔出他的軍用手槍，用子彈打穿引信的頭，使定時器停止。這種方法後來不用了，因爲德軍用了種新的引信，最上面放的是雷管而不是定時器。

寇爾帕·辛永遠也不會忘記爵士把他當朋友看待。到目前爲止，他在戰時有一半的時間都在這位從來沒有踏出過英國一步，也計畫一旦戰爭結束，就不再踏出康提士堡一步的爵爺羽翼之下。辛初到英國時，什麼人也不認得，遠離了他在旁遮普的家人。他當時才二十一歲，除了其他的士兵之外，也沒見過別人。所以當他看到召募志願軍參與實驗性炸彈拆除大隊的公告時，雖然聽到其他工兵說舒福克爵士是個瘋子，他卻已經認定在戰爭中你必須有主控權，這樣無論在個性或個人生活上都能有更大的選擇機會。

在申請人當中，他是唯一的印度人，而舒福克爵士來得很晚。他們十五個人由女祕書引進了圖書室，請他們等著。她坐回辦公桌前，抄錄他們的姓名，而那些士兵則拿這次面談和測驗的事來開著玩笑。他一個人也不認識。他走到牆邊，看著一具氣壓計，想伸手碰碰又忍了下來。只把臉湊了過去。上面從極乾到舒適到風雨。他輕輕地用他新學的英國腔喃喃自語：「雞肝，極乾。」他回頭看看其他的人，四下環顧時看到那中年女祕書的眼光，她很嚴厲地望著他，一個印度男孩。他微微一笑，走向書架。他還是什麼也沒有碰，有一次他把鼻子湊近一本書，書名叫《雷蒙．生與死》，作者是奧立佛爾．何吉爵士，他找到另外一本題目相似的書：《皮爾．模稜兩可》，他轉過身來看到那女人又在瞪著他。他覺得就像自己把書放進了口袋裡似地充滿罪惡感。說不定她以前從來沒見過頭巾吧，這些英國人，他們希望你爲他們打仗，可是卻不肯跟你說話。辛。以及所有模糊不清的事情。

他們午餐時見到了那位非常熱心的舒福克爵士，他替所有要酒的人斟酒，任何一個人說笑話，他都笑得很大聲。到了下午，他們接受了一場很奇怪的測驗，把一件拆開的機械裝回去，但並不告訴你那是做什麼用的。他們有兩個小時的時間，但是解完題的人就可以先離開。辛很快地完成測驗，在剩下的時間裡，把那些零件組合成其他的東西。他覺得如果不考慮種族問題的話，他可以很輕易地獲准加入。他的祖國是一個有數學和機械天分的國家。汽車從來不會銷毀，各種零件會帶到某個村子裡，重新用在縫紉機或抽水機上。福特車的後座重新包裝便成一張沙發。他那個村子裡的人大部分隨身帶著的不是鉛筆，而是扳手或螺絲起子。汽車中一些無關緊要的小零件因此進入一架大掛鐘或灌溉用的滑輪，或是轉椅的轉動裝置。要讓過熱的引擎降溫，不是換一條新的橡皮水管，而是舀起牛糞來堆貼在冷凝器四周。他眼中的英國是大量的零件，可以供印度用兩百年。

他是舒福克爵士選中的三名申請者之一。這個甚至沒和他交談過（因爲他沒說笑話，也沒和他一起大笑過）的人，從房間那頭走過來，伸手摟住他的肩膀。那個很嚴厲的女祕書就是莫登小姐，她匆忙地用托盤端了兩大杯雪莉酒進來，把一杯遞給舒福克爵士，一面說著：「我知道你不喝酒。」自己拿起另外那杯，朝他舉起酒杯來，「恭喜，你的測驗成績非常好。不過我在你考試之前就知道你會入選了。」

「莫登小姐很會看人。她對智慧和性格特別能看得出來。」

「性格嗎？長官？」

「是的。當然那其實並不眞有必要，不過我們畢竟要在一起工作，我們這裡就像是一家人。在午餐之前，莫登小姐就已經選了你了。」

「我發現不能向你使眼色相當難過，辛先生。」

舒福克爵士又用手摟住辛，帶著他走向窗前。

「我想，既然我們一直要到下禮拜中才開始的話，我準備請這個單位的一部分人到家園農莊去。我們可以分享在德文郡的知識，彼此更熟一些。你可以跟我們一起坐車去。」

他就這樣贏得一條出路，遠離了紛亂的戰場。在到異國一年之後，成爲一個家庭中的一分子，好像他是回家的浪子，在餐桌上給了他一個座位，大家和他交談。

等他們經由那條臨著布里斯托海峽的海邊公路由索美塞特進入德文郡境內時，天已經差不多黑了。哈特司先生把車轉進一條路旁長著石南和杜鵑花的小路，那些花在暮色中顯得暗紅。這條車道有三哩長。

除了三位一體的舒福克、莫登和哈特司之外，還有六名參加了那個單位的工兵，他們在週末到石南地上那棟石屋附近散步。莫登小姐和舒福克爵士及他的夫人也請了那位女飛行員來共進週六晚宴，史薇芙特小姐告訴辛說她一直想飛越印度。辛離開營房之後，搞不清楚自己在哪裡，靠天花板的高處，以捲軸掛著一張地圖。有天早上他一個人在的時候，把捲軸拉下來一直拖到地上，康提士堡及鄰近區域。Ｒ・馮恩斯繪製，應占姆士・哈立戴先生所願。

「應某某所願……」他開始愛上了英文。

有天晚上在帳篷裡，他告訴漢娜在艾立斯發生的爆炸事件。一枚兩百五十公斤的炸彈在舒福克爵士拆除時炸了開來，這枚炸彈同時也炸死了佛烈德・哈特司先生和莫登小姐，還有舒福克爵士正在訓練的四名士兵。一九四一年五月，辛在舒福克的單位裡已有一年。那天他和布萊克勒中尉在倫敦工作，清理落在大象城堡地區的一枚撒旦炸彈。他們一起拆除了那個四千磅炸彈的引信，弄得筋疲力盡。他記得忙到一半時抬頭看見兩三個拆除炸彈的軍官朝他這邊指指點點，心裡想著不知有什麼事，很可能是他們又發現另外一枚炸彈。那是夜裡十點過後，他已經累得要命，還有一枚炸彈在等著他，他轉回身去工作。

等他們把那枚撒旦處理完了之後，他決定節省時間，就直接走向其中一位軍官。對方起先半轉開身子，好像想要離開。

「好了。在哪裡？」

那個人抓起他的右手，而他知道一定是出了什麼問題。布萊克勒中尉站在他後面，那個軍官告訴他們出了什麼事。布萊克勒中尉把兩手搭在辛的肩膀上，緊緊抓著他。

他開車去了艾立斯。他想到了那個軍官猶豫著沒有提出的要求，他知道那個人不會是爲了把這些人的死訊告訴他才到這裡來的。他們畢竟是在打仗，想必是在那附近還有一枚炸彈，很可能是同樣類型，而那是能查出問題出在哪裡的唯一機會。

他希望自己一個人去做這件事，布萊克勒中尉要留在倫敦。他們是這個單位裡剩下的最後兩名成員，一起去冒險的話就太笨了。如果說連舒福克爵士都失手的話，那想必是什麼新的東西。不管怎麼樣，他都想一個人去。兩個人一起工作的話，必定會討論。你的決定都必須和別人分享和妥協。

在那天夜裡開車前去的路上，他把一切都藏在情緒後面，爲了保持他頭腦的清醒，他們必須還活著。莫登小姐會先喝一大杯很烈的威士忌，然後才喝雪莉酒。這樣她才能慢慢的喝著，整晚看來更為優雅。「你不喝酒，辛先生，不過要是你喝酒的話，你就會像我一樣，一整杯威士忌，然後你可以像個彬彬有禮的人淺斟小酌。」接下來她會發出慵懶而沙啞的笑聲。她是他所見過唯一隨身帶著兩個銀製小扁酒瓶的女人。所以她還在喝酒，而舒福克爵士還在吃著他的蛋糕。

另外一枚炸彈落在半哩外。也是一枚SC，兩百五十公斤的炸彈。看來像他們熟悉的那種。他們拆除過幾百個，大部分都照老辦法處理。戰事就是這樣進展的，每六個月左右，敵人就會更動某些部分。你得學會其中的花樣，那些奇想，小小的變化，把那些教給單位裡其他的人。他們現在又到了一個新的階段。

他沒有帶任何一個人去。他必須記住每一個步驟：開車送他去的士官叫哈地，會留在吉普車上。有關方面雖然建議他等到第二天早上，可是他知道他們其實希望他現在就去。那種兩百五十公斤的炸彈太常見了，如果其中有變動的話，他們必須很快知道。他讓他們先打電話過去，安排好燈光。他不在乎工作疲累，但他要有足夠的光亮，不能只有兩部吉普車車燈的光柱。

等他抵達艾立斯時，炸彈所在的地方已經照亮了。若是平日在大白天裡，那裡會是一處野地，有樹籬，也許還有個池塘，現在那裡是一個競技場。很冷，他借了哈地的毛衣，罩在自己的毛衣外面。反正燈光也會讓他暖和點的。當他走向那個炸彈時，他們仍活在他心裡。這是測驗。

在明亮的燈光下，金屬上的細孔都明晰可見。現在他忘了一切，只剩下懷疑。舒福克爵士曾說過，可能有一個十七歲，或是十八歲的下棋高手，甚至可以打倒棋王，可是絕不可能有那個年紀的橋牌高手。橋牌打得好不好要看性格。包括你自己和對手的性格，你必須考慮到敵方的性格。這點也適用在炸彈拆除上。這是一場兩人對決的橋牌。你有一個敵人，沒有搭檔。我有時讓他們玩橋牌當測驗。一般人把炸彈看做是一種機械裝置，一個機器敵人，可是你得考慮到那是由人製作出來的。

炸彈的外殼在落地時裂開了，辛能看見裡面的爆裂物。他感到自己有如在別人監視之下，但拒絕確認自己覺得對方是舒福克還是創造這件奇巧東西的人。新鮮的人工光亮使他重振起精神。他繞著炸彈走了一圈，由各個角度去仔細觀察。要拆除引信的話，他必須打開主艙，繞過炸藥。他解下背包，用一支萬用鑰匙小心轉開炸彈殼後方的鋼板。他朝裡面看去，發現裝引信的小盒已經給撞離了原位，這可能是件好事——也許是件壞事，他還不知道。問題是他不知道是不是已經啓動了，是不是已經在作用。他跪在地上，整個人俯在炸彈上方，很慶幸只有他自己一個人，回到了那個直接取決的世界，轉向左或右，剪斷這條或那條線。可是他很疲累，而且內心還充滿了怒氣。

他不知道自己能有多少時間。等得太久會更危險。他用兩隻靴子夾緊那個圓柱的前端，伸手進去扯斷了引信盒，從炸彈裡拿了出來。他才一做完這件事就開始發抖。他把引信拿出來了。現在這枚炸彈基本上已經沒有殺傷力了。他把帶著交纏電線的引信放在草地上；引信在這樣的亮光中顯得乾淨而明亮。

他開始把炸彈往五十碼外的車子拖去，讓那裡的人清除裡面的炸藥。正當他拖著炸彈時，第三枚炸彈在四分之一哩外爆炸了，整個天空亮了起來，就連那幾盞弧光燈也顯得微弱而人性。

一名軍官給了他一杯好立克，裡面摻了些酒，他回到那個引信盒那邊。吸著那杯飲料帶來的灼熱感。

不會再有多大的危險。就算他錯了，那小小的爆炸會炸斷他的手。但除非在爆炸時正好貼在他心口，否則他不會送命。現在的問題只有一個，那個引信，這個炸彈裡的新「花樣」。

他必須把那複雜的線路重建回原來的樣子。他走到那位軍官面前，問他要保溫瓶裡剩下的熱飲。然後他走回來，坐下研究那支引信。那時候大約是半夜一點半左右，他這樣猜想，他沒有戴錶。他用一個放大鏡把那支引信看了半個鐘頭。那片放大鏡就像一片單眼鏡一樣以鍊子掛在鈕扣洞上。他彎腰俯身仔細地看著，想在鋼管上找出其他鉗子留下的痕跡，但是什麼也沒有。

之後，他會需要有事讓他分心。之後，等他一心只想著過去所經歷的事件和某些時刻時，他需要一些如同真實的聲音一樣的東西去燃盡或掩埋一切，讓他能只想著面前的難題。收音機或電晶體收音機以及響亮的大樂隊演奏的音樂可以等下再說，這些就像一張防水布似地把現實生活的雨水擋住。

但現在他感到些離他很遠的事，好像閃電反射在雲上的亮光。哈特司和莫登以及舒福克都死了，突然之間變得只是幾個名字。他的兩眼再集中在那個引信盒上。

他開始在想像中把引信顛倒過來，考慮著各種合乎邏輯的可能性。然後再把引信轉回水平的位置。他打開了蓋子，俯下身去，把耳朵靠近到銅面貼在他臉上。沒有細小的響聲。整個靜悄悄地分解開來。他小心地把計時器部分由引信中抽出來，放在一邊。他拿起引信管，再往裡細看，什麼也沒看見。他正準備放回草地上時，遲疑了一下，重新拿起來對著光。如果不是因爲重量的話，他大概不會注意到有什麼不對。而如果不是他在找其中有什麼花樣的話，他恐怕再也不會想到重量的問題。他們通常只是聽聽和看看。他小心地把引信管斜過來，那個重量滑向開口，是另外一個引信——完全分開的另一個小裝置——只要拆解就會爆炸。

他讓那個小東西滑出一半，打開蓋子，那裡閃現亮綠的光，發出像鞭子抽打的聲音。第二支引爆裝置失效了。他將之取出，放在草地上其他部分的旁邊，回到吉普車前。

「還有第二支引信，」他喃喃說道：「我運氣很好，能拉出那些線來。打個電話到總部去，問問是不是還有別的炸彈。」

他讓其他士兵離開吉普車附近，在那裡搭上一塊板子，叫他們把燈光照過來。他彎下身撿起那三個組件，以每兩個相距一呎的距離放在長板子上。他現在很冷，呼出一絲他體內的熱氣。他抬頭看去，遠處有幾名士兵還在清除炸彈裡的炸藥。他很快地記下一些筆記，把解決這種新炸彈的方法交給一名軍官。當然他並不完全了解，但他們就有了這份情報。

有陽光照進原先生著火的房間裡時，火就會熄滅了。他愛過舒福克爵士和他那些奇奇怪怪的資訊。但現在沒有了他，表示一切都要靠辛來處理，也就是說辛的知識要擴增到整個倫敦城裡所有各式各樣的炸彈。他突然有了一張責任圖，而他知道這正是舒福克爵士隨時帶在他性格中的。就是這種認知後來讓他感到必須在處理炸彈時把那麼多的問題摒擋在外。他是那種向來對權力不感興趣的人，要來回於計畫和解決方案之間，讓他很不自在。他覺得自己只能偵察，找出解決方法。等他終於認清舒福克爵士已死的事實時，他做完指定的工作，重新回到軍隊那部讓他匿名的大機器裡。他登上了「麥唐納號」運兵船，這艘船載著連他在內的一百名工兵航向義大利的戰區。在這裡不僅用他們來拆炸彈，也要造橋，清理瓦礫，鋪設供裝甲車行駛的路。在戰爭後期，他一直藏身其中，沒有什麼人記得這個印度人曾經是舒福克那個單位中的一員。不到一年，整個單位解體，也被人遺忘。布萊克勒中尉是唯一因他的才華而晉階的人。

但是那天夜裡，當辛開車經過路厄斯罕和黑石南地前往艾立斯的時候，他知道自己比其他任何人都多學到了舒福克爵士的知識。別人會認爲他是繼任的人選。

他還站在卡車邊時，聽到表示要熄滅弧光燈的哨音。不到三十秒之後，白亮的強光被卡車後面的昏黃的火光所取代。又是一場空襲。這些比較不亮的燈光可以在他們聽到飛機聲時熄滅。他在空無一人的巡邏車裡坐了下來，面對著他從那個兩百五十公斤炸彈裡拆下來的三個組件。石油氣燈發出的嘶聲和無聲的弧光燈比起來顯得很響。

他坐在那裡看著聽著，等著一切拼湊起來。其他的人也都默不作聲，站在五十碼外。他知道自己現在是個國王，是個操縱木偶的師傅，可以下令做任何事情，來一桶他要的砂子或一個水果派。而這些在他們放假時都不會到人不多的酒吧這頭來和他說話的人就會遵命行事。這在他說來是件陌生而奇怪的事，好像給了他一套過大的衣服，讓他可以在裡面打轉，而袖子長得拖在身後，但他知道自己不喜歡這樣。他習慣於隱而不顯。在英國，好幾個軍營裡，都沒人理會他，而他也喜歡那樣。後來漢娜在他身上所看到的自足和私密並不只是由他在義大利當工兵而產生的。這其實是身爲另一個種族中隱匿的一分子，是一個隱形世界中一部分的結果。他已經爲抵抗這些而建立起防衛性，只信任那些對他友善的人。但是那天晚上在艾立斯，他卻知道自己能以線抓在手裡，影響到他四周所有那些沒有他那種特殊才能的人。

一兩個月後，他逃躲到義大利，把他老師的影子收進背包裡，就像他第一次在耶誕期間休假時在大劇場裡看到那個穿綠衣服的男孩子所做的一樣。舒福克爵士和莫登小姐說要帶他去看一齣英國的戲，他選了《小飛俠》。他們二話不說地答應了，陪他一起去看那場滿是孩子尖叫聲的戲。後來他和漢娜躺在義大利這座小山城中他的帳篷裡時，就有這些回憶的影子。

要暴露他的過去或他性格的特質，實在是件大事。就像他永遠也不會轉身去問她會造成他們這份關係的最深動機是什麼一樣。他抱著她，那種他所感到的愛之力量就和他對那三個英國人的感覺一般。他們和他同桌吃飯，看著他高興地大笑著，看那穿綠色衣服的小男孩舉起兩手，飛進舞台上方高處的黑暗中，再回來把這樣的奇事教給只能睡在地上的那一家人裡的那個年輕女孩。

在艾立斯亮著微微火光的黑暗中，他只要聽到飛機的聲音就得停下來，而那些火炬一支支地倒插進沙桶裡。他坐在一片漆黑裡，把椅子挪動，讓他能俯身向前，把耳朵貼近那些發出輕響的零件，仍然在計算著響動的時間，盡量在上方德軍轟炸機的轟然聲響中仔細傾聽。

然後他等待的事情發生了，經過整整一個小時之後，那個計時器啓動，頂蓋炸了開來。把主要引信盒移開時，鬆開了一處看不見的撞針，啓動了第二個隱藏的引信。設定是六十分鐘後爆炸——那時候早過了工兵通常認定炸彈已安全拆除了的時間。

這個新裝置會改變整個聯軍炸彈拆除的方向。從今以後，每顆延遲作用的炸彈都帶有第二支引信管的威脅，工兵只是把引信拆除已不可能就使炸彈失效。所有的炸彈必須在引信完整時引爆。先前在弧光燈照射下和他所感到的憤怒之中，他把隱藏的第二支引信抽離了詭雷。在昏暗中飛過的敵機下，他看到如他手掌大小的綠色閃光。一個小時之後，他全憑運氣好而活了下來。他走回到那個軍官面前，說道：「我需要另外一支引信才能確定。」

他們又在他四周點起火炬，光又再照進他那圈黑暗之中。那天夜裡，他不斷地試過好幾支新的引信，前後花了兩個小時，證明都是延遲六十分鐘。

那個晚上，他幾乎都待在艾立斯。到了早上，他醒來時發現自己回到了倫敦。他不記得坐車回來的事。他醒過來，走到一張桌子前，開始畫下那枚炸彈，那兩支引信，引爆器，和整個ZUS-40從引信到鎖環的草圖。然後在這張基本圖上畫出各種拆除引信的可能方式。每個箭頭都畫得很精確，說明文字也像他們教他的那樣寫得很清楚。

他前一夜發現的問題一點也不錯。他能活下來全靠運氣。根本不可能在原地拆除這樣一枚炸彈而不引爆的。他在那張大藍圖紙上畫下寫下他所知道的一切。他在最底下寫著：應舒福克爵士所願，由其學生寇爾帕．辛於一九四一年五月十日繪製。

在舒福克死後，他拚命瘋狂地工作。炸彈改變得很快，有新的技術和裝置。他和布萊克勒中尉，以及其他三名專家駐在攝政公園，找出解決方法，繪製出每個新炸彈的藍圖。

他們在科學研究指揮所裡工作了十二天，終於得到答案。完全不去理會引信，不去理會到目前爲止始終是「拆除炸彈引信」的首要原則。這實在是太妙了。他們全都大聲歡笑、鼓掌，在軍官餐廳裡相互擁抱。他們看不出還有什麼其他的方法，但知道他們是對的。這個問題不是動手去做就能解決的。那是布萊克勒中尉說的：「和難題同在一個屋子裡的話，不要跟它說話。」這只是一句隨口說的話，辛走到他面前，從另外一個角度來說這句話：「那我們根本就不去碰引信。」

一旦他們得到這個結論之後，另外一些人在一週內就找到了解決方法。一架蒸氣消弭機。先在炸彈的外殼上鑽個洞，然後注入蒸氣將炸藥乳化後抽出。這個辦法暫時解決了問題。不過到了那時候，他已經在航向義大利的運兵船上了。

「炸彈的邊上總有黃色粉筆塗寫的東西。你們有沒有注意過？就好像我們在旁遮普省會拉合爾的大操場上排隊時，也有人用黃色粉筆在我們身上塗寫記號。

「我們排成一列，慢慢地由街上走進醫院，在外面的大操場入伍，簽名登記。由一名醫生用他的那些檢查儀器決定我們身體狀況是能通過或打回票，也用他的兩手來摸我們的脖子。夾鉗由消毒水裡取出來，夾起我們部分皮膚。

「那些合格的人擠滿了操場，體檢結果以代碼表示，用黃色粉筆寫在我們的皮膚上。在經過簡短的面談之後，我們排著隊，一名印度軍官又在繫在我們頸部的板子上用黃色粉筆寫下更多資料。我們的體重、年齡、籍貫、教育程度、牙齒的狀況，還有最適合我們的單位。

「這種做法並不會讓我覺得受到侮辱。我相信我哥哥就會有那種受辱的感覺，會憤怒地走到井邊，用水桶打上水來，把那些粉筆記號沖洗乾淨。我和他不一樣，雖然我愛他，欽佩他，我天生就會在所有事物中看出道理來。我在學校裡老是一副很熱心而認眞的態度，他都會學來取笑我。妳當然了解我其實遠不如他認眞，只是我不喜歡和別人衝突，這並不會讓我不去做我想做的事，或照我的想法去做。我從很小就發現那別人忽略的，可以讓我們過安靜生活的空間。我不會跟那個說我不可以騎車過某一道橋、或過某一道門的警察爭論——我只站在那裡，一動也不動，等到別人看不見我的時候，然後騎過去。像一隻蟋蟀，像一杯藏起來的水。妳明白吧？那是我哥哥公然戰鬥所教給我的。

「可是在我眼裡，我哥哥始終是我們家的英雄，我把他的情況當指引而受到他的影響。我看到他每次抗議之後筋疲力盡，他因爲這樣的侮辱或那樣的法律而奮起。他打破了我們家的傳統，雖然身爲長子，卻拒絕去從軍。他拒絕認同任何英國人有權力的狀況。因此他們把他抓進他們的監牢中。在拉合爾中央監獄裡。然後是傑納佳監獄。他夜裡躺在床上，手臂高舉著，打上了石膏，是他朋友把他打斷的，爲了保護他，阻止他企圖越獄。他在監獄裡變得安靜而陰沉。比較像我。聽說我取代了他去從軍，不再當醫生，他並不覺得受到羞辱，只大笑起來，讓我父親轉告我要小心。他絕不會反對我或我做的事。他相信我懂得怎麼活下去，能藏身在無聲無息的地方。」

他坐在廚房的櫃檯上和漢娜說話，卡納瓦吉奧像一陣風似地穿過走了出去。粗粗的繩索搭在肩上，有人問他的話，他就說那是他個人的私事。他走出房門時把繩子拖在身後，說：「那個英國病人要見你，小子。」

「好的，老兄。」那個工兵由櫃檯上跳了下來。他的印度口音變成了卡納瓦吉奧那模仿的威爾斯口音。

「我父親有一隻鳥。我想是一隻小雨燕，他隨時帶在身邊，主要是讓他安心，就像是一副眼鏡，或是吃飯時的一杯水。在屋子裡，哪怕他只是去一下睡房，也把鳥帶著。去上班的時候，那個小鳥籠就掛在腳踏車的龍頭上。」

「你父親還在嗎？」

「哦，在吧，我想。我有好一陣子沒收到他的信了。我哥哥大概還在監獄裡。」

他一直不斷地想起一件事，他在那匹白馬裡。在那座石灰石的山上很熱，四周揚起白色的塵土。他在拆解那件東西，事情很直接了當，但這是他第一次一個人作業。莫登小姐坐在他上方二十碼處，在高處的坡上，記下他所做的事，他知道在下面的山谷對面，舒福克爵士正用望遠鏡在看著他。

他做得很慢。那些石灰揚起，又落在所有的東西上，他的雙手，那枚未爆彈；因此他必須不斷地把引信蓋和電線上的灰吹掉，才能看清楚細節。穿著軍服很熱，他不停地把汗濕的手腕伸到背後用他襯衫的後背去擦乾。所有拆下來的各式零件裝滿了他胸前的各個口袋。他很疲倦，一再重複檢查每樣東西。他聽見莫登小姐的聲音：「醃鯡魚？」「有。」「先停一下，我要下來了。」「最好不要，莫登小姐。」「我當然可以。」他扣好背心上的口袋，用一塊布蓋住炸彈；她笨手笨腳地爬進了白馬，然後坐在他身邊，打開她的背包。她把一小瓶古龍水灑在一方蕾絲手帕上，把手帕遞給他。「用這個擦把臉。舒福克爵士都用這個來給自己提神的。」他有點遲疑地接了過來，在她建議下，輕輕按了下自己的前額、脖子和手腕。她打開保溫瓶的蓋子，給他們一人倒了一杯茶。打開油紙包，取出幾條小蛋糕來。

她好像一點也不急著回山坡上安全的地方去。而似乎提醒她該回去是一件很無禮的事。她一逕聊著天氣有多熱，還有至少他們在城裡訂了有浴室的旅館房間，這點是他們可以期待的。她開始閒聊起她是怎麼認得舒福克爵士的，對他們身邊的炸彈則一句也沒提。他先前慢下來了，像一個人半睡半醒地，把同一段文章看了又看，想找出句子之間的關連，她把他由那個問題的迷宮中拉了出來。她小心地收拾好背包，把手在他右肩上按了下，回到那匹威士柏利白馬上的那張毯子上去。她留了副太陽眼鏡給他，但他戴上之後卻看得不夠清楚，所以他把墨鏡放在一邊。然後他回去工作。那古龍水的香味，他記得小時候聞過一次。他當時發燒了，有人把古龍水搽在他身上。

八、聖林

醃鯡魚走出了他正在挖的那塊田地，左手舉在身前，好像扭到了似的。

他經過漢娜園子裡的那個稻草人（其實只是吊著些沙丁魚罐子的一個十字架），再往山上的別莊走去。他用另外一隻手護著舉在身前的那隻手，像是護著一支蠟燭的火焰。漢娜在陽台上迎接他，而他把她的手抓過來靠在他手上。那隻繞著他小指指甲的瓢蟲很快地爬到她手腕上。

她轉身走進屋子。現在是她把手舉在身前了。她穿過廚房，上了樓。

她進門時，那個病人把頭轉過來看她。她用帶著瓢蟲的手碰他的腳。那隻瓢蟲離開了她，爬上那黑色的皮膚，躲開那如一片大海的白色床單，開始在他身上爬行的遙遠旅程。一個明亮的紅點，襯著看來如火山般的肌膚。

在圖書室裡，那個引信盒落在半空中，那是卡納瓦吉奧聽到漢娜在走廊裡高興地大叫而側轉身子時從櫃檯上撞落的。在引信盒掉到地上之前，醃鯡魚的身子滑到底下，用手一把接住。

卡納瓦吉奧低頭看去，只見那年輕人很快地吐出了一大口氣。

他突然想到是對方救了他一命。

醃鯡魚大笑起來，在這位年長者面前拋開了原先的靦腆，舉起那一盒子電線。

卡納瓦吉奧會記得他身體的滑動。他可以走開，從此不再見面，但永遠也忘不了他。多年以後，在多倫多的一條街上，卡納瓦吉奧下了計程車，扶著車門，讓一個東印度人上車時，他會再想起醃鯡魚來。

現在那個工兵只抬頭對著卡納瓦吉奧的臉大笑，也朝向他後面的天花板大笑著。

「我對沙龍很清楚。」卡納瓦吉奧對醃鯡魚和漢娜揮著手說：「在多倫多東端，我見過那些印度人。我當時在偷一家的東西，結果發現那是一家印度人的房子。他們醒了過來，身上穿的就是那種東西，穿著上床睡覺，讓我覺得很好奇。我們談了很久，最後他們說服我試穿一下，我脫了衣服，穿上一件沙龍，而他們馬上衝上來，深更半夜地把半裸的我追得逃了出去。」

「這事是眞的嗎？」她咧嘴笑道。

「和很多其他的事一樣眞實。」

她很了解卡納瓦吉奧，因此幾乎相信了這個故事。他行竊時，經常會因爲一些人的因素而分心。他有次在耶誕節闖進一棟房子，看到日曆沒有撕到當天那張就覺得不舒服。他常常和獨自留在家裡的寵物聊天，談牠們吃的東西，餵好多給牠們吃。等到他重回那個犯罪現場時，通常都會受到那些寵物興高采烈的迎接。

她走到圖書室裡的書架前，閉著眼睛，隨手抽出一本書來。她在一本詩集中的兩段之間發現一處空白的地方，就開始在那裡寫著：

他說拉合爾是一個古老的城市，和拉合爾比起來，倫敦是個新近才有的城鎮。我說，呃，我的故鄉就是個更新的國家。他說他們很早就知道火藥的事，可以回溯到十七世紀，宮廷中的畫就記錄了放煙火的情形。

他個子很小，不比我高多少。笑起來的話，那親密的笑容魅力十足。他的天性中有他自己不知道的狠勁，那個英國人說他是那種勇士中的聖人。但他有一種特殊的幽默感，是從他的外表上看不出來的。記住「我明天早上要重新寫他。」了不起。

他說拉合爾有十三座城門——以聖者和君王以及所通往的地方來命名。

「bungalow」這個字是從「Bengali」[17]來的。

下午四點鐘，他們把醃鮭魚用皮帶吊著垂送進那個坑洞，一直到他半身浸入齊腰的泥水之中。他的身子吊在那枚以掃炸彈旁邊。炸彈從尾翼到尖端共有十呎高，前端插入他腳邊的爛泥裡。他的大腿在棕色的水下夾緊了金屬的外殼，有些像他看過某些士兵在官兵俱樂部舞池角落裡抱著女人的模樣。他手瘦的時候，就擱在為防止他四周爛泥坍塌下來而搭出高與肩齊的木架子上。那些工兵在他到現場前已經在那枚以掃炸彈周圍挖出這個大坑洞，搭木架的隔牆。一九四一年，有Y形引信的以掃炸彈開始出現；這是他處理的第二枚。

在準備的過程中，他們決定唯一處理這種新引信的方法就是使其失效。那是一枚巨大的炸彈，如鴕鳥般把頭埋著。他是赤著腳下來的，已經在慢慢往下沉，被爛泥圍住，在冰冷的水裡很難穩住。他沒有穿靴子——因為靴子會陷在爛泥裡無法動彈，等到之後他要再吊上去的時候，從爛泥裡掙脫很可能會弄斷腳踝。

他把左邊臉頰貼在金屬的外殼上，盡量想像自己很暖和，把意志集中在那一點點照進二十呎深坑落在他頸背上的陽光。抱在他懷中的東西隨時會爆炸，只要振顫器震動或炸藥點燃就會炸開來。沒有魔法或X光能讓人知道什麼時候某個小小的東西會破裂，或是某一根電線會突然接上。這些小小的機械化的信號有如心臟的雜音，或是在對街一個看來無事的人突然中風。

他是在哪一個城鎮？他都記不得了。他聽到一個聲音，抬起頭來。哈地把工具放在一個背包裡，用繩子吊放下來，就懸在那裡，而醃鯡魚開始把各式各樣的夾子和工具放進他衣服的好多口袋裡。他一面哼著哈地在吉普車裡他們來時路上所唱的那首歌——

他們在白金漢宮前換衛兵——
克里斯多夫・羅賓和艾麗絲一起下去。

他把引信頭所在的那一塊地方擦乾，開始在上面做了個粘土的杯罩。接著打開瓶口開關，把液態的氧氣注入杯罩裡，把杯罩緊壓附在金屬上，現在他又得再等上一陣子。

在他和炸彈之間沒有多少空間，而他已經可以感到溫度的變化。如果他是在乾乾的地上，就可以先走開，十分鐘之後再回來。現在他卻不得不站在炸彈旁邊。他們像兩個可疑的人一起關在一個密閉空間裡。卡萊里上尉也曾在一個坑洞裡用過液態氧，而整個坑洞突然變成一片火海。他們很快地將他拖了出去，但他已經失去知覺。

他在哪裡？利生林？還是老肯特路？

醃鯡魚把棉絮蘸了下泥汙的水，貼在距離引信十二吋外的地方。棉絮迅即掉落，這表示他還得再等一陣，等到棉絮能貼住的時候，就表示引信附近的都已經凍住，而他可以動手了。他朝杯罩中注入更多液態氧。

起了白霜的那一圈，直徑已經有一呎了。再等幾分鐘。他看著不知什麼人貼在炸彈上的一張紙條，他們今早在送到各炸彈處理單位的公文上看到這條子之後，大家都笑得要死。

何時可容許爆炸？

假設人之生命為X，危險性為Y，而爆炸所產生之損害為V，則依邏輯推論可知，如V小於X／Y，炸彈可引爆，但若V／Y大於X，則須盡力避免現場爆炸。

什麼人寫的這種東西？

他現在在坑洞裡和那枚炸彈共處了半個多鐘點。他繼續注入液態氧。在他右邊肩膀旁有根管子打下正常的空氣，以免他因氧氣過量而頭暈（他見過宿醉的士兵用氧氣治頭痛）。他又用棉絮再試了一次，這回給凍住了。他大約有二十分鐘的時間，然後炸彈內電池的溫度又會上升。但目前引信已被冰封，他可以開始拆除了。

他用手在炸彈外殼上下摸索，要找出有沒有裂痕。浸在水裡的部分應該是安全的，但氧氣若是接觸到暴露在外的炸藥也可能燃燒。那就是卡萊里犯的錯，X／Y。如果有裂縫的話，他們就必須使用液態氮。

「是一枚兩千磅的炸彈，長官。以掃。」

哈地的聲音由爛泥坑洞上方傳來。

「型號五十，在一個圈圈裡，B。大概是兩支引信管。不過我們認爲第二支可能沒有火藥，好嗎？」

他們彼此先前討論過所有這些，但很多事要確認，要記住，以備將來之用。

「現在讓我用麥克風說話，你退回去。」

「好的，長官。」

醃鯡魚笑了，他比哈地年輕十歲，還不是英國人，可是哈地最樂的是受限於部隊的紀律。所有的士兵在稱呼他「長官」時都有些遲疑，唯獨哈地大聲而熱切地喊出來。

他現在很快地將引信撬出來，所有的電線都沒有反應。

「你聽得到我的聲音嗎？吹下口哨。……好，我聽見了。終於灌滿了氧。先讓氣泡冒個三十秒，然後開始。重新結霜。好了，我現在要拿開那個外罩……。好了，外罩拿掉了。」

哈地仔細聽著每一句話，記錄下來，以防萬一出了什麼差錯。只要一點火星，醃鯡魚就會陷在火洞裡。也或者炸彈裡另有機關。這樣下一個人就得考慮另外的方法。

「我現在要用那支縫針。」他把那支工具由胸前口袋裡取了出來，縫針冰冷的，他得摩擦得熱起來。他開始撬開鎖環，很容易就打了開來，他告訴了哈地。

「他們在白金漢宮前換衛兵。」醃鯡魚吹著口哨。他解開鎖環和定位環，讓那兩個金屬圈沉入水中。他能感覺到那兩個環在他腳邊緩緩滾動，這一共又花了四分鐘。

「艾麗絲嫁給了一個衛兵。『軍人的生活苦得可怕。』艾麗絲說！」

他大聲地唱著歌，想讓身體更暖和起來，他的胸口冷得發痛。他一直盡量把身子往後仰，離開他面前冰凍的金屬。而且他還得一直不停地用手摸後頸那塊有陽光照著的地方，然後摩擦掉沾上的汙泥、油漬和白霜。要用筒夾來夾住彈頭很不容易，然後他驚嚇地發現引信的頭部斷裂了，整個掉了下來。

「錯了，哈地。整個引信的頭斷掉了。回話給我，好嗎？引信的主要部分還卡在那裡，我沒法弄到，沒有露在外面可以讓我握住的部分。」

「現在結霜的程度到哪裡？」哈地出現在他正上方，他花了幾秒鐘的時間衝到坑洞口。

「還有六分鐘左右就會化了。」

「上來吧，我們把炸彈引爆。」

「不要，再多拿點液態氧給我。」

他舉起右手，感覺到一個冰涼的罐子放進了他的手裡。

「我要把堆肥滴在露出的引信上——也就是頭部斷掉的地方——然後我要切割到金屬裡面，要深到我可以抓住什麼的地方。你現在先退回去，我會一路說清楚的。」

他很難壓抑住因爲這事所引發的怒氣。他們稱爲「堆肥」的液態氧弄得他滿衣服都是，碰到水還發出嗞嗞的響聲。他等著白霜出現，然後開始用一把鑿子去割開金屬。他倒上更多的液態氧，等上一陣，再鑿得更深一些。等他再鑿不下什麼東西之後，他把襯衫撕下一角來，墊在金屬和鑿子之間，用一個木槌很危險地重擊鑿柄，把碎片敲開。那片襯衫布是他唯一隔離火星的安全措施。更大的問題是他手指冰冷，不再靈敏，像電池一樣沒有反應。他不停地由旁邊切進斷了頭的引信四周的金屬。一層層地剝掉，希望冷凍後能禁得起這樣的敲擊。要是他直接切進去的話，很可能會擊中雷管而引爆炸藥。

這樣又花了五分鐘，哈地始終沒有離開坑口，而且一直不停地告訴他離解凍大約還有多少時間。不過實際上兩個人對這點都沒把握，因為引信的頭已經斷了，他們冷凍的是另外一部分。而水溫儘管在他感覺上很冷，卻比金屬的溫度為高。

然後他看到了有東西，他不敢把洞再打大些。電路的接頭顫動得像一根銀絲，要是他能抓到就好了。他盡量把雙手搓暖。

他吐出一口氣，一動也不動地等了幾秒鐘，然後用針狀扁嘴鉗將接頭剪成兩段，這才再吸進氣來。在把手從線圈中抽回來時被結冰的地方傷到，使他倒抽了一口氣。炸彈拆除了。

「引信取出，炸藥失效。親我吧。」哈地已經搖動了絞盤，而醃鯡魚還在想剪掉線路；因為凍傷和寒冷，他根本無法做到，他全身肌肉都在發冷。他聽到滑輪轉動，只能抓緊了還半綁在他身上的吊索，他開始感覺到自己那雙棕色的腿由粘緊的爛泥裡拔了出來，像一具古老的屍體從沼澤中拉出來似地。他兩隻小小的腳升出了汙水。他由坑洞中拉出來到了陽光裡，先是頭部，再是身體，逐漸出現。

他吊在半空中，在裝有滑輪的圓篷下緩緩轉動，哈地一面抱著他，一面解開他身上的繩索，放他下來。突然之間，他看到有一大群人在大約二十碼外望著他，太近了，以安全範圍來說實在是太近了；他們很可能被炸死。不過當然是因為哈地沒有在那裡把他們擋開的緣故。

他們默不作聲地望著他，這個印度人，扶靠著哈地的肩膀，幾乎無法走回吉普車，還帶著那麼多配備——各式工具、液態氧罐、毯子，還有錄音機，仍在轉動，聽著沒有任何聲音傳來的坑底。

「我走不動。」

「見到吉普車嗎？還有一兩碼路，長官，其他的我來收拾。」

他們一直不斷地停下來，再慢慢向前走。他們得經過那些瞪著兩眼的面孔，那些人看著那小個子、棕色皮膚的男人，打著赤腳，一身軍服濕透，看著那張對一切視而不見，繃緊了的臉。所有的人都沉默著，只退開來讓路給他和哈地。到了吉普車邊時，他開始顫抖，兩眼受不了車窗上的強光，哈地不得不把他抱起來，一點一點地將他送上吉普車的座位。

哈地離開之後，醃鮭魚慢慢地脫掉他濕了的長褲，用毯子將自己裹住。然後他坐在那裡又冷又累得都無法打開他旁邊座位上裝熱茶的保溫瓶。他想道：我在那裡甚至不害怕，我只是很生氣——氣我犯了錯，或者是那裡有新花樣的可能。像隻動物般反應只為保護自己。

他發現，現在只有哈地讓我維持了人性。

在聖吉諾拉摩別莊裡，碰到好天氣時，他們全都會洗頭髮。先用煤油，以防長了頭蝨，然後再用清水。醃鯡魚躺著，頭髮散開來，在陽光下緊閉起雙眼，看來突然顯得很脆弱。當他採取這種脆弱姿態時，他似乎內含著羞澀，看來不像是活物或人類，倒像是神話中的一具屍體。漢娜坐在他身邊，一頭深棕色的頭髮已經乾了。他有時候會談到他的家人，還有關在牢裡的哥哥。

他會坐起來，把頭髮甩到前面，用毛巾從上擦到下。她由這個人的姿勢想到整個亞洲。他懶洋洋的動作，平靜的文明態度。他談過戰士中的聖人，而她現在感到他就是其中之一，嚴肅而有見地，只在很少見到的陽光下才看來不像個神，也很隨便，他的頭又再垂落在桌上，讓太陽能把他散開的頭髮曬乾，像曬乾放在扇形草籃中的穀粒一樣。他雖然是一個從亞洲來的人，但在過去幾年的戰事裡，卻把英國人當他的父老，像一個盡責的兒子般追隨著他們的規矩和做法。

「啊，可是我哥哥認爲我是個傻瓜，才會信任英國人。」他轉身對著她，陽光閃在他的兩眼中。「他說，總有一天我會睜開眼睛的。亞洲還不是一個自由的大陸，而他對於我們投身於英國人的戰爭中感到非常可怕。這是我們一向爭執的問題。我哥哥一直對我說：『總有一天你會睜開眼睛的。』」

那個工兵說著這話，緊閉起眼睛來，嘲笑這個比喻。「我說，日本也是亞洲的一部分，印度人一直在馬來亞受到日本人的暴虐對待。可是我哥哥不理會這點，他說英國人現在正在把爭取獨立的印度人吊死。」

她把身子轉開，雙臂交叉。世界上的這些爭執，世界上的這些恩怨。她走進在白天仍是黑黑的別莊裡，去坐在那個英國人身邊。

到了夜裡，她把他的頭髮披散時，他又成了另一個星宿，一千條赤道的手臂襯在他枕頭上，在他們擁抱和睡夢中轉側時如波浪翻騰在他們之間。她把一個印度女神抱在懷裡，抱著麥子和緞帶。當他俯身在她身上時，長髮傾瀉下來，她都可以繫在她腰間。在他擺動時，她一直睜大了眼睛，看著他髮間靜電閃現的火花亮在帳篷裡的黑暗中。

他的行動都和一些事物有關連，在牆邊，矗立的陽台欄杆。他四下環顧。當他望著漢娜時，他看到的是她瘦削臉頰的一部分，對應著她身後的風景。他看著一隻紅雀飛過所畫出的那道弧線，也對應著地面以上的那塊空間。他走過義大利時，兩眼想看盡所有一切，只除了那些不是永久存留和屬於人的東西。

他從來不考慮的就是他自己。不管是他在曙光暮色中的身影，伸手去抓椅背的手臂，或是他映照在窗子上的反射，或是他們怎麼看他的樣子。在這麼些年來的戰亂中，他已經學到唯一安全的東西就是他自己。

他和那英國人在一起一待就是幾個小時。那個英國人讓他想起曾經在英國見過的一棵樅樹。一根枯萎的樹枝，因爲年歲太高而垂落，被以另一棵樹的枝椏做成的支架撐住。那棵樅樹立在舒福克爵士的花園裡，像個哨兵似地站在俯視布里斯托海峽的懸崖邊上。儘管那樣萎靡，他卻感受到其中的高貴氣質，懷著對當年抗拒病痛的力量所有的記憶。

他自己沒有鏡子。他在外面園子裡圍上頭巾，一面看著四周樹上的苔蘚。但是他注意到漢娜頭髮裡剪刀剪過的痕跡，當他把臉貼近她身體，靠近她鎖骨，骨頭使她皮膚更亮的地方時，對她的呼吸十分熟悉。但她若是問他說她的眼珠是什麼顏色的話，儘管他那麼喜歡她，她想他大概會答不上來。他會笑著瞎猜，但如果黑眼珠的她閉上眼睛對他說自己的眼珠是綠色的話，他也會相信她的話。他會很專注地看著一對眼睛，卻記不得那對眼睛的顏色。就像已經進了他喉嚨或胃裡的食物，只是一些纖維而不是某種味道或特別的東西。

有人說話，他會看著那個人的嘴，而不是眼睛和眼睛的顏色，因爲那些在他看來，是會隨著那天的每一分鐘，以及房間裡的光線而變化的。嘴巴則能透露出這個人性格上的缺乏安全感或自鳴得意或其他的各種特點。對他來說，那些是面孔上最複雜的部分。他永遠不知道眼睛裡會透露些什麼。但是他可以解讀嘴巴如何暗沉爲無情，或顯出溫柔，但從眼睛的反應卻很可能因一道陽光而造成誤解。

他所收集到的一切都是一種不斷變化的和諧中的一部分。他在不同的時間和不同的地方看到她有不同的聲音或性情，甚至有不同的美，就如同海洋背後的力量能載負或主宰一艘救生艇的命運。

他們習慣於天明即起，而在還剩最後一絲天光時吃晚飯。其後整個夜晚只有一支燭火搖曳在那個英國病人身邊的黑暗之中，或是一盞裝了半滿燈油的燈，這還得看卡納瓦吉奧是不是能把燈油弄到手。但所有的走廊和其他的睡房都是一片漆黑，好似在一個已沉埋的城市裡。他們漸漸習慣於行走在黑暗裡，雙手伸著，以指尖觸到另一邊的牆。

「沒有亮光，沒有色彩。」漢娜會再三地對自己吟唱這兩句話。醃鯡魚那種一隻手扶著欄杆下方從樓梯上跳下來的那個讓人害怕的習慣動作絕對不許再有。她想像到他的雙腳在空中劃過，踢中了從外面回來的卡納瓦吉奧的肚子。

她在一個鐘點之前吹熄了英國人房間裡的蠟燭。她脫掉了球鞋，她的罩衫因爲夏天的暑熱而解開了領口的扣子，袖口的扣子也解開了，鬆垮地捲在手臂上。凌亂得很可愛。

在廂房的一樓，在廚房、圖書室和荒廢了的小禮拜堂之外，有一個四面是玻璃的內院。那四扇玻璃門可以讓你進入這個有一口蓋著的水井，以及好幾架子當年想必十分繁茂，如今已枯死的盆栽的溫室。這塊室內的院子越來越讓她想起一本打開的書裡壓著的花朵。是走過會看一眼，卻從來不會進去的地方。

現在是半夜兩點鐘。

他們各自從不同的門走進別莊。漢娜是由小禮拜堂那三十六級階梯進來，而他則是從北邊的院子裡。他走進屋子裡時，脫下了手錶，放進那個其高及胸的壁龕裡，那裡還有個小聖像，是這個別莊醫院的保護神。她不會看見磷光。他已經脫掉了鞋子，只穿著長褲。繫在他手臂上的燈已經熄掉了。他沒有帶別的東西，只在黑暗中站了一下，一個瘦瘦的男孩，一條黑黑的頭巾。那隻kara（手鐲）鬆鬆地套在手腕上，靠著肌膚。他像根長矛似地倚靠在門廳的角落裡。

然後他滑行穿過那個室內的院子。走進廚房，立刻感覺到那隻狗在黑暗中。他將狗抓住，用一條繩子綁在桌邊，由廚房架子上拿起一罐煉乳，回到室內院子裡的玻璃房中。他用兩手在門下摸索，找到斜頂著的小木棍。他走進去，帶關了門，在最後一刻將手伸出去把木棍再頂回原位。以防萬一被她看到。然後他爬到井裡。在下方三呎深處有一塊木格子，他知道是很牢的。他把蓋子蓋在自己頭上，蹲在那裡，想像著她在找他或是她在躲藏著。他開始吸著那罐煉乳。

她懷疑他會做這種事情。她走進了圖書室，打開她手臂上的燈，沿著由她腳踝直升到她頭上看不見的高處的那排書架走去。房間的門關著，所以不會有光讓走廊上的人看到。只要他在外面，就能從落地長窗的那一邊看到這點光亮。她每走幾呎遠就停下腳步，在大多是義大利文的書籍中尋找少有的英文書，好拿去給那個英國病人。她漸漸喜歡上了這些有義大利文書脊、標題頁，插入的彩色插畫還覆著一張棉紙的書，那些書的氣味，甚至是翻開得太快而發出劈啪響聲，好像折斷了一排看不見的小骨頭似的。她又停了下來，《巴馬修道院》。

「如果我能脱離困境的話，」他對西莉莉亞説：「我就要到巴馬去看看那裡的美景，那能否拜託妳記得這個名字：法柏瑞其歐・狄爾・唐歌。」

卡納瓦吉奧躺在圖書室另外那頭的地毯上。從他所在的黑暗中望過去，漢娜的左臂像磷火般，照亮了書本，把紅光映在她的黑髮上，像在燒著她的棉上衣和肩上的蓬蓬袖。

他由井裡爬了出來。

那直徑三呎的光圈由她手臂上展開，然後被吸進黑暗裡，讓卡納瓦吉奧覺得在他們之間有一道黑暗的深谷。她把那本棕色封面的書挾在右手臂下。在她走動時，一些新的書浮現，而其他的書消失。

她老了一些。而他更愛現在的她，遠超過當年更了解她、而她還是她父母的寶貝時愛她的程度。現在的她是她自己決定要成爲的樣子。他知道要是他在歐洲某條街上和漢娜擦肩而過時，會覺得她有種熟悉的模樣，卻不會認出她來。他初到別莊的那天晚上，他掩飾了自己的震驚，她那張嚴肅的面孔，乍看起來很冷，卻有種精明幹練的神色。他發現在過去兩個月裡，他越來越喜歡現在的她，他幾乎無法相信自己對她的變化所感到的快樂。多年前，他曾想要想像她是個大人的樣子，結果想像出來的是一個由周遭環境塑造出特質的人，而不是這個他更深愛的了不起的陌生人，因爲造成她的一切都不是他能提供的。

她現在躺在沙發上，把燈往裡扳了過去，好讓她能看書，而且已經深陷在那本書裡。過了一陣子，她抬起頭來，側耳傾聽，然後很快地將燈關熄。

是她感覺到了他在房間裡嗎？卡納瓦吉奧注意到自己呼吸的聲音，以及想要維持呼吸平穩而小心的困難。燈光亮了一下，然後又很快地再熄滅了。

然後房間裡似乎除了卡納瓦吉奧以外，一切都動了起來。他聽到他四周都有響動，意外的是他居然沒有被碰觸到。那個男孩在房間裡。卡納瓦吉奧走到沙發邊上，把手朝下伸向漢娜。她已經不在那裡了。就在他直起身子來的時候，一隻手臂繞過他的脖子，扼緊了他把他向後拉倒。一道光刺眼地照在他臉上。他們兩人都驚叫了一聲，摔倒在地。帶著燈的那隻手臂仍然扼緊了他的脖子。然後一隻赤腳出現在光裡，橫過卡納瓦吉奧的臉，踩在他身邊那個男孩的脖子上。另外一盞燈亮了起來。

「逮到你了，逮到你了。」

在地上的兩個人抬頭看著燈光上漢娜的黑色身影。她一路唱著：「我逮到你了，我逮到你了。我利用了卡納瓦吉奧——他眞的呼吸聲音好大！我知道他會在這裡。他就是我的利器。」

她的腳更用力地踩在那個男孩的脖子上。「放棄了吧。從實招來。」

卡納瓦吉奧在那個男孩的拘束中開始抖了起來。汗水已經流滿他的全身，他無法掙脫。現在兩盞燈的刺眼燈光全照在他臉上。他無論如何都要攀爬出這個恐怖的局面。從實招來。那個女孩在大笑。他必須先讓自己的聲音穩定下來再開口說話，但是他們根本不聽，只爲他們的冒險興奮不已。他終於由那個男孩鬆開的手裡掙脫開來，一言不發地離開了那個房間。

他們又陷身在黑暗中。「你在哪裡？」她問道，然後很快地移動身子，他選好位子站著，讓她撞上他的胸膛，這樣把她抱進懷裡。她用手摟住他的脖子，然後她的嘴貼上他的嘴。「煉乳！在我們比賽的時候？吃煉乳？」她把嘴靠著他的脖子，親著那裡的汗水，嚐著她的腳踩過那裡的味道。「我要看看妳。」他的燈亮了起來，而他看了她，她的臉上有汙泥的痕印，她的頭髮因爲流汗而捲翹起來，還有她對著他的笑臉。

他把細瘦的雙手伸進她寬大的袖子裡，以兩手包住她兩邊的肩頭。她若是轉動身子，他的雙手也會隨著她轉。她開始往後仰，她全身的重量都向後躺倒下去，相信他會一直跟著她，信任他會以手擋住，不讓她摔倒。然後他會把身子捲起來，雙腳伸到半空中，只剩下他的兩手和雙臂還有他的嘴在她身上，他身體其餘部分像一隻螳螂的尾巴。那盞燈仍然綁貼在他左臂的肌肉和汗水上。她的面孔滑進亮光裡吻著舔著嚐著那裡的味道。他的前額在她濕濕的頭髮裡揉擦。

然後他突然到了房間的那一頭，他那盞工兵的燈把光照射到四處。他在這個房間裡花了一個禮拜的時間清掃掉所有可能裝設的引信，所以現在這裡安全了。好像這個房間現在終於脫離了戰爭，不再是戰場或戰區。他只讓燈動著，揮舞手臂，照著天花板，在經過她時照見她的笑臉，而她站在沙發背上，俯視著他閃著汗光的瘦削胴體。他第二回經過她時，看到她向前俯過身來，用裙子擦著手臂。「可是我逮到你了，我逮到你了，」她吟唱著：「我是丹福大道上的印地安一族，馬希坎人。」

然後她騎在他背上，她的燈光晃動照進那些高高書架上的書脊裡。他揹著她打轉，她的手臂舉起又放下，她的身子向前栽，落下而抓住他的大腿，然後身子一扭，離開了他，躺在那張舊地毯上。地毯上仍殘留著過去古老的雨水味，灰塵和汗漬沾在她汗濕的手臂上。他把身俯在她身上，她伸出手去關熄了他的燈。「我贏了，對吧？」從他進到這個房間之後，他始終沒有說話。他的頭擺動出正是她喜歡的姿勢，半是點頭，半是搖頭表示不然。他因爲燈光刺眼而看不到她。他關熄了她的燈，因而他們同樣地在黑暗中。

他們生活中有一個月裡漢娜和醃鯡魚睡在彼此的身邊。在他們之間有正式的禁慾生活。在做愛中發現其實他們未來可以有一種生活方式，一整個國家在他們前面。愛的是他或她這個想法。我不想被幹。我不想幹你。誰知道這麼年輕的他是從哪裡學到，又或者她從哪裡學來。也許是由卡納瓦吉奧那裡。在那些晚上，他談到他的年紀，談到當你發現自己只是個生命有限的凡人時，對情人的每一個細胞都會有的柔情，畢竟人是有死期的。那男孩的慾望只在他躺臥在漢娜懷裡時最深沉的睡夢中完成。

他的高潮更和月亮的引力有關，是黑夜牽扯了他的肉體。

他瘦削的臉龐整夜貼靠著她的肋骨。她讓他想起抓癢的快樂，她的指甲在他的背上劃著圈圈。這是多年前一個保母教給他的。醃鯡魚記得所有童年時的舒適與平靜都是由她那裡得來，而從來不是來自他所愛的母親，或是和他一起玩耍的哥哥或父親。他害怕或無法成眠的時候，是那個保母察覺到他的需要，會用她的手撫摸著他瘦小的背讓他入睡。這個由印度南方來的親密陌生人，和他們住在一起，幫忙料理家務，煮飯給他們吃，在這個家裡把她自己的兒女帶大，在更早的那幾年裡，也照顧過他的哥哥，大概比他們的親生父母更了解所有孩子的性格。

那是一種相互共有的溫情，如果有人問醃鯡魚他最愛的是誰，他大概會把保母放在他母親前面先說。她那令人安心的愛對他來說遠勝過任何血親之愛和性愛。後來他才發現，終其一生，他都在家人之外尋找這種愛，這種來自陌生人的精神上的親密關係，或有時候是和陌生人之間的性愛關係。他要到相當老了之後才會發現他自己的這種感覺，才能問自己那個最愛誰的問題。

他只有一次覺得自己對她有所回報，不過她早已了解他對她的愛。她母親過世的時候，他溜進了她的房間，抱住她突然蒼老的身子。他默默地躺在她身邊，在那間小小的佣人房裡哀悼，而她大聲地哭著。他看著她用一個小玻璃杯靠在臉頰上接住眼淚。他知道她會把這些淚水帶到葬禮上。他在她佝僂的身子後面，他那雙九歲孩子的手搭在她肩膀上，開始隔著沙龍爲她抓癢，然後把沙龍拉開，抓著她的皮膚——就像漢娜現在正承受他這份溫柔的技藝，他的指甲接觸到她皮膚上的百萬細胞，在他的帳篷裡，在一九四五年，他們那兩大洲在一個山城中相遇。

九、泳者的洞穴

我答應過要跟你們說人是怎麼墜入情網的。

一個名叫喬佛瑞·克利夫頓的年輕人在牛津見到一個朋友，對方提到我們在做的事。他和我聯絡，第二天成婚，兩個禮拜之後和他的妻子飛到開羅，那是他們蜜月的最後幾天。我們的故事也就從這裡開始。

我初見凱瑟琳的時候，她已經結婚了。是個有夫之婦，克利夫頓由飛機裡爬了出來，然後她出現了。這可大出意料之外。因爲我們在計畫探測時以爲只有他一個人。她穿著卡其短褲，露著一雙瘦腿。在那時候，要去沙漠的話，她未免太過熱情了些，比起這位年輕新婚夫人的熱切來，我倒更喜歡他的年輕活力。他是我們的飛機駕駛員、信差、偵察員。他是新的一代，飛過來，投下長長彩帶當記號，告訴我們應該到哪裡去。他隨時都在跟大家說他有多愛她。那裡一共有四個男人和一個女人，還有她的丈夫不住地談他蜜月的快樂。他們回到開羅，一個月之後再回來，一切幾乎還是一樣。這次她沉靜多了，但他還是一樣孩子氣，她會蹲坐在汽油桶上，兩手托住下巴，兩肘撐在膝蓋上，瞪著一塊一直在飄動的防水布。而克利夫頓在一邊唱著對她的讚美詩。我們想用開玩笑的方式讓他不要再這樣，可是要讓他更加謙遜一些等於是在反對他，而我們不希望那樣。

經過在開羅的那一個月後，她變得沉默了，一直在看書，不大跟人來往，好像出了什麼事，或者是她突然發現了人的某種了不起的特質，就是能改變。她不必一直做一個嫁給一個冒險家的社交名媛，她發現了自己。她這樣自我教育看來很令人痛苦，因爲克利夫頓看不出來。她看所有和沙漠有關的書，她能談烏維納特山和失落的綠洲，甚至還能找到罕見的文獻。

你們要知道，我是個比她大十五歲的男人。我的人生已經到了像是書裡那種憤世嫉俗的壞蛋那等的階段，我不相信永恆，也不相信超越年齡差距的愛情。我大她十五歲。但她比我聰明。她比我料想的更渴望改變。

他們在開羅城外尼羅河口度蜜月期間有什麼使她改變了呢？我們和他們見過幾次——他們是在赤夏舉行婚禮兩週後到的。他把新娘子帶來是因爲他離不開她，又不能不理對我們、也就是對麥杜克斯和我的承諾。否則我們會把他生吞活剝了。因此在那天她那細瘦的腿由飛機裡伸了出來，那就是我們故事的重擔，我們的情形。

克利夫頓誇讚她手臂的美、她足踝的纖細線條。他形容她泳姿的曼妙，他談到旅館套房裡的新淨身盆、她吃早飯時的好胃口。

對所有這些我都一句話也沒說。我在他說話時有時會抬眼和她對望一眼，透露出我沒說出口的怒氣，然後是她故作端莊的微笑。那有種諷刺的意味。我是個年紀大的人，是個見多識廣的人，十年前就從達克拉綠洲走到吉夫開比高原，繪製過法拉夫拉綠洲的地圖，熟知昔蘭尼加，在沙海裡迷失了兩次以上。她認得我時，我已有這些標籤加在身上。或者她可以轉個幾度，看到麥杜克斯身上有這些標籤。但是在地理學會以外的地方，我們卻是沒沒無聞的；我們只是她因爲婚姻關係才誤打誤撞碰到的某個宗派的邊緣。

她丈夫誇讚她的話毫無意義，但我是一個雖然生活很多元化，甚至在當探險家時，也會受制於文字話語的人。無論是謠言和傳奇，編排的事，寫下的隻字片語，字句的感覺。在沙漠裡，重複某些事就如同潑再多水在地上一樣，在這裡差之毫釐，就可能謬以千里。

我們探測的地點離烏維納特山大約四十哩，而麥杜克斯和我準備單獨先行偵察。克利夫頓夫婦和其他的人留在那裡。她已經把該看的都看完了，問我要書看。我隨身只帶了地圖。「你平常晚上在看的那本書呢？」「希羅多德的著作啊！妳想看那本書嗎？」「如果那是你很私人的東西，我倒也不強求。」「那裡面有我的筆記，還有剪存的資料。我隨時都需要的。」「是我太冒失了，對不起。」「等我回來之後，我再拿給妳看。我還沒有不隨身帶著過。」

這一切都很客氣而有禮。我解釋說那不只是一本普通的書，而她也表示認可。因此我可以絲毫不覺得自己太自私。我謝謝她的寬容。克利夫頓當時不在場。只有我們兩人。是她在我在自己帳篷裡收拾行李時來找我的。我是一個通常不大和人交際的人，但有時我也欣賞這樣優雅的態度。

我們在一個禮拜以後回來。在發現和拼合資料方面收穫良多。我們興致高昂，在營地舉行了一次小小的慶功宴，克利夫頓一向會誇讚別人，也很有感染力。

她端著一杯水朝我走過來。「恭喜，我由喬佛瑞那裡聽說了——」「啊！」「來，把這喝了吧。」我伸出手去，她把杯子放進我手中，和我們由水桶裡喝的比起來，這杯水非常的冷。「喬佛瑞替你安排了一場宴會，他在寫一首歌，要我朗誦一首詩，可是我想做點別的。」「喏，把這本書拿去看看。」我把書從背包裡取出來交給她。

吃飽飯又喝過茶之後，克利夫頓拿出一瓶之前一直藏著不讓任何人知道的干邑白蘭地酒。那天晚上大家就喝著那瓶酒，一面聽麥杜克斯報告我們的行程，聽克利夫頓那首滑稽的歌。然後她開始選讀《希臘波斯戰爭史》——坎達尤里士和他的皇后的故事，我一向略過這段故事。那是在書的前面一點的地方，和我感興趣的時空沒什麼關係。不過那當然是一個很有名的故事，也是她選出來要讀的一段。

> 這位坎達尤里士極其熱愛他自己的妻子；因為如此，他深信他的妻子比所有其他的女人都美得多；對季吉斯，大石克流士之子（因為他是他所有槍兵中最討他歡心的一個），他常形容他妻子的美，加以無窮的誇讚。

「你有沒有在仔細聽，喬佛瑞？」

「我在聽著呢，親愛的。」

他對季吉斯說：「季吉斯，我想你不相信我對你說我妻子有多美的話，因為一般人總覺得百聞不如一見。因此要設計讓你能看到她的裸體。」

有幾件事是可以說的。知道最後我會成爲她的情人，正如同季吉斯會成爲皇后的情人和謀殺了坎達尤里士的凶手。我通常打開希羅多德的書找地理方面的資料。但凱瑟琳把那本書當作是她生命中的一扇窗。她念書時聲音低沉，兩眼只看著那個故事所在的書頁，好像她在說話時正沉進流沙之中。

「我真的相信她是所有女人裡最美的，而我乞求你不要讓我做那件不法的事。」但是那個國王這樣回答道：「勇敢一點，季吉斯，不要害怕，也不要怕我說這話是在試探你，或怕我的妻子，她不會帶給你任何傷害。因為我會安排到她從頭就不會想到會被你看見。」

這個故事說的是我怎麼愛上了一個爲我特別選讀了希羅多德書中某個故事的女人。我聽著她在火堆對面的聲音，她始終沒有抬起頭來過，就連她在逗她丈夫的時候也一樣。也許她只是在讀給他聽，也許除了對他們自己之外還這個故事並沒有什麼暗藏的動機。只是一個使她因熟悉的情況而受到刺激的故事。但是在現實生活中卻突然出現了一條新的路，雖然我很確定她並沒有想到是她會因此踏出走入歧途的第一步。

「我會讓你進到我們睡覺的房間，躲在那扇開著的門後；在我進去之後，我妻子也會進來睡下。在房間門口附近有一張椅子，她會把衣服一件一件地脫下來放在那裡，所以你可以很悠閒地看著她。」

但是季吉斯在離開寢室的時候卻被皇后看到了，她因此知道她丈夫做了什麼事；她雖然很羞愧，卻沒有出聲叫喊……，她保持著平靜。

這是個很奇怪的故事，對吧？卡納瓦吉奧？一個男人虛榮到希望自己遭人嫉羨的地步。或者是他希望別人相信他，因爲他覺得人家不信他的話。克利夫頓其實不是這樣的人，但他卻成了這個故事的一部分。在那個做丈夫的行爲中有一些令人震驚卻很人性化的東西，讓我們相信會有這種事。

第二天，那位做妻子的把季吉斯找來，給他兩個選擇。

「你現在有兩條路可走，我會讓你選願意在兩者之中採取的一件。一是你必須殺掉坎達尤里士，占有我和呂底亞王國；否則就在這裡當場送命，這樣你將來就不會再服從坎達尤里士做所有你明知不該做的事。不是安排出這件事的他死，就是看過我裸體的你死。」

結果國王被殺，一個新時代開始。有很多描寫季吉斯的詩，他是第一個在特爾斐治國的蠻族，他當呂底亞的國王長達二十八年，但我們仍只記得他是一段不尋常的愛情故事中一個不重要卻不可少的人物。

她讀完之後抬起頭來。由流沙中出來，她在進化。權力因此換手。同時，藉由一段奇聞軼事之助，我墜入了愛河。

字句，卡納瓦吉奧。眞有力量。

克利夫頓夫婦不和我們在一起的時候就住在開羅。克利夫頓替英國人做其他的工作，天曉得是什麼，他有個叔叔在某個政府機關裡。這一切都是戰前的事了。可是當時那個城裡各國的人都有，在葛氏酒吧會面去參加晚上的音樂會，跳舞到深夜。他們是很受歡迎的一對年輕夫婦，大有名聲，而我則是在開羅社交圈的邊緣。他們生活富裕，我也會偶爾過過那種拘於形式的生活、晚宴、花園中的派對。一些我平常不會有興趣的場合，現在卻因爲她會在場而去參加。我是一個在沒看到我想要吃的之前會戒食的人。

我該怎麼向你們形容她呢？用我的兩隻手？像我在空中比劃出一塊台地或岩石的形狀來嗎？她參與我們的探測前後幾乎有一年。我見到她，和她交談。我們一直都在彼此的面前。後來，當我們察覺到我們兩個人都有相同的慾望時，那些以前的時光都湧進心裡，對那些不安地一手攀在懸崖上，還有那些錯過了或誤解的表情，現在看來都別具含意。

當時我很少在開羅，大概三個月裡只有一個月在吧，我在埃及學系裡忙著寫我自己的書*Récentes Explorations dans le Déstrt Libyque*（《利比亞沙漠近期之探測》）。隨著日子一天天過去，越來越接近內文，好像沙漠已經到了紙上，我甚至能聞到由自來水筆裡出來的墨水味道。同時還掙扎於她就在附近的執念，其實我是更癡想著她的嘴，她膝蓋後面緊繃的皮膚，她腹部的白色平原，一面寫著我那本簡短的書，一共七十頁，簡明扼要，配著經過路程的地圖。我無法把她的身影由書頁上移開。我希望把這專題論文獻給她，給她的聲音，給我想像中她那如一張長弓般由床上起來的胴體，可是那是一本我獻給一位國王的書。我相信這樣的迷戀一定會遭到嘲笑，讓她用有禮貌而困窘地搖著頭來表示不屑。

我開始在她面前變得加倍地規矩。從這裡正可看出我的本性，好像對先前袒露了身體而尷尬。這是歐洲人的習慣，對我來說是很自然的事——把她很奇怪地轉化到我所寫的關於沙漠的文章中——現在卻又在她面前穿上鐵甲。

狂野的詩篇只是一種替代品，
對那個能愛或該愛的女人來說，
一段狂野的狂想只是另一種假象。

在哈桑尼英大公閣下——那位一九二三年探測行動的偉大老人——的草地上，她由那位政府官員朗德爾陪著走過來和我握手，請他去爲她拿杯酒來，轉回身對我說：「我要你把我搶走。」朗德爾回來了，那就像是她遞給了我一把刀子。不到一個月，我成了她的情人。就在露天市場上方的房間裡，在那條賣鸚鵡的街道北邊。

我跪在鋪了磁磚的走道上，把臉埋進她長袍的簾幕中，她嘴裡有那些手指的鹹味。我們兩個，是一座奇怪的雕像，然後我們開始釋放我們的飢渴。她的手指搔抓著我漸稀疏的頭髮間的沙子，開羅和她所有的沙漠圍繞著我們。

那是對她的青春，她那男孩般味道產生的慾望嗎？我在跟你們談到花園時，所說的花園就是她的花園。

她的喉間有一處我們稱爲「博斯普魯斯海峽」的凹縫，我會由她的肩頭躍進那道海峽裡。讓我的眼光停留在那裡。我會跪著，讓她帶著疑問的眼光俯視我，好像我是一個流浪的陌生人。她帶著疑問的神色。在開羅的一輛公共汽車上，她涼涼的手突然貼在我的頸上。坐在一輛密閉的計程車裡，我們的手在行經基代夫伊斯梅爾橋到帝波里俱樂部之間迅速地愛撫。或是在博物館三樓大廳裡，她用手捂住我的臉時，由她指縫間透過來的陽光。

在我們說來，世界上只要避開一個人，不讓他看見。

但喬佛瑞·克利夫頓是一個標準模子刻出來的英國人。他的家譜可以回溯到九世紀的克努特王朝。那個模子不一定會讓結婚才一年半的克利夫頓知道他妻子的不忠，卻開始圍繞著這個過錯、這個制度裡的惡疾，知道從第一天在亞述女王大飯店前門廊裡尷尬接觸以來我的一舉一動。

我原先沒有理會她所說關於她丈夫親戚的事。而喬佛瑞．克利夫頓也和罩在我們頭上的那張英國的大網一樣天眞。可是那一群保鑣照顧著她丈夫，保護著他。只有麥杜克斯，這位過去有些軍團舊識的貴族知道這種祕密而迂迴盤旋的結構。只有麥杜克斯，以相當委婉的方式，警告我說有這樣一個世界。

我帶著希羅多德的書；而麥杜克斯——在他自己的婚姻關係中是個聖人——帶著《安娜．卡列妮娜》，繼續讀著那個浪漫和欺騙的故事。有一天，在已經來不及避開我們已經啓動了的機器的時候，他試著用安娜．卡列妮娜哥哥的事來向我說明克利夫頓的世界。把我的書給我，聽這一段。

> 半個莫斯科和彼德士堡的人都是奧伯龍斯基的親戚或朋友。他生來就在這群本來就是，或後來成為這世上的偉人之中。在這個世界裡有三分之一的人，就是老一輩的人，是他父親的朋友，而且從他還在襁褓中時就已經認得他了……。因此，這個世界有權有勢的人都是他的朋友。他們不能忽略他們之中的一分子……。必要的是不能表示反對或嫉妒，不能爭吵或受辱。這點正合他仁厚的天性，從來不曾有過。

我愛上了你用指甲彈注射針筒的聲音。卡納瓦吉奧，漢娜第一次當著你的面給我打嗎啡的時候，你站在窗邊，聽到她指甲彈扣的聲音，你馬上把頭轉向我們。我認得出同好。就像一個情人永遠會認出其他情人的僞裝一樣。

女人會要情人的一切。而我太常沉到水面以下。像軍隊消失在沙塵下。還有她怕她的丈夫，看重她的名譽，我對自足的慾望，我的消聲匿跡，她對我的懷疑，還有我不相信她愛我。這種對祕密戀情所有的偏執和恐懼。

「我覺得你變得沒人性了。」她對我說。

「背叛的人又不只我一個。」

「我覺得你根本不在乎——我們之間的事。你因爲對所有權、擁有、被人擁有、被人指責等等的害怕和憎惡而逃避一切。你覺得這是美德，我認爲你是沒人性。要是我離開你，你還能找誰？你會另外找一個情人嗎？」

我什麼話也沒說。

「否認呀，你該死的！」

她一向喜歡文字，深愛文字，靠這個長大，文字讓她看清楚一切，帶給她理性，塑造她成形。而我認爲文字會壓倒情感，像冬日的枯枝。

她回到她丈夫身邊。

她輕聲說道，從這裡開始，我們要不會找到我們的靈魂，要不就會失去我們的靈魂。

海水會退開，情人為什麼不會呢？艾費蘇斯的港口，希拉克里塔斯的河流都消失了，取而代之的是瘀泥的河口。坎達尤里士的妻子成為季吉斯的妻子，圖書館被焚燬。

我們之間的關係是什麼？是對我們周圍人的背叛？還是另一種生活的慾望？

她爬回到她家裡丈夫的身邊，而我則退回到酒吧裡。

抬頭仰望明月，
眼前只見伊人。

那段希羅多德的經典。再三吟唱那首歌，把行行字句越打越細，將之彎曲進一個人自己的生活中。要由不為人知的失落中恢復，各人有不同的方式。她的一個侍從看到我和一個香料商人坐在一起。她以前曾由他那裡收到過一個白鐵的頂針，裡面裝著番紅花。另外還有上萬件其他的東西。

要是巴格諾德——看到我坐在那個番紅花販子身邊——把這件事在晚餐桌上當著她的面提起來的話，我會有什麼感覺呢？會不會讓我很開心地想到她會記得那個人給過她一件小禮物，一個白鐵頂針，她曾經在她丈夫出城去的時候用一根細黑鍊子掛在她脖子上過了兩天呢？當時番紅花還在裡面，因此在她胸口留下金色漬痕。

她會對我的這件事作何反應？我是個在經過幾次讓自己顏面盡失的場合後已遭那群人摒拒的賤民，巴格諾德大聲地笑著，她的丈夫是個好人，擔心著我的事，而麥杜克斯站起身來，走到窗前，望向窗外這個城市的南區。談話也許轉到其他事情上，畢竟他們都是繪製地圖的人。可是她有沒有爬回到我們一起幫忙挖掘的那口井裡，緊抱著自己，像我心裡想用我的手抱著她那樣？

我們現在各人有自己的生活，武裝起和他人之間最深的約定。

「你在做什麼？」她在街上碰到我的時候說：「你難道不知道你把我們全逼瘋了嗎？」

我對麥杜克斯說過我在追求一個寡婦，可是她那時還不是寡婦。等麥杜克斯回英國去的時候，她和我已經不再是情人了。「幫我向你那位開羅的寡婦問好。」麥杜克斯喃喃地道：「可惜沒見到她。」他是不是知道了呢？我在他面前一直更覺得自己是個騙子，因為他是我共事十年的朋友，也是我比任何人都更愛的一個人。那時候是一九三九年，不管怎麼樣，我們都要離開那個國家去打仗。

麥杜克斯回到了索美塞特的馬爾斯頓馬格納村，也就是他出生的地方，一個月後，和會眾一起坐在教堂裡，聽了一場宣揚戰爭的講道之後，抽出他的手槍，自殺身亡。

> 我，海利卡納斯尤士的希羅多德，寫下我的史書，那個時代也許沒有展現人類的特質，也沒有希臘人和蠻族雙方所有過偉大而輝煌的事蹟……，再加上他們彼此爭戰的原因。

人一直是沙漠詩篇的吟誦者。而麥杜克斯——對地理學會——曾說過很多關於我們旅遊和探測的很美的過程。貝爾曼把理論帶了進來，而我呢？我是他們之中的巧手、機械師。其他人寫出他們對孤寂的愛，沉吟著他們在那裡的發現。他們永遠不確定我的想法如何。「你喜歡月亮嗎？」

麥杜克斯在認得我十年之後問我。他問得有些猶疑，好像他傷害了一個親密關係。對他們來說，我作爲一個沙漠的愛好者稍嫌太狡詐了些，比較像是浪跡天涯的奧德賽。然而，我的確是個愛沙漠的人，讓我看一片沙漠，就如讓另外一個人看一條河，或另外一個人看他童年的故鄉。

我們最後那次分手時，麥杜克斯用了老式的道別詞：「願上帝保佑你平安。」而我大步從他身邊走開，一面說道：「哪有什麼上帝。」我們兩個彼此完全不像。

麥杜克斯說奧德賽從來沒有寫過一個字、一本很親密的書。也許他對虛假的藝術狂想感到陌生，而我必須承認我自己的論文寫得嚴肅而精確。爲了怕我寫作時會把她形容進去，因此我焚盡了所有感情，所有和愛有關的修辭。然而，我還是把沙漠形容得像我談到她時一樣純潔。戰前我們最後在一起的那幾天裡，麥杜克斯問到我關於月亮的事。我們分離了。他回到英國，可能會來臨的戰爭打斷了一切，也中止了我們慢慢由沙漠中挖掘歷史的行動。再見，奧德賽，他咧嘴笑著說，明知道我從來就不喜歡奧德賽，更不喜歡埃涅阿斯[18]，但我們都說巴格諾德是埃涅阿斯。可是我也不是那麼喜歡奧德賽。再見，我說。

我還記得他回轉身來，大聲笑著，用他粗粗的手指指著自己喉結旁邊的一點，說：「這叫做頸窩。」給她頸部的凹陷處有了個正式名稱。他回到馬爾斯頓馬格納村裡他妻子身邊，只帶著他最喜歡的那本托爾斯泰的小說，把他所有的羅盤和地圖都留給我。我們的感情則未曾言及。

而在索美塞特的馬爾斯頓馬格納村，這個他在我們談話中一再提起的地方，那裡的綠野已經變成了一座機場。飛機把廢氣噴在亞瑟王時代就有的古堡上。我不知道到底是什麼迫使他採取了最後的行動。也許是飛機永不休止的嘈雜聲響，在聽過那架蛾式小飛機飛過寂靜的利比亞與埃及時單純的嗡嗡聲之後，現在讓他無法忍受那麼大的噪音。別人的戰爭撕裂了他細緻編織的友情。我是奧德賽，我能了解戰爭中變化與無常的特性。但是他是一個很難交朋友的人，他是那種一生中只有兩三知己的人，而那些人現在已成了敵人。

他一個人在索美塞特陪著他那從未和我們見過面的妻子。一點點小事就足夠影響到他。一顆子彈結束了戰爭。

那是一九三九年的七月。他們從村子裡搭公共汽車到約維爾。公共汽車開得很慢，所以他們做禮拜時遲到了。在擠滿了人的教堂後方，爲了要找位子，他們決定分開來坐，半個小時之後開始講道的牧師是個主戰派，毫無疑問地支持打仗。牧師興高采烈地大談戰爭，祝福政府和即將要去打仗的人。麥杜克斯聽著講道越來越狂熱，把手槍取了出來，彎下身去，朝自己心臟開了一槍。他當場斃命，一陣死寂，沙漠上的死寂，沒有飛機的寂靜。他們聽到他的身體跌撞在長椅上的聲音，其他別無動靜。牧師說到一半呆在那裡。那就像是教堂裡蠟燭外的玻璃罩突然裂開，所有人都轉過頭來的靜默。他的妻子從中間走道過來，停在他那一排椅子邊，喃喃地說了句話，他們讓她走進去到他身邊。她跪了下來，兩手環抱著他。

奧德賽是怎麼死的？自殺吧，是不是？我似乎記得是這樣。哎，也許是沙漠把麥杜克斯寵壞了，那段我們和全世界都毫無關係的日子。我一直不停地想到他總是帶在身邊的那本俄國小說，俄國一直和我的國家比和他的更為接近。不錯，麥杜克斯是一個因為這些國家而死的人。

我喜歡他在所有事物上都那麼平靜的態度。我會為地圖上的某些地點激烈爭辯，而他的報告卻會以很理性的字句來談到我們的「討論」。我們行程中有快樂的事時，他就會很平靜而快樂地加以記述，好像我們是參加舞會的安娜和維農斯基。然而，他卻從來沒和我去過開羅的舞廳。在跳舞時墜入情網的人是我。

他走路很慢。我從來沒有看過他跳舞。他是個寫作的人，用文字來表現這個世界，智慧就由那一絲絲最小的感情中滋生出來。只看一眼就可能引發好幾段的理論。若是他在一個沙漠部落裡看到一個新的繩結或是找到一株罕見的棕櫚，就會讓他迷上幾個禮拜。在我們的行程中碰上任何訊息——不管是什麼內容，現代的或古代的，是泥牆上的阿拉伯文，或是以粉筆在吉普車保險桿上寫的一行英文——他都會讀過，還把手壓在上面，好像可以因此觸及更深一層的含意，讓他和那些字句盡可能地親近。

他伸出手臂來，瘀青的血管水平地伸著，朝向上方，等著注射嗎啡，等嗎啡流遍他全身時，他聽見卡納瓦吉奧把針丟進那腰子形的搪瓷小盤裡。他看到那模糊的身影背向著他，然後重新出現，也抓到和他一樣的嗎啡的子民。

有一段時間，當我從枯燥無味的寫作回到家裡時，唯一能拯救我的就是由強哥．萊因哈特和史提芬．葛瑞波利與法國熱門俱樂部所演奏的〈忍冬玫瑰〉。一九三五，一九三六，一九三七，偉大的爵士年代。這些年裡音樂由香榭麗舍大道的克拉瑞吉酒店流出，進入倫敦、南法、摩洛哥等地的酒吧，然後進入埃及，在那裡謠傳說這種節奏是由一個不知名的開羅舞廳樂隊偷偷引進的。在我後來回到沙漠裡去的時候，還帶著那些夜裡在酒吧間裡隨著七十八轉唱片《紀念品》的音樂跳舞的記憶，女人像灰獵犬一樣地踱來踱去，貼靠著你，而你在法國唱片《我的甜心》樂聲中埋首在她們的肩膀下喃喃說著情話。一九三八，一九三九，在隔間雅座裡輕聲訴情，而戰事就在身邊。

在開羅的最後幾夜，在戀情結束了幾個月後，我們終於說服麥杜克斯去了一家酒吧，替他餞行。她和她丈夫也在場，最後一夜。最後一支舞。阿爾瑪西喝醉了，想跳他以前發明的一種稱爲博斯普魯斯擁抱的舞步，把凱瑟琳．克利夫頓抱在他瘦而結實的懷裡，一路跳到兩個人跌倒在一盆尼羅河產的葉蘭上。

他現在是以誰的身分在說話？卡納瓦吉奧想道。

阿爾瑪西喝醉了，他的舞步在別人看來是一連串很莽撞的動作。在那段日子裡，他和她似乎並不是相處得那麼好。他把她從左晃到右，好像她是個洋娃娃似的，而爲了麥杜克斯的離別而借酒澆愁。在餐桌上和我們說話時很大聲。平常碰到阿爾瑪西這樣子的時候，我們通常就會走人了，可是這是麥杜克斯在開羅的最後一夜，所以我們留了下來。一個很差勁的埃及小提琴手模仿史提芬·葛瑞波利，而阿爾瑪西有如一顆失控的星球。「敬我們——這一群世外的陌生人。」他舉起酒杯。他想跟每一個人跳舞，不分男女。他拍著手，宣布道：「現在來跳博斯普魯斯擁抱。你，貝恩哈特？海瑟頓？」大部分的人都退躲不迭。他轉向克利夫頓的年輕妻子，她正以隱含怒氣的禮貌態度看著他，而在他招手時，走上前去。他一把抱住她，喉嚨幾乎貼在她袒露在衣飾上方的胸口上。一段狂亂的探戈舞步，最後跳得亂了節奏。她不肯拋開她的怒氣，不想因爲自己轉身走回座位而讓他贏了這一場。只瞪著他，讓他把頭縮了回來，並沒有清醒，仍是一副要攻擊別人的樣子。他把臉俯了下去，嘴裡還在喃喃地對她說著什麼，大概是像罵人似地在念著〈忍冬玫瑰〉的歌詞吧。

在探測行動之間的休息時間，很少有人在開羅看到阿爾瑪西。他似乎不是冷淡疏遠，就是坐立難安。他白天在博物館裡工作，夜間則常去南開羅的市場酒吧，失落在另一個埃及。他們只是因爲麥杜克斯的關係才來的。可是現在阿爾瑪西在和凱瑟琳·克利夫頓跳舞。那一排花草碰著她窈窕的身子，他拉著她轉圈圈，把她高舉起來，然後摔倒了。克利夫頓一直坐在那裡，半看著他們。阿爾瑪西橫躺在她身上，然後慢慢地想站起來，往後抹平了頭上的金髮，跪在她身邊，在房間的那個角落裡。他以前曾經是個很優雅的人呢。

時間已經過了午夜，大部分的客人都覺得很不好玩，只有那些很容易覺得什麼都有意思的常客，早已習慣這些混跡沙漠的歐洲佬的德性。那裡有些耳朵上戴著長串銀飾的女人，有衣服上釘著金屬圓片的女人，那些裝飾因酒吧裡的熱而變得溫熱。阿爾瑪西在過去一直是其中的一部分，女人跳起舞來，把長長的銀耳環甩在他臉上。在其他的晚上，他都和她們跳舞，喝醉之後會把她們整個人抱得貼在身上。不錯，她們覺得好玩，在他的襯衫鬆開時取笑他的肚子，受不了他的體重，因爲他跳舞時會停下來整個人壓在她們肩膀上，或是後來在跳慢步波爾卡舞時仆倒在地上。

在這一類的夜晚，人如星宿般在你四周旋舞時，要進入這個夜晚的計畫就很重要了。這裡沒有什麼思考或遠慮。夜晚的野地記事將來再說，在沙漠裡，在達克拉和庫夫拉之間的地形。然後他會記起那像狗叫的聲音，他在舞池裡四下找著那隻狗，想到那些浮在油上的羅盤針，才想到那可能是一個被他踩到的女人。在看到綠洲時，他會自得地跳他的舞，把兩臂和他的手錶高舉向空中。

沙漠中的寒夜，他由夜間遊牧人身上拔下一根線來像食物般放在嘴裡。這是行程的前一兩天，他還處在城市和高原之間的過渡地帶。等到六天過去，他就不會再想到開羅或是音樂或是那些街道或是那些女人。到那時候，他恍如置身於古老的時代，呼吸有如在深水裡，他和城市世界唯一的連繫只有希羅多德的書，他的謊言指南，既古老又現代。每當他發現原先看似謊言的事情眞相時，就取出他的膠水罐子，貼進一張地圖或剪報，或用書頁上空白的地方畫一個穿裙子的男人，身邊還有一些已消失的不知名動物。早期綠洲的居民通常沒有談到牲畜，不過希羅多德宣稱他們畜養過。他們崇拜一個懷孕的女神，他們的岩畫大多數都是懷孕的女人。

過了兩個禮拜，就連城市這個概念都不再進入他的思想裡。就好像他行走在墨水繪製的地圖上方那一公厘的雲霧下。在那地與圖，距離與傳說，自然與故事之間的純淨地帶，史丹福稱之爲地形學。是他們選擇要去、最能表現自我、擺脫祖先的地方。在這裡，除了日晷儀和里程表以及那本書之外，只有他一個人，他自己的發明。他知道在這些時候海市蜃樓會起什麼作用，那種fata morgana（蜃景），因爲他就置身其中。

他醒來時發現漢娜正在替他洗澡。房間裡有一個高及腰際的櫃子。她靠過來，兩手把水由瓷盆裡捧到他胸口，弄完之後，她用潮濕的手指梳理了幾次頭髮，使她的頭髮變得又濕又黑。她抬起頭來，看到他兩眼睜開著，便對他嫣然一笑。

等他再睜開眼睛時，看見麥杜克斯，看來憔悴而疲累，手拿著嗎啡注射器，必須用兩隻手，因爲他沒有兩根拇指，他怎麼給自己打針呢？他想道。他認得出他的眼睛，用舌頭舔嘴唇的習慣，還有那個人頭腦清晰，聽得懂所有他說的話。兩個老傻瓜。

卡納瓦吉奧望著那個人說話時露出嘴裡粉紅色的肉，牙齦大約像烏維納特山發現的岩畫一樣的淺碘酒色。還有好多有待發現的部分，從這具躺在床上，除了一張嘴，手臂上的一條血管，一對狼灰色眼睛之外都不存在的軀體發現出來。他仍然對這個人的自制功夫感到驚異，他有時以第一人稱來敘述，有時又以第三人稱的身分說話，到現在依舊沒有承認他就是阿爾瑪西。

「那時候，是誰在說話呢？」

「『死亡讓你成為第三人稱的身分。』」

他們一整天都在分享那幾劑嗎啡。爲了要讓他把故事說出來，卡納瓦吉奧按照各種跡象行事。當那個燒傷的人慢了下來，或是當卡納瓦吉奧覺得他沒有聽懂所有的話——那段出軌的戀情，麥杜克斯之死——他就從腰子形的搪瓷盤裡把注射器拿出來，以指關節的壓力扳碎小藥瓶的玻璃頭，吸出嗎啡。在這件事情上，他現在對待漢娜的態度很粗魯，已經把左手的袖子全都撕掉了。阿爾瑪西只穿著一件灰色背心，所以他那條黑色的手臂在床單下是光著的。

那具軀體每次吞食了一口嗎啡，就又多開了一扇門，或是跳回到岩洞裡的畫，或是一架埋藏的飛機，或是又再重回到那個女人和他一起在風扇下躺著的場景，她的臉頰靠著他的肚子。

卡納瓦吉奧拿起那本希羅多德的書。他翻開一頁，橫過一個沙丘發現吉夫開比高原、烏維納特山、齊蘇山。阿爾瑪西說話的時候，他陪在身邊記錄下這些事情，只有慾望使這個故事漫無目的地移動，跳動得像羅盤上的指針。反正這是個遊牧民族的世界，一個杜撰的故事。思想如沙塵風暴般忽東忽西。

在泳者的洞穴裡，在她丈夫墜機之後，他將她帶著的降落傘割開，鋪在地上。她躺在上面，因為傷口疼痛而皺起了眉頭。他用手指溫柔地插進她的頭髮裡，看有沒有其他的傷口，然後又摸了她的肩膀和雙腳。

現在在這個洞穴裡，他不希望失去的是她的美，她的優雅，這些肢體。他知道他已經緊緊掌握了她的天性。

她是一個化妝後就換了一張臉的女人。參加派對、上床，她會塗上血紅的唇膏，兩眼上擦上一抹朱紅。

他抬頭看一幅岩畫，偷取了其中的顏色。土黃色進了她的臉龐，他在她眼睛四周抹上藍色。他走到洞穴那頭，兩手滿是紅色，他的手指梳理過她的頭髮，然後是她全身的皮膚，而她第一天由飛機裡伸出來的膝蓋成了番紅花色。她的恥骨，她的腿上有一圈圈的顏色，這樣她就不再受到人類的傷害。他在希羅多德的書裡發現了一些傳統的做法，那些老戰士找到能讓他們永恆的事物──彩色的液體，一首歌，一幅岩畫──將他們的愛人置於其中來加以頌揚。

洞穴裡已經很冷了，他將降落傘圍在她身上保暖。他生起一小堆火，焚燒阿拉伯膠樹的樹枝，把煙搧到洞穴的每個角落裡。他發現自己無法直接對她說話，因此他把話說得很正式，他的聲音由凋壁反彈回來。我現在要去找人幫忙，凱瑟琳，妳明白我的話嗎？附近另外有一架飛機，可是沒有油。我可能會碰到一隊商旅，或是一輛吉普車，那樣的話我就會更早些回來，我不知道。他拿出那本希羅多德的書來，放在她身邊。那是一九三九年的九月。他走出了洞穴，走出了那圈火光，穿過黑暗到了灑滿月光的沙漠裡。

他爬下巨石，到了台地底下，站在那裡。

沒有汽車，沒有飛機，沒有指南針。只有月亮和他的影子。他找到了過去留下的石頭標記，定出往艾塔吉的方向，北北西。他默記自己影子的角度，開始走著，七十哩外就是有鐘錶街的露天市場。裝著他由井裡汲來的水的皮囊揹在肩上，像個胎兒似地跳動。

有兩段時間他無法走動。一是正午，影子在他腳下，還有就是黃昏時分日落之後到星星出現之前。那時候在那一整片沙漠上的一切都一模一樣。要是他走動的話，很可能偏離了九十度。他等著星星來定位，每小時觀察一次地往前走。在過去他們有沙漠嚮導時，他們會把燈籠掛在一根長竿子上，而其餘的人就跟著那觀星定位者頭上晃動的火光前進。

人能走得和駱駝一樣快，每小時兩哩半。運氣好的話，他會碰上鴕鳥蛋，運氣不好的話，沙塵風暴會抹消一切。他沒有進食地走了三天。他拒絕想到她。要是他到了艾塔吉，他就要吃abra，這是戈倫部落的人用藥西瓜做的，先把籽煮過以消去苦味，再和棗子及蝗蟲一起輾碎。他要穿過那條賣鐘錶和雪花石膏的街道。願上帝保佑你平安。麥杜克斯這樣說過。再見。揮一揮手。在沙漠裡只有上帝，他現在想承認這一點了。在沙漠以外的地方有的是權力的交換，金錢與戰爭。財政和軍事的暴君統治了世界。

他是在一個破碎的國度裡，由沙地走到岩石。他拒絕想她。然後有如中世紀城堡的山丘出現，他一直走到他和自己的影子踏進一座高山的陰影中。金合歡樹叢，藥西瓜，他對著岩石呼喊她的名字。

因為回聲乃是在空曠處激動起來的聲音之靈魂。

然後到了艾塔吉，他在旅途中大半在想著那條賣鏡子的街道。等他到了那個地方的外緣時，英國的軍用吉普車包圍著他，把他抓走，完全不理會他說有一個女子受了傷，在烏維納特，不過是七十哩外。事實上根本不聽他說的話。

「你是說那些英國人不相信你？沒有一個聽你講的話？」

「沒有一個人聽。」

「爲什麼？」

「我沒有把正確的名字告訴他們。」

「你的名字嗎？」

「我把我的名字告訴了他們。」

「那怎麼——」

「她的，她的名字，她丈夫的姓名。」

「你說的是什麼呢？」

他沒有回答。

「醒醒！你說的是什麼？」

「我說她是我的妻子。我說了凱瑟琳。她的丈夫死了。我說她傷得很重，在吉夫開比的一個山洞裡，在烏維納特山，恩多井的北方。她需要水，她需要食物，我會跟他們一起回去，替他們帶路。我說我只要一部吉普車，他們的一部他媽的吉普車……。也許因爲我經過長途跋涉後看起來像個瘋狂的沙漠先知，可是我覺得不是。戰爭已經開始了，他們正在沙漠裡抓間諜，每個有外國名字而進到這些個小綠洲城鎮的人都有嫌疑。她只在七十哩外，可是沒有人聽我說的話。他們是個偶爾來到艾塔吉的英軍部隊。我想必是發狂了。他們用那種藤編的囚籠，大約是淋浴間大小，把我給關進一個囚籠裡，用卡車運走。我在囚籠裡亂撞，最後滾落在街上，仍然在籠子裡。我叫著凱瑟琳的名字，叫著吉夫開比，而我唯一應該喊叫，會像一張丟進他們手裡的名片的，是克利夫頓的名字。

「他們把我抬回到卡車上。我只不過很可能是一個二流間諜。只不過又是一個國際壞蛋。」

卡納瓦吉奧想要起身離開這座別莊、這個國家、這場戰爭的殘渣。他只是一個賊，卡納瓦吉奧要的是能用手抱著那個工兵和漢娜，或者更好的是，和他同年紀的人，在一家所有人他都認識的酒吧裡，一個他能和一個女人跳舞聊天的地方，能把他的頭枕在她肩膀上，把頭抵著她的額頭，怎麼樣都可以。可是他知道他首先必須走出這個沙漠，由嗎啡構築出來的一切。他需要讓自己由那條往艾塔吉的看不見的路上抽身。這個他相信是阿爾瑪西的人利用了他和嗎啡回到他自己的世界裡，回到他自己的哀傷中。戰時他究竟在哪一邊已經不重要了。

但是卡納瓦吉奧向前俯過身去。

「我需要知道一件事。」

「什麼事？」

「我需要知道你有沒有謀殺凱瑟琳．克利夫頓。也就是說，你是不是謀殺了克利夫頓，而因爲這樣而殺死了她。」

「沒有，我甚至於從來沒這樣想過。」

「我之所以這樣問，是因爲喬佛端．克利夫頓是英國情報單位的人，我怕他不只是一個天眞的英國人。你們這個很友善的男孩，在英國說來，他是在監視你們這一群在埃及和利比亞沙漠上的怪人。他們早知道沙漠將來有一天會成爲戰場。他是個空中攝影家，他的死亡讓他們很不安，到現在仍然如此。他們仍然覺得大有問題。而情報局打從一開始就知道你和他的妻子有染。哪怕克利夫頓並不知道。他們認爲他的死亡是刻意安排的，用以保護某些事物，好比把菠城河的吊橋拉了起來一樣。他們在開羅等著你，可是當然你又回到沙漠裡去了。後來，我被派到了義大利，不知道你故事的最後一部分。我不知道你後來出了什麼事？」

「所以你是來追查我的。」

「我是爲了那個女孩才到這裡來的。我認得她的父親，我最沒有想到會在這個遭轟炸的修道院裡碰到的人就是拉悌士勞斯．狄．阿爾瑪西伯爵，說老實話，和大多數我共事過的人比較起來，我是越來越喜歡你了。」

那一方照著卡納瓦吉奧椅子的光框住了他的胸部和頭部，因此在那個英國病人看來，那張臉有如一幅肖像畫。在暗淡的光裡，他的頭髮顯得很黑，但是現在那頭亂髮給照亮了，十分醒目，兩眼下方的眼袋在粉紅色午後日光照射下也消失不見。

他把椅子反轉過來，因此他能向前俯靠在椅背上，面對著阿爾瑪西，話語很難由卡納瓦吉奧嘴裡說出。他會搓著下巴，整張臉皺了起來，閉上眼睛，在黑暗中思考，然後才會冒出一句話來，讓自己從沉吟中掙脫出來。就是當他坐在那一方光亮裡，俯在阿爾瑪西床邊那張椅子上時，顯出了他內心的黑暗。他是這個故事中的兩個老人之一。

「我不能跟你說話，卡納瓦吉奧，因爲我覺得我們兩個都是大限將至的凡人。那個女孩，那個男孩。他們還不是。儘管他們經歷過那些事情。我初見到漢娜的時候，她非常之苦惱。」

「她父親在法國陣亡了。」

「原來如此。她不肯談這件事，她和每個人都很疏遠。我唯一能讓她與人溝通的方法就是請她念書給我聽……。你可曾想到我們兩個都沒有子女？」

然後停了下來，好像在考慮一種可能。

「你有妻子嗎？」阿爾瑪西問道。

卡納瓦吉奧坐在粉紅色的光裡，兩手蓋在臉上以遮沒一切，讓他能很準確地思考，好像這又是年輕才有的天賦之一，現在他已經不那麼容易有了。

「你一定要和我說話。卡納瓦吉奧。還是說我只是一本書而已？是用來看的，是一隻動物，由水裡引出來，注射滿滿的嗎啡，充滿了隱密、謊言、散落的植物、一袋袋的石頭。」

「像我們這樣的小偷，在這次戰爭中用了很多。我們給合法化了，我們偷取情報。然後我們有一些人開始提出建議。我們比正式的情報人員更能很自然地看穿僞裝和詐騙。我們創造出雙倍的糊弄功夫，整個事情就是混合了騙子和情報人員一起來進行的。我去過中東各地，也就是在那裡第一次聽說你的事。你是一個謎，在他們的圖表上你是一塊眞空。把你對沙漠的知識交到了德國人手裡。」

「一九三九年在艾塔吉出了太多事，我被圍捕，以爲我是個間諜。」

「所以你就是在那時候轉投德國的嗎？」

一片沉默。

「而你仍然沒辦法回到那個泳者的洞穴和烏維納特？」

「一直到我自願帶伊培勒橫越沙漠。」

「有件事我一定得告訴你，那件事關係到一九四二年，你把間諜帶到開羅……」

「問安行動。」

「對。當時你是在爲隆美爾工作。」

「很聰明的一個人……。你要跟我說什麼？」

「我要說的是，你避開了聯軍部隊，和伊培勒一起穿越沙漠——那的確很了不起。從吉亞諾綠洲一路到開羅。只有你才能把帶著一本《蝴蝶夢》的隆美爾手下弄進開羅。」

「你怎麼會知道這件事？」

「我要說的是，他們不只是在開羅發現了伊培勒，他們也知道整個行程，在好久之前就已經破解了一件德國的密碼。可是我們不能讓隆美爾知道這件事，否則我們的情報來源就會曝了光。所以我們必須等到在開羅才逮捕伊培勒。

「我們一路監視著你，一路經過沙漠，因爲情報局知道你的名字，知道你牽涉在內，所以他們更感興趣。他們也想抓到你，你應該遭到處死……。要是你不相信我，你離開吉亞諾之後，一共花了二十天。你走的是那條掩埋井的路線，你設法接近烏維納特，因爲那裡有聯軍部隊。另外你也避開了阿布巴拉斯。有幾次伊培勒得了沙漠熱，你必須照顧他，看護他，雖然你說你不喜歡他……

「偵察機故意『找不到』你們，可是你們的行蹤都在小心地掌握之中。你們不是間諜，我們才是間諜。情報局以爲你爲了那個女人而殺死了喬佛瑞．克利夫頓。他們在一九三九年找到了他的墳墓，可是沒有他妻子的蹤跡。你成爲敵人不是從你站在德國人那邊開始，而是從你和凱瑟琳．克利夫頓有外遇關係時就開始了。」

「原來如此。」

「你在一九四二年離開了開羅之後，我們就失去了你的行蹤。他們本來應該在沙漠裡抓到你之後將你處死的。可是他們失去了你的下落。整整兩天。你想必發瘋了，失去了理智，否則我們會找到你的。我們在那輛藏起來的吉普車上裝了炸彈，我們後來發現車子爆炸了，可是沒有你的蹤影。你不見了。那想必是你最了不起的一程，不是前往開羅的那次。你那時想必已經瘋了。」

「你當時在開羅和他們一起追蹤我嗎？」

「沒有，我看了那些檔案。我當時要到義大利去，他們覺得你會在那裡。」

「這裡。」

「是的。」

那塊斜長方形的光移到了牆上，讓卡納瓦吉奧藏身黑暗中。他的頭髮又黑了，他的肩膀襯在牆上畫著的枝葉前面。

「我想現在這些都沒關係了。」阿爾瑪西喃喃地說道。

「你還要嗎啡嗎？」

「不要。我要把事情弄情楚，我一向是個很私密的人，很難想像我那樣受到討論。」

「你當時和一個跟情報局有關連的人有染。情報局裡有人和你有私人來往。」

「大概是巴格諾德。」

「是的。」

「很英國味的英國人。」

「不錯。」

卡納瓦吉奧停頓了一下。

「我一定得再和你談最後一件事。」

「我知道。」

「凱瑟琳・克利夫頓後來怎麼了？爲什麼你們在戰前全都又去了吉夫開比高原？在麥杜克斯回英國之後。」

我原來就該再去一趟吉夫開比，把烏維納特的基地營區最後收拾乾淨。我們在那裡的生活已經結束了。我認爲我們之間不會再有什麼事。我幾乎有一年的時間沒有和她以情人的身分見面。戰爭正在什麼地方醞釀著，像一隻手伸進了閣樓窗戶。而她和我早已退縮到我們先前的習慣之牆後，退縮進一個看似清白的關係中。彼此不再經常見面。

一九三九年夏天，我準備和顧格一起飛到吉夫開比去，整理好基地營區，然後顧格乘車離開。克利夫頓駕飛機來接我，然後我們會分散，脫離那在我們之間形成的三角關係。

等我聽到飛機的聲音，看到飛機時，我已經由那個高原的岩石上爬了下來。克利夫頓一向是很準時的。

有一種小型貨機著陸的方法，就是從地平線那邊直滑過來，機翼在沙漠的光裡斜著，然後聲音停止了，飛機滑向地面。我始終沒有完全了解飛機是怎麼操作的。我看著飛機在沙漠中朝我飛來，而我從帳篷裡出來時總是很害怕，飛機在光裡斜著翅膀，然後進入全然的寂靜。

那架蛾式機由高原上滑過來，我揮舞著那方藍色的防水布。克利夫頓降低了飛行高度，由我頭頂上轟然飛過，低得削去了阿拉伯膠樹的葉子。飛機轉向左邊，繞了個圈子，然後再次對準我，調整了方向，直朝我飛來。在距離我五十碼遠處，飛機突然歪斜墜毀。我朝那邊跑了過去。

我以為只有他一個人。應該只有他一個人來的。可是等我趕到那裡去拖他出來的時候，她卻在他身邊，他已經死了。她努力想移動下半身，兩眼直視著正前方。沙由駕駛艙的窗子進來，堆積在她懷裡。看起來她身上並沒有傷，她的左手伸向前方，擋住了墜機的衝擊力。我把她拖出了那架克利夫頓稱為「魯伯特」的飛機，把她抱進岩洞裡。到了有岩畫的「泳者的洞穴」裡。地圖上的位置是北緯二十三度三十分，東經二十五度十五分。那天晚上我埋葬了喬佛瑞．克利夫頓。

我是他們的詛咒嗎？對她，對麥杜克斯？對這片被戰爭蹂躪的沙漠，被轟炸得彷彿那裡只有沙塵而已？蠻族對抗蠻族，雙方的軍隊都穿越沙漠，卻都一點也不知道沙漠是什麼。利比亞沙漠。拿掉政治，那裡就是我所見過最可愛的幾個字。Libya（利比亞），一個非常性感，拉長了音的字，如一口小心開鑿的井。那個b和那個y。麥杜克斯說過很少有幾個字像這一樣讓你聽得到舌頭在打轉。還記得蒂朵在利比亞的沙漠裡嗎？一個男人應該像乾旱地方的河流……。

我不相信自己進入了一個受詛咒之地，或者是陷入了邪惡的情境中。所有的地方和人對我來說都是一份禮物。在「泳者的洞穴」中發現岩畫，在探測時和麥杜克斯一起唱〈重擔〉，凱瑟琳在沙漠中出現於我們之間。或是我在染紅的水泥地上走向她，跪落在地，頭靠在她肚子上，好像我是個小男孩。那個帶槍的部落治療我的傷，甚至我們這四個人、漢娜和你還有那個工兵。

我所愛過和珍惜過的一切都被奪走了。

我留在她身邊。我發現她斷了三、四根肋骨。我一直等著她轉動眼睛，等著她斷了的手腕彎曲，等著她一動也不動的嘴巴說話。

你怎麼那樣恨我？她輕聲地說，你幾乎把我身體裡的一切全殺死了。

凱瑟琳……妳不要……

抱著我，不要再爲自己辯白，什麼都不能改變你。

她一直瞪著兩眼，我無法移開她視線的標的。我會是她所見到的最後影像，是在岩洞裡守衛和保護她的豺狼，永遠不會欺騙她。

我告訴她，有上百個和動物有關的神，其中就有和豺狼有關連的——Anubis、Duamutef、Wepwawet。也有些會引導你進入身後的世界——像在我們相遇之前的那些年裡，我早年的鬼魂陪伴妳。在倫敦和牛津所有的派對裡，注意著妳。我坐在妳對面看妳做功課，拿著一支大鉛筆。妳在半夜兩點鐘和喬佛瑞．克利夫頓在牛津聯合圖書館相遇時，我也在那裡。所有的人把大衣丟在地上，而妳打著赤腳，像隻蒼鷺似地在其中找路走過。他在注意看妳，我也在看著妳，雖然妳並不知道我的存在，沒有理會我。妳那個年紀只會看到好看的男人，妳還不知道在妳所知範圍以外的一切。豺狼也還不習慣於在牛津當個護花使者，而我是一個看到我想要的之前會禁慾的人。妳身後的那面牆上全是書本。妳的左手捏著掛在妳頸上的一串長長珠鍊。妳的赤腳找路前行。妳在找什麼東西。那時候妳比較胖些，雖然以大學生活來說已經夠美了。

在牛津聯合圖書館裡有我們三個人，但是妳只見到喬佛瑞．克利夫頓。那是一場如旋風般的愛情，他竟然會在北非的一些考古學家手下工作。「我跟個很奇怪的老傻瓜一起工作。」妳母親對妳的冒險覺得很開心。

但是那隻豺狼，那個「開路的」，名叫Wepwawet或是阿爾瑪西的靈魂和你們兩個一起站在那個房間裡。我的雙臂交叉在胸前，看著你們努力熱切地寒暄，之所以會這麼困難，是因爲你們都醉了。但了不起的是，儘管是半夜兩點鐘的醺然狀態下，你們兩個卻都認清了對方更永恆的價値和快樂。你們可能是和別人一起來的，說不定那天晚上也會和別人一起度過，但你們兩個都找到了你們的宿命。

半夜三點鐘，妳覺得妳必須離開了，可是妳找不到一隻鞋子。妳把另外那隻鞋子拎在手裡，是一隻玫瑰色的舞鞋。我看到一隻鞋半埋在我附近，就撿了起來。看那鞋的光澤，這雙顯然是很受喜愛的鞋子，還留有妳的趾痕。謝謝你，妳說著接過鞋子，轉身離去，甚至沒有看我的臉。

我相信這件事，當我們遇到我們愛上的人時，我們的靈魂有一面是歷史學者，有一點自命博學的人，會想像或記得對方懵然無所知地過去的某次見面，就好像克利夫頓可能會在一年前爲妳開過車門，卻未理會他此生命定的人。但身體的每一部分想必爲對方準備好了，所有的原子想必都躍向同一個方向，要慾望產生。

我在沙漠裡居住了多年，漸漸相信這一類的事情。這是一個由很多小塊地組合起來的地方，一幅時間和水的錯視畫。豺狼有一隻眼看著後面，另一隻眼則看著你考慮要走的路。在他牙間是他送給妳的片段過去，等到所有的時間都完全發現的時候，就會證明那全都早已知曉。

她的眼睛看著我，對一切都已厭倦，那種可怕的疲累。當我把她從飛機裡拉出來時，她的眼光想看清她四周的一切。現在她的兩眼帶著警戒的神色，好像在保護著裡面的什麼東西。我移得靠近了些，跪坐著。我俯身向前，把舌頭舔上右邊的藍色眼睛，嚐到一絲鹹味。花粉。我把那味道帶給她的嘴。然後是另一隻眼睛。我的舌頭舔著細緻而透氣的眼球，擦去了那藍色；等我退回來時，她的眼光中有一抹白。我扳開她的嘴，這次我讓手指伸得更深些，將她的牙齒也扳開，她的舌頭「縮著」，我得把她的舌頭向前拉出。有那麼一線，一絲死亡的氣息在她裡面。幾乎已經來不及了。我俯身向前，用我的舌頭把那藍色花粉傳到她舌頭上。我們這樣接觸了一次。什麼結果都沒有。我退回來，深吸一口氣，然後再向前。在我碰到舌頭時，裡面抽動了一下。

然後那可怕的咆哮聲，既暴烈又親密地從她那裡出來衝向我。她如有電流通過似地渾身顫抖。她由坐著的姿勢倒向有岩畫的岩壁。那個生物進入了她體內對我撲來又跌倒，洞穴裡的光似乎越來越少，她的頸子東倒西歪。

我知道惡魔會有些什麼招式，我從小就學到惡魔情人的事。我聽說一個美麗的妖女會到年輕人的房間裡。而他，如果夠聰明的話，就會要她轉過身去，因爲惡魔和女巫都沒有背，只有他們希望讓你看到的一面。我到底做了什麼？我把什麼樣的野獸送進了她體內？我和她說了我想大概有一個多小時。我是她的惡魔情人嗎？我以前是麥杜克斯的惡魔朋友嗎？這個國家——是不是我測繪之後將這裡變成了戰場？

要死在一個神聖的地方是很重要的。這是沙漠的祕密之一。所以麥杜克斯走進索美塞特的教堂，一個他覺得失去其神聖性的地方，在那裡遂行了他相信是神聖的行爲。

當我把她翻轉身來時，她整個身體都讓亮麗的顏色蓋滿。草葉和石頭和光還有阿拉伯膠樹的灰使她永恆。那具胴體緊貼在神聖的色彩上。只有眼睛的藍色抹消了，變得隱匿，一張空白的地圖，上面什麼也沒有，沒有湖的註記，沒有黑色的群山如波爾庫—恩內第—提伯斯提山脈北方所有的那樣，也沒有黃綠色的扇形標出尼羅河流進非洲邊緣亞力山卓的地方。

還有所有那些部落的名字，那些信仰虔誠的遊牧民族，走在單調的沙漠裡，看到亮麗和信仰以及色彩，像看到一塊石頭或找到金屬盒子或骨頭，就能成爲所愛的，並且以祈禱使之永恆。這個國家的這等榮光，現在她進入其中，成爲箇中的一部分。我們死的時候包含著愛人和部落的豐盈、我們吐嚥過的味道、我們曾投身其中並且如智慧之河般泳過的胴體、如樹般攀爬過的性格、如洞穴般躲藏其中的恐懼。我希望我死時所有的這一切都印在我的身上。我崇信這種地圖——由自然標註的，而不是像有錢的男女在大樓刻上名字那樣把我們自己標註在地圖上。我們是公有的歷史，公有的書籍。我們並不只單屬於我們的口味或經驗。我所懇求的只是能走在這樣一塊沒有地圖的土地上。

我把凱瑟琳·克利夫頓帶進沙漠裡，那裡有月光的公有書本。我們在那些井的輕語之中。在風的殿堂裡。

阿爾瑪西的臉倒向左側，兩眼空睜著——也許在看著卡納瓦吉奧的膝蓋吧。

「你現在要點嗎啡嗎？」

「不要。」

「有沒有什麼要我給你拿來的東西呢？」

「沒有。」

十、八月

卡納瓦吉奧由樓梯上走下來，穿過黑暗，進了廚房。桌子上有些芹菜，一些根上還帶著泥土的蕪菁。唯一的光亮來自於漢娜剛生起的火。她背對著他，也沒聽見他走進來的腳步聲。在別莊的這些日子讓他的身體放鬆了，解除了他的緊張，因此他顯得壯大了許多，手勢也大了。只有他行動的悄無聲息還仍然未變。否則他現在有種懶散的感覺，一種昏然欲睡的神情。

他拉開一把椅子，這樣她就會轉過身來，知道他進了那個房間。

「哈囉，大衛。」

他舉起一隻手。他覺得自己在沙漠裡待得太久了。

「他還好吧？」

「睡著了。說話說得累垮了。」

「他是你所想的那個人嗎？」

「他沒問題，我們就隨他去吧。」

「我想也是。醃鯡魚和我都很確定他是英國人。醃鯡魚認爲最好的人都很古怪，他就跟這樣的一個人共事過。」

「我倒覺得醃鯡魚也是個古怪的人。對了，他人呢？」

「他在陽台上安排些什麼，不想讓我知道。給我過生日的事吧。」在爐子前蹲著的漢娜站了起來，把手在另外那隻手臂上擦了擦。

「爲了妳的生日，我要跟妳說一個小故事。」他說。

她望著他。

「不要講派屈克的事，好吧？」

「和派屈克有點關係，主要是妳的事。」

「我現在還是不能聽這些故事，大衛。」

「做父親的死了，兒女還是會一直盡其所能的用各種方式愛他們。妳不能把他藏在妳心裡以外的地方。」

「等嗎啡的藥效過了再來跟我說話。」

她走到他面前，伸手摟住他，踮起腳來吻了下他的臉頰。他將她緊緊抱住，鬍渣如砂紙般磨擦著她的皮膚。她喜歡他現在這個樣子，他以前一向很講究打扮，派屈克曾說他頭髮的分線就像是午夜的尤吉街。現在他的臉和身子都長了肉，再加上花白的鬚髮，他成了一個很友善的人類。

今夜的晚飯是由那個工兵做的。卡納瓦吉奧對此不抱什麼期望。對他來說，三頓裡有一頓吃不好就是損失。醃鯡魚喜歡蔬菜，幾乎都沒有怎麼烹煮，只是在熱湯裡汆燙一下。這又是一頓清心寡慾的晚餐。卡納瓦吉奧在過了必須要聽樓上那個人說話的一天之後，想吃的絕不是這種菜。他打開水槽下方的櫃子，那裡有一些包在濕布裡的肉乾，卡納瓦吉奧切了些下來放進口袋裡。

「你知道，我可以讓你們戒掉嗎啡。我是個護士呢。」

「妳四周圍全是瘋子。」

「不錯，我想我們全都瘋了。」

聽到醃鯡魚在叫他們，他們走出廚房，到了陽台上。陽台四周的石頭矮欄杆整個一圈都亮著光。以卡納瓦吉奧看來那好像是一長串小小的蠟燭形燈泡，是在那些滿是灰塵的教堂裡用的，而他覺得這個工兵把這些東西從小禮拜堂裡拿出來，實在是太過分了點，哪怕是爲了給漢娜過生日。漢娜兩手捂著臉慢慢地走上前來。她的兩條腿由她長衫的裙子裡伸出來，球鞋無聲地走在石頭地上，好像那是淺淺的水。

「我挖土的時候一直在找死了的貝殼。」那個工兵說。

他們仍然不明白是怎麼回事。卡納瓦吉奧彎下身子去看那些閃動的光，那全是裝滿了油的蝸牛殼。他看著那一長排，想必有四十個。

「四十五。」醃鯡魚說，「是本世紀到目前爲止的年分。在我的家鄉，我們像慶祝自己的生日一樣慶祝每一個年分。」

漢娜沿著那排光點走過去，現在她的兩手插在口袋裡，正是醃鯡魚喜歡看她走路的樣子。那樣放鬆，好像她晚上把兩臂另外收了起來似的，現在只是沒有手臂地動著。

卡納瓦吉奧卻因爲沒想到有三瓶紅酒在桌上而分了心。他走了過去看瓶上的標籤，驚異地搖了搖頭。他知道那個工兵一點酒也不喝的。三瓶酒全都打開了，醃鯡魚想必在圖書室裡找了一些參考書。然後他看見了玉米和肉還有馬鈴薯，漢娜挽起醃鯡魚的手，和他一起往桌子這邊走來。

他們又吃又喝，沒有想到酒濃得像肉在舌頭上。他們很快地就瘋狂地以酒敬那個工兵——「偉大的糧秣徵收員」——也敬那個英國病人。他們彼此敬酒，醃鯡魚拿著他那杯水加入他們。就是這時候，他開始談起他自己的事。卡納瓦吉奧催促他繼續往下講，卻並沒有一直注意聽，有時站起身來，繞著桌子走，踱來踱去，對這一切感到很開心。他希望這兩個人結婚，想用話逼他們去做這件事，但他們對他們的關係有自己一套很奇怪的規矩。他扮演這個角色做什麼？他又坐了下來，不時注意到有一盞燈熄了，蝸牛殼裡只能裝那麼多油。醃鯡魚會起身在殼裡重新添滿粉紅色的石蠟油。

「我們得讓這些燈點到半夜。」

然後他們談到那麼遙遠的戰爭。「等到和日本人打的仗結束之後，每個人都終於可以回家了。」醃鯡魚說。「那你會去哪裡呢？」卡納瓦吉奧問道，那個工兵轉動著頭部，半是點頭，半是搖頭，嘴邊露出微笑。於是卡納瓦吉奧開始說話，大部分是對著醃鯡魚說。

那隻狗小心地走近桌子，把頭枕在卡納瓦吉奧的懷裡。工兵請他再講一個關於多倫多的故事，好像那是個特別奇怪的地方。淹沒全城的雪，結滿港口的冰，夏天的渡船有人在那裡聽著音樂會。但他眞正感興趣的是和漢娜的性格有關的線索，雖然她躲躲閃閃地，總把卡納瓦吉奧引開，不讓他談到和她生命中某些時刻有關的故事。她希望醃鯡魚只認識現在的她。一個比她當年還是小女孩或年輕女子時更多缺點或更為慈悲或更加堅強或更為執著的她。在她的生命中，有她的母親愛麗絲，她的父親派屈克，她的繼母克拉拉，還有卡納瓦吉奧。她已經向醃鯡魚承認了這些名字，好像那些是她的憑證，她的嫁奩。那些都是沒有結果的，不需要討論。她用這些名字，就像她引用書裡的權威說法來談煮蛋的正確方法，或是把蒜頭加入羊排的正確方式。都是不容置疑的。

現在——因為他喝得相當醉了——卡納瓦吉奧說起她唱〈馬賽曲〉的事，這事他以前也跟她說過，「不錯，我聽過這首歌。」他哼了一段。「不對，你得唱出來，」漢娜說：「你得站著唱。」

她站了起來，脫掉球鞋，爬到桌子上。在桌面上她的赤腳邊有四個蝸牛殼在閃著將熄的火光。

「這是為你唱的。你就應該學著這樣唱法。醃鯡魚，這是為你唱的。」

她向著他們那些蝸牛殼的燈光之外的黑暗高歌，向著英國病人房間的那一方亮光之外，有絲柏搖動的黑暗天空高歌。她的兩手由口袋裡拿了出來。

醃鯡魚在軍營裡聽過這首歌，都是一群群的人合唱，每每是在很奇怪的時間，比方說是在一場即興的足球賽之前。而卡納瓦吉奧在戰爭的最後幾年聽過，始終不喜歡這首歌，也不喜歡聽到這首歌。在他心裡，還存留著多年前漢娜所唱的那個版本。現在他很開心地聽著，因為又是她在唱了，但是他的開心因她唱的方式而告瓦解。不是她十六歲時那樣的熱情，而是迴響在她四周黑暗中那圈明滅不定的光裡。她唱來好似有什麼擔驚受怕的，好像再也不可能把這首歌裡所有的希望帶出來。產生這種改變的是在本世紀第四十五個年頭她過二十一歲生日之前的那五年時光。唱歌的聲音有如一個疲倦的旅人，獨自對抗著一切，一種新的誓約。歌聲中沒有了那種自信，歌者只有一個聲音來和如群山般的力量相抗衡。只有這麼一點確定。那個聲音是一件沒有遭到汙染的東西，一首蝸牛殼燈火的歌。卡納瓦吉奧知道她在和那個工兵的心同唱，也回應了他的心聲。

在帳篷裡，有些夜晚沒有交談，有些夜晚充滿了談話。他們永遠不知道會是哪種情況，誰過往的片段會浮現，或是在他們的黑暗中的觸摸會不會無聲無息。她身體的親密，或是在他耳中聽到她的肢體語言——他們躺在他堅持每晚要吹大來使用的氣墊枕上。他對這件西方的發明很著迷。每天早上很盡責地把氣放掉，折成三疊，像他到義大利之後每天所做的那樣。

在帳篷裡，醃鯡魚貼靠著她的頸子，他在她的指甲搔過他肌膚時全身放鬆。或是他的嘴貼著她的嘴，他的腹部貼著她的腰。

她唱歌，哼歌。在他黑暗的帳篷裡，她想像他是半人半鳥——他體內有種羽毛的特質，他手腕上那冰冷的鋼環。他每次和她在這種黑暗中時都會睡意朦朧地動著，不像這個世界那麼快。但在光天化日之下，他卻在周圍不管是什麼之間迅速穿過，像色彩在色彩之上流動。

但是在晚上，他卻變得遲鈍，她若不看他的眼睛就看不到他的秩序和紀律。沒有能開啓他的鑰匙，她所觸摸到的每一個地方都像一扇盲人點字的門。好像所有的器官、心臟、成排的肋骨，都能在皮膚下看得見，橫過她手的口水現在成了一種顏色。他比其他人都更清楚她的悲傷，就像她知道他對他那危險大哥的愛所擁有的一條奇怪路徑。「在我們血脈中就是要做個浪跡天涯的人，這就是爲什麼監禁對他的天性而言是最大的困境，而他犧牲生命也要求得自由。」

在那些會交談的夜裡，他們行過他那有五條大河的祖國。索特列治河、傑倫河、拉維河、契那布河、比斯河。他引導她進入錫克教徒禮拜的謁師所，脫去她的鞋子，看著她洗腳，蒙住頭。他們進入的那間廟建於一六〇一年，一七五七年被毀，馬上又重建，一八三〇年加上金箔和大理石。「如果我在早晨之前帶妳去的話，妳首先會看到霧籠罩在湖水上，然後霧氣消散，露出在天光中的廟宇。那時妳會已經聽見頌讚聖者——羅摩難陀、那納克、卡比爾——的讚美詩。歌唱是禮拜的中心，妳聽見歌聲，聞到寺廟花園的果香——石榴、橘子。廟宇是生命之河中的天堂，是人人可去的，是一艘橫渡無知之海的船。」

他們度過黑夜，穿過銀色的門進入廟宇，裡面有聖典放置在一個繡花的天篷下。信眾在樂師的伴奏下唱著聖典中的詩篇，他們由凌晨四點一直唱到夜裡十一點。聖典是任意打開的，選出一段來，在湖上的霧氣消散，顯現出金廟之前的三個小時裡，這些詩句交織成毫不間斷的吟誦。

醃鮮魚帶她走到一個池塘邊去看廟中第一位住持巴巴·古吉亞吉葬身的樹廟。一棵有信徒崇拜的古樹，樹齡高達四百五十年。「我母親到過這裡，將一條繩索繫在枝椏上求子，生了我哥哥之後，又再來求第二個。在旁遮普到處都有神樹和魔水。」

漢娜很安靜。他知道她心裡有多黑暗，她沒有孩子和信仰。他一直在她悲傷之地的邊緣上哄著她。失去了孩子，失去了父親。

「我也失去了一個像父親的人。」他這樣說過。但是她知道她身邊的這個男人總能逢凶化吉，而且生來是個局外人，所以能更易他效忠的對象，取代損失。有些人會因爲不公而遭摧毀，有些人卻不會。若是她問他，他會說他日子過得很好——他哥哥在牢裡，他的同僚被炸死，而他每天在這場戰爭中冒著生命危險。

這類人雖然很好心，卻也是不公得可怕。他可以整天在一個土坑裡拆除一枚隨時可能送掉他小命的炸彈，能參加另一個工兵弟兄的葬禮後回家，心情悲傷，但不論他四周的考驗是什麼，他都有解決方法，都能見到光明。但她卻什麼也看不見。在他來說，命運有各式各樣的地圖，而在阿木里查的廟裡，各種信仰和階級的人都受到歡迎，在一起吃飯。她自己就可以把錢或花放在那張鋪在地面的布上，然後參與那偉大而恆久的吟唱。

她希望能那樣。她的本質就是一種天生的傷感，他本人就會讓她進入他性格的十三扇門裡任何一扇，但是她知道，如果他身陷險地的話，絕不會轉身面對她。他會在自己四周創造出一個空間，然後集中精神，這是他的技法。他說，錫克教徒在技術方面非常傑出，「我們和機械之間有種神祕的接近……，叫什麼來著？」「親和性。」「對，和機器有親和性。」

他會迷失在其中幾個小時，晶體收音機裡音樂的節奏重擊著他的額頭，進入他的頭髮。她不相信自己能完全託付給他，成爲他的情人。他動得很快，使他可以用別的東西取代損失，那是他的本性，她不想加以月旦。她有什麼權利呢？醃鯡魚每天早上走出去，背包掛在左邊肩膀上，走上那條離開聖吉諾拉摩別莊的小路。她每天早上看著他，看著他可能是最後一次對世界充滿了活力。幾分鐘之後，他會抬頭望進被榴彈炮打傷了的那些絲柏樹，那些樹中間的枝椏都給彈片削掉了。普林尼想必走過像這樣的小徑，或者斯丹達爾也走過，因爲《巴馬修道院》裡的很多段落也都發生在世界的這一部分。

醃鯡魚會抬頭觀看，那些受了傷的樹高高地在他的上方，他面前的那條小徑是中世紀的，而他這個年輕人從事的卻是他這個世紀新創出來最奇怪的職業：工兵，一個軍方的工程師專門尋找和拆除地雷。他每天早上從帳篷裡出來，在花園裡洗澡穿衣，然後離開別莊和周邊的地方，甚至不進那棟房子——如果看見她的話，可能揮揮手——好像語言、人情等等都會阻礙他如血液般進入他必須了解的機械裡。她會看見他在離房子四十碼外，在沒有遮擋的小徑上。

在那一刻，他把他們全留在後面。在那一刻，吊橋在武士身後拉了起來。只剩他一個人和他自己獨特才能的平靜。在西恩拉，有一幅她看過的壁畫，畫的是一個城市。在城牆外幾碼的地方，畫家所畫的碎落了。所以即使藝術也無法爲離開城堡的旅人提供一塊果園，而她覺得那正是醃鯡魚白天會去的地方。每天早上他都會由畫出的場景走向混沌的黑暗斷崖。那個武士。那個聖戰士。她會看見卡其軍服在絲柏樹間閃動。那個英國人稱他是fato profugus——命運的逃犯。她想他在這些日子開始很快樂地抬眼去看那些樹了。

他們在一九四三年十月初把那些工兵用飛機送到那不勒斯。他們都是從已經在南義大利的工程部隊中選出來的頂尖好手，醃鯡魚也在那三十個人中間，給送進了那個布滿詭雷的城市。

在義大利作戰的德軍籌畫了歷史上最精采也最可怕的撤退之一。聯軍的推進原先只需要一個月的，卻整整花了一年的時間。路上有火。工兵們站在卡車的擋泥板上，隨著部隊前進。他們的兩眼搜索著新近翻動過的土地，因爲那表示可能埋有各式各樣的地雷。推進的速度不可能地緩慢。再北邊的山區裡，加里波第共黨集團的游擊隊繫著紅領巾爲標誌，也在路上布下炸藥，在德國軍車經過時引爆。

在義大利和北非所埋下的地雷數量大到難以想像。在奇士馬約—阿富瑪杜路口找到兩百六十枚地雷。在奧摩河大橋地區有三百枚。一九四一年六月三十日，南非工兵於一天之內在麥薩馬特魯埋下兩千七百枚馬克II型的地雷。四個月後，英軍在這裡清除了七千八百零六枚地雷，放在別處。

地雷用什麼做的都有。四十公分的鍍鋅鐵管裡裝滿炸藥，放在軍車行經的路上。放在木盒內的詭雷留在人家裡，管狀地雷裡裝的是硝化甘油、金屬碎片和釘子。南非的工兵把鐵和硝化甘油裝進四加侖的汽油桶裡，可以炸燬裝甲車。

在城市裡的情形更壞，沒有受多少訓練的拆除小組從開羅和亞力山卓運出。第八師變得非常有名，他們於一九四一年十月在三個禮拜裡拆除了一千四百零三枚爆炸力極強的炸彈。

義大利比非洲的情形更糟，那些有定時裝置的引信古怪得如噩夢一般。以彈簧啓動的裝置和那些單位受訓時所看到德軍的那套完全不同。工兵們進入市區時，走過的街道上都有屍體吊掛樹上或建築物的陽台下，德國人通常爲一個被殺的德國人殺掉十個義大利人來報復。有些吊掛的屍體裝上詭雷，不得不在半空中引爆。

德軍於一九四三年十月一日撤出那不勒斯。在先前九月的聯軍突擊時，數百名居民逃離，住在城外的山洞裡。德軍撤退的時候炸燬了山洞的入口，逼使那些居民留在地下，爆發了傷寒流行。在港灣裡，鑿沉的船隻都在水下裝上了詭雷。

那三十名工兵走進了一個布滿詭雷的城市。很多公共建築的牆裡都封進了定時炸彈，幾乎每輛車子都裝了炸彈。工兵們變得隨時對隨便放在一個房間裡的任何東西都會懷疑。桌上的所有東西，只要不是面對「四點鐘方向」的，他們都不信任。戰後多年，當過工兵的人還會在把筆放在桌上時一定要讓粗的那頭向著四點鐘方向。

那不勒斯繼續成爲戰區達六週之久，這段時間醃鯡魚和那個單位一直都在那裡。經過兩週之後，他們發現了在山洞裡的居民，他們的皮膚因爲沾著排泄物和感染傷寒的緣故而發黑。送他們回城進醫院的隊伍像鬼魂一樣。

四天之後，中央郵局炸毀了，死傷了七十二人。那裡有收藏得最豐富的中世紀文件則早在檔案室裡遭到焚燬。

十月二十日，在電力恢復的三天前，有個德國人前來自首。他告訴當局說在這個城市的港區藏有幾千枚炸彈，都有線路和目前是休眠狀態的電力系統連接，一旦電流接通，全城會陷入一片火海之中。他被盤問了七次以上，使用各種不同程度的審訊技巧和暴力——直到最後當局對他的供詞仍然無法證實。這次城市的那個區整個疏散一空，孩童和老人，那些幾乎快死的人、孕婦，那些從山洞裡救出來的人、動物、值錢的吉普車，由醫院出來的傷兵、精神病患，修道院裡出來的護士、僧侶和修女，到了一九四三年十月二十二日的晚上，只剩下十二名工兵還留在那裡。

電力準備在第二天下午三點鐘接通。這些工兵裡沒有一個以前曾留在一座空城裡過，這幾個鐘點成爲他們生命中最怪異，也最令人不安的一段時間。

那個晚上，雷雨掃過托斯卡尼。閃電落向地上升起的金屬或尖頭的物體上。醃鯡魚總是在晚上七點鐘左右沿著那兩行絲柏中間的黃色小徑走回別莊。如果會打雷的話，就都是在這時候開始。這種中世紀的經驗。

他好像很喜歡這種時間上的習慣。她或是卡納瓦吉奧會看到他在遠處的身影，在回家的途中停下來回望著山谷裡，看雨在他身後還有多遠。漢娜和卡納瓦吉奧回到屋子裡。醃鯡魚繼續他那半哩上坡的路，走在那條緩緩彎向右方，然後又緩緩彎向左方的小徑上。聽得到他靴子踩在卵石上的聲音。一股股強風追上了他，吹向那些絲柏樹，使樹歪倒。而風直吹進他襯衫袖子裡。

在他繼續向前走的十分鐘裡，始終不確定大雨會不會追上他。他會在感到雨淋之前先聽到雨聲，落在乾草上，落在橄欖樹的葉子上。但現在他是在那令人神清氣爽的一大陣山風中，在暴風雨來之前。

即使雨在他回到別莊之前就落下來了，他也還是繼續用同樣的步伐前進，只把橡皮雨衣蓋住背包，躲在雨衣裡往前走。

他在帳篷裡聽到雷聲。霹靂地在頭上炸響，像車輪般滾動消失在山裡。一道如陽光般的閃電由帳篷壁照了進來，總讓他覺得比陽光更亮。閃光中含有磷光，像機器似地，和他在訓練課堂和晶體收音機裡聽到的一個新名詞有關，就是「核能」。他在帳篷裡解開濕了的頭巾，擦乾頭髮，再纏上另一條新的頭巾。

暴風雨由皮德蒙出來，往南又往東。閃電落在那小小的高山教堂尖塔上，教堂裡的畫重現耶穌受難和聖母瑪利亞的聖跡。在瓦雷瑟和維拉洛等小鎮上，閃電照見了那些描述聖經中的場景、在十七世紀刻成的巨大神像。受折磨的耶穌基督被綁住的雙手拉向後方，鞭子打下，狗在吠叫，另外一個禮拜堂裡的聖畫中，三名士兵正把十字架向畫著的雲豎立起來。

坐落在山裡的聖吉諾拉摩別莊也同樣承受到這一陣陣的光亮——黑暗的走廊、那個英國人躺著的房間、漢娜正在生火的廚房、關閉的小禮拜堂——都突然亮了起來，沒有陰影。在這樣的雷雨中，醃鯡魚毫不在乎地在他那塊花園的樹下走來走去，會被閃電擊斃的危險和他每天生活中的危險比起來實在小得可憐。他所見過的幾個山邊小禮拜堂裡的那些天眞的天主教聖像和他一起在半明半暗中，他在默數著閃電和雷聲之間有幾秒鐘。也許這座別莊也是一幅類似的聖畫，他們四個人各自的動作，在那一剎那間被照亮了，很諷刺地襯在這場戰爭前。

留在那不勒斯的那十二名工兵分散開來走進城裡。他們整夜打開封閉的隧道，進入大水溝，尋找可能連上中央發電機和引信的線路。他們預定下午兩點鐘，也就是電力接通的一小時前搭車離城。

一個只有十二個人的城市，每個人各在城裡不同的部分。一個在發電機，另一個在蓄水池，仍然潛在水下——高層深信破壞行動會是水淹全城。怎麼埋下全城俱毀的地雷？最讓人緊張的是那種寂靜，他們能聽見人類世界的聲音只有從街上公寓大樓窗戶裡傳出來的狗叫和鳥鳴。等時候到了，他要進到一間有鳥的房間去。那是在這個眞空中有點人味的東西。他經過國立考古博物館，裡面收藏著龐貝和赫庫藍尼姆兩座古城的遺物。他曾經看過凝結在白色灰燼中的那隻古代的狗。

綁在他左臂上那盞紅色的工兵用照明燈在他走路時開著，是在卡波納拉路上唯一的光源。他因爲整夜搜索而筋疲力盡，現在好像也沒什麼可做了。他們每個人都有一具無線電話，但僅限於在有緊急狀況時使用。最讓他感到疲累的是那空曠廣場上可怕的死寂和那些乾涸了的噴泉。

下午一點鐘，他循路走向已毀的聖喬凡尼·卡波納拉大教堂，他知道那裡有座小的聖母禮拜堂。幾晚前他曾在那座教堂裡走過，閃電照亮了黑暗，他看見聖畫中兩個巨大的人形。一個天使和一個女子在一間睡房裡，閃亮了一下之後又被黑暗籠罩。他坐在一張長椅上等著，但沒有再顯出過。

現在他由那個角落走進教堂。那裡的陶像都塗成白人的膚色。那個場景是一間臥房，有個女子正和天使對話，那個女子鬈曲的棕髮露在藍色的披風下，左手的手指觸著胸骨。等他往前走進房間裡時，才發現一切都非常巨大，他的頭剛及那個女子的肩膀，天使伸起的手臂足有十五呎高。但是，對醃鮭魚來說，終究還是一個伴。這是一個有人在的房間，而他走進他們的對話之中，見證了人和天堂之間的傳說。

他把背包由肩上卸下，面對著那張床。他很想在床上躺下來，只是因爲有那個天使在，才使他猶豫不前。他已經繞過了那天使的身體，注意到背後暗色翅膀下附著滿布灰塵的彩色燈泡，知道儘管有想睡的慾望，但有這麼一個東西在場的話，他也不可能睡得好的。那裡一共有三雙舞鞋，一組設計師的巧妙裝置，由床下露了出來。時間已近一點四十分。

他將斗篷鋪在地上，把背包壓平成一個枕頭，然後在石板地上躺了下來。他童年在拉合爾大部分時間都是睡在他房間地下的一張蓆子上。事實上，他始終還沒習慣睡西式的床，他在帳篷裡只用一張草蓆和一個氣枕，但在英國和舒福克爵士住在一起時，他整個人很痛苦地沉進像麵糰一樣軟的床褥中，困在其中無法成眠，最後只好爬下床來睡在地毯上。

他在床邊躺直了身子，他注意到那幾雙鞋子也特別的大。女戰士的一雙大腳穿在裡面，在他頭上是那個女子略帶猶豫的右臂，在他腳後是那個天使。不久之後，有一個工兵會把這個城市的電力接通。如果他會給炸死的話，至少是在這兩個的陪伴之下。他們也許會死，也許很安全，反正他也再沒什麼可做了。他已經忙了一整夜，對炸藥和定時裝置等等做最後的搜查。不知道是四周的牆會坍塌下來，還是他可以走在一個亮著燈的城市裡。至少他找到了這兩尊如父母一樣的形體，他可以在他們默劇般的交談間放鬆心情。

他把兩手枕著頭，看到天使的臉上有種他之前沒注意到的堅毅表情，他被天使手裡拿著的白花騙了，那個天使也是一名戰士。在這一連串的想法之中，他閉上了眼睛，屈服於疲累。

他四仰八叉地躺著，臉上帶著微笑，好像終於能睡覺讓他鬆了口氣，好像這是件奢侈的事。他的左手掌心向下壓在水泥上，他頭巾的顏色呼應著聖母頸部的蕾絲領子。

在她腳下那瘦小的印度工兵，穿著軍服，睡在那六隻鞋子旁邊。這裡好像沒有時間的存在，每個人都選擇了最舒服的位置來忘記時間。所以我們會讓別人記得，這種讓人微笑的自在，是因爲我們信任我們周遭的一切。這個場景，現在加進了醃鮮魚睡在那兩個形體的腳下，讓人覺得他們是在爲他的命運辯論，他們抬起陶土的手臂確定要給這個像孩子一樣睡在這裡的外國人一個美好的未來。這三個幾乎是在決定的那一點，彼此同意。

在那一層薄薄的灰塵下，那個天使的臉有種強而有力的歡欣。接在他背上的是六個燈泡，兩個壞掉了。但雖然如此，奇妙的電力突然照亮了那對翅膀，讓那些血紅和藍色和金色以及芥末色等色彩在下午閃亮起來。

不論漢娜現在或未來在哪裡，她都會看見醃鯡魚身體的動線追隨著她的生命。她的心裡重複著這點。不論是他在他們之間穿越的那條路，或在他們中間變成一塊沉默的石頭。她回憶起那個八月天的一切——天空是什麼樣子，她面前那張桌子上的各種東西在雷聲中暗下去。

她看到他在野地裡，兩手緊抓在頭上，然後才想到那個姿勢不是因爲疼痛，而是需要把耳機抓緊貼在頭上。他在離她一百碼遠的低地上，她聽見一聲尖叫從他那在他們之間從來沒有提高過聲音的身體裡發出。他跪落在地，好像一下子垮掉了。他那樣跪了一陣，然後慢慢地站起身，斜斜地走向他的帳篷，進去之後，把帳篷門關了起來。一陣雷聲乾響，她看見自己的兩隻手臂變黑了。

醃鯡魚拿著步槍從帳篷裡出來，走進聖吉諾拉摩別莊，像遊戲機裡的鋼珠一樣由她身邊衝過，進了門，三級一步地上了樓梯，他的呼吸急促，靴子撞在樓梯板上。她聽到他的腳步聲沿著走廊過去，她仍繼續坐在廚房裡的桌子前面，那本書在她面前，還有鉛筆，這些東西都凝住不動而在雷雨前的天光中暗了下來。

他走進那間臥室，站在那個英國病人躺著的那張床的腳頭。

哈囉，工兵。

步槍的槍托抵在他胸口，揹帶繞在他曲起的手臂上。

外面出了什麼事嗎？

醃鯡魚看來一副絕望的表情，像脫離了這個世界，棕色的臉上淚流滿面。他轉過身子朝那古老噴泉開了一槍，灰泥炸開的塵土落在床上。他側轉身來，因此步槍的槍口對準了那個英國人，他開始顫抖，然後用盡全力來控制自己。

把槍放下，醃鯡魚。

他用力將背靠著牆來止住顫抖。飛揚的灰泥在他們四周。

在過去幾個月裡，我坐在床腳聽你說話，叔叔。我小時候也這樣，同樣的事情，我相信我能讓自己吸收年長的人所教給我的一切。我相信我能帶著這些知識，慢慢地改變，但無論如何會把那些傳給別人。

我是在我祖國的傳統之下長大的，但後來，更常學到的是你的國家的傳統。你那脆弱的白色島嶼，其風俗與禮儀與書本還有那種完美和理性，改變了世界其餘的地方。你們代表了準確的行爲。我知道如果我端起茶杯時用錯了手指，就會被驅逐出去。要是我領帶打結打錯了，我就完了。只是因爲有那些船杆就給了你們這種力量嗎？還是，像我哥哥說的，因爲你們有那些歷史和印刷術？

先是你們，然後是美國人改變了我們。用你們那些教會的規矩。印度的士兵浪費了他們的生命充英雄，好讓他們成爲pukkah（夠分量的）。你們把戰爭當板球打。你們怎麼把我們騙進來的？

喏……，聽聽你們的人幹了什麼好事。

他把步槍丟在床上，走向那個英國人，那架晶體收音機在他身側，掛在皮帶上。他解了下來，把耳機戴在那個病人黑色的頭上。英國人因爲頭皮上的疼痛而皺起了眉頭。但是那工兵讓耳機留在那裡，然後他走回來抓起了步槍。他看到漢娜站在門口。

一顆原子彈。然後又一顆。廣島，長崎。

他把槍口轉向那個壁龕。在山谷空中的鷹似乎刻意飛進瞄準線裡，若是他閉上眼睛，就看見滿是烈火的亞洲街道。大火燒過一個個都市，如一張燃燒的地圖。熾熱的颶風將遇到的人體捲起，黑影般的人類突然到了空中。這個西方智慧的戰慄。

他望著那個英國病人，戴著耳機，兩眼空茫，注意傾聽。步槍的準星由細瘦的鼻子一路向下移向喉結，在鎖骨上方。醃鯡魚停止了呼吸，將步槍以準確的角度拿好，絲毫不晃動。

然後那個英國人的兩眼回望著他。

工兵。

卡納瓦吉奧走進房來，伸手去攔他，醃鯡魚揮動槍托打中他的肋骨，像猛獸揮爪一擊。然後像是同一個動作的另一部分，他又恢復到像行刑隊似的姿勢，像他以前在印度和英國各個軍營裡見過的那樣，瞄準了那燒傷的頭部。

醃鯡魚，跟我說話。

現在他的臉是一把刀。由震驚和恐怖所引起的哭泣裡看見所有一切，讓周遭所有的全不一樣了。夜色可能降臨在他們之間，也可能是濃霧，而這個年輕人那對深棕色的眼光仍然能看到那剛暴露出來的敵人。

我哥哥告訴過我說，絕不要背對著歐洲。那些生意人，訂約的人，繪製地圖的人。他說，千萬不要信任歐洲人。絕不要跟他們握手。可是我們，啊，我們太容易感動了——因爲演講和勳章還有你們的各種儀式。在過去幾年裡我到底在做什麼？拆除引信，切斷妖魔的四肢。爲了什麼？爲了能有這個嗎？

什麼事呀？天老爺，跟我們說呀！

我把收音機留給你們，去呑下你們歷史的教訓。不要再動，卡納瓦吉奧，所有那些由國王和皇后以及總統所發表的文明演說……。這些抽象秩序的聲音。聞聞看，注意聽收音機，聞聞裡面那種慶祝勝利的味道。在我的國家裡，要是一個做父親的破壞了公理正義，你就殺了那個做父親的。

你不知道這個人是誰。

步槍仍然毫不動搖地對準了那燒傷的頭部。然後那個工兵把槍口抬向那個人的眼睛。

動手吧，阿爾瑪西說。

在這個現在和世界擁擠在一起的昏暗房間裡，工兵和病人的眼光相接。

他向那個工兵點了點頭。

動手吧，他不動聲色地說。

醃鯡魚退出彈匣，在彈匣開始掉落時一把接住。他把步槍丟在床上，一條蛇，取出了毒液，他看到漢娜站在邊上。

那燒傷的人把耳機從他頭上拿下來，慢慢地放在他面前，然後他的左手伸起來，拔掉了助聽器，丟在地上。

動手吧。醃鯡魚，我不想再聽了。

他閉上眼睛，沉入黑暗中，遠離了這個房間。

工兵靠在牆上，兩手抱在胸前，低垂下頭。卡納瓦吉奧能聽見空氣由他鼻孔吸進呼出的聲音，既快又重，像一個幫浦。

他不是個英國人。

美國人、法國人，我不在乎，只要你開始轟炸這個世界上的黃種人，你就是英國人。以前有比利時國王利奧波德，現在你們有美國那操他媽的杜魯門。你們全都是從英國人那裡學來的。

不對，不是他。錯了。在所有的人裡面大概他還是你那邊的。

他會說這無關緊要。

卡納瓦吉奧在椅子上坐了下來。他想道，他總是坐在這張椅子上。總是在這個房間裡，有晶體收音機傳來的細微聲響，收音機裡仍然發出像在水底的聲音。他無法轉過身去看那個工兵或是望向漢娜飄動的衣裳。他知道那個年輕士兵說得對。他們永遠不會把這樣一顆炸彈投擲在白種人的國家。

那個工兵走出了房間，留下卡納瓦吉奧和漢娜在床邊。他把他們三個人留給他們的世界，不再做他們的哨兵。將來，如果那個病人死了的話，卡納瓦吉奧和那個女孩會埋葬他。任憑死人埋葬他們的死人[19]，他始終不確定聖經上這句冷淡無情的話是什麼意思。

除了那本書，他們會埋葬一切。屍體、床單、他的衣服、那支步槍。不久之後，會只剩他和漢娜。而這一切的動機就在收音機上。由短波送出的一件恐怖大事。一個文明之死。

寂靜的夜晚，他能聽到夜鷹微弱的叫聲，還有牠們轉身時拍翅聲的悶響。絲柏樹聳立在他的帳篷之上，在這個無風的夜晚動也不動。他躺下來，瞪著帳篷裡黑暗的角落。一閉上眼，就看見大火，很多人跳進河裡和蓄水池裡，躲避在幾秒鐘之內會焚盡一切的烈焰或高熱，燒光他們所拿的東西，他們的皮膚、頭髮，甚至他們跳進去的水。那耀眼的炸彈是由飛機載著由海上飛來，經過東方的月亮，飛向綠色的群島，然後投下。

他沒有吃食物或喝水，無法吞嚥下任何東西，在天光消散之前，他清乾淨了帳篷裡所有的軍用物品，所有拆除炸彈的配備，也拆掉他制服上所有的標記。躺下來之前，他解開頭巾，把頭髮梳開，然後梳成一個髻，再躺了下來，看到帳篷面上的光漸漸消失，他的兩眼盯著最後一絲藍光，聽到風聲漸息，然後聽到夜鷹振翅的聲音。還有空中所有細微的聲響。

他感到全世界的風都被吸進了亞洲。他離開生涯中那麼多的小炸彈，朝向那個看來大小有如一個城市般的炸彈，大到讓人眼見周遭有那麼多人死去。他對這種武器一無所知，到底那是突然襲來的金屬和炸藥，還是沸騰的空氣將人體焚燒穿透。他只知道他覺得自己再也不能讓任何東西接近，不能吃東西，甚至無法喝陽台上石椅上的積水。他覺得自己無法由袋子裡掏出火柴來點燈，因爲他相信那盞燈會引燃所有的東西。在帳篷裡，趁著天光還未消失之前，他拿出他家人的照片來看。他的名字叫做寇爾帕·辛，而他不知道自己在這裡做什麼。

現在他在八月的酷暑中站在樹下，沒有綁頭巾，只穿著一件kurta（寬大長袖的無領襯衫）。他手裡什麼也沒有拿，只沿著樹籬的外緣走著，他的赤腳踩在草上或是陽台的石頭上，或是在一堆先前生火時留下的灰燼中。他的身體活在無眠狀態下，站在歐洲一處大山谷的邊緣。

她清早時看到他站在帳篷旁邊。前夜裡她曾經在林間找著看有沒有燈亮。在別莊裡的每個人那天晚上各自一個人吃飯，那個英國人什麼也沒吃。現在她看到那工兵的手臂揮出，而那些帆布牆有如一面帆布似地垮了下來。他轉身走向這棟房子，爬上台階到了陽台，然後消失了蹤影。

他在小禮拜堂裡經過那些被燒壞的長椅走向東端的半圓形壁龕，在以樹枝壓住的防水布下，停著那輛摩托車。他把蓋在車上的布拉掉。他蹲在摩托車旁邊，開始給鏈輪和齒輪上油。

漢娜走進那間沒有了屋頂的小禮拜堂裡時他正坐在地上，背和頭靠在車輪上。醃鯡魚。

他沒有說話，兩眼對她視而不見。

醃鯡魚，是我。我們和這事有什麼關係呢？

他在她面前如一塊石頭。

她跪下來和他同高，倒進他的懷裡，臉側貼著他的胸口，就這樣一動也不動。心在跳動。

因爲他始終一動也不動，她就縮回身子跪著。

那個英國人有次讀了一本書上的句子給我聽：「愛小得可以穿過針眼。」

他把身子歪向一邊離開了她，他的臉離一灘雨水只有幾吋的距離。

一個男孩和一個女孩。

當那個工兵拉開蓋在摩托車上的防水布時，卡納瓦吉奧俯身在欄杆上，下巴枕著小臂。然後他覺得自己受不了這棟房子的氣氛，就走了回去。那個工兵發動摩托車騎上去，而車子半跳起來，在他身下如同活了一般時，他並不在那裡，漢娜則站在旁邊。

辛摸了下她的手臂，讓車子滑出去，滑下斜坡，然後催了油門。

在到大門口的半路上，卡納瓦吉奧正在等著他，手裡拿著那支槍。他甚至沒有正式地舉起來對著那輛摩托車，那個男孩在卡納瓦吉奧走近他的路上時把車慢了下來。卡納瓦吉奧走到他身邊，伸手摟著他，很用力的擁抱。那個工兵第一次感到鬍渣刺在他的皮膚上，他感到被拉了過去，給抱在那堆肌肉裡。「我得學會怎麼想念你。」卡納瓦吉奧說。然後那個男孩把身子退開，卡納瓦吉奧走回房子去。

機器動了起來，勝利牌摩托車的煙和塵土以及碎石子在林間退開。摩托車跳過大門口的攔畜溝柵，然後他一路搖晃著出了村子，經過以極陡的角度嵌在斜坡兩側的花園的香味。

他的身子滑進已成習慣的位置，胸口雖未觸及油箱，卻與之平行，兩臂水平伸開呈現最沒有阻力的形狀。他向南行，完全避開佛羅倫斯。穿過格雷維，再到蒙提瓦基和安布雷，那些被戰爭和侵略忽略了的小鎮。然後，當一些新的山丘出現時，他開始爬上山脊朝科塔納駛去。

他循著入侵的路線往回走，好像他在把戰爭的線軸捲回去。這條路上不再因軍事行動而緊張。他只揀他認得的路走，看到他熟悉的城堡在遠方。他靜坐在勝利牌摩托車上，車子在他身下燃燒著疾駛行過鄉間的路。他沒帶什麼東西，所有的武器都留了下來。摩托車衝過每個村莊，從不爲城鎮或對戰爭的記憶而慢下來。「地要東倒西歪，好像醉酒的人，又搖來搖去，好像吊床。」[20]

她打開他的背包，裡面有一把手槍，用油布包著，因此在她打開來時，裡面的氣味就出來了。還有牙刷和牙粉，一本記事簿裡有些鉛筆的素描，包括一張她的畫像——她坐在陽台上，而他由那個英國病人的房間俯視下來。兩條頭巾、一小瓶漿糊，一盞有皮帶可供緊急時綁戴的工兵用照明燈。她將燈打開，背包裡充滿了血紅色的光。

她在側袋裡發現好幾件拆除炸彈用的工具，她都不想碰。用另外一塊布包起來的是她給他的那根金屬的插管，在她家鄉是用來從楓樹上取楓糖用的。

她由坍塌的帳篷底下找出一張想必是他家人的照片。她把那張照片托在手心裡，辛和他的家人。在照片裡，他的哥哥才十一歲。醃鮭魚站在哥哥身邊，八歲。「戰爭來時我哥哥和反英國的人在一邊。」

另外還有一本小小的記事本，裡面有一張各種炸彈的圖，還有一幅畫，畫中是一個聖人和伴著他的一名樂師。

除了拿在手裡的那張照片之外，她把所有的東西都放了回去。她把背包提著，穿過樹林，再走過涼廊，提進屋子裡。

每隔一小時左右，他就放慢速度停下來，朝風鏡上吐口唾沫，用襯衫袖子把灰塵擦乾淨。他又看了看地圖，他要到亞得里亞海，然後再往南。大部分的軍隊都在北方邊境。

他爬高進入科塔納，摩托車高亢的響聲圍繞在他四周。他把勝利牌摩托車騎上台階，直到教堂門口，然後走了進去，那裡有一座雕像，外面搭著支架。他想更靠近雕像的臉，但是他沒有步槍上的望遠瞄準器，而他的身子僵硬得無法爬上用鐵管搭成的鷹架。他像個無法進入親密家園的人似地在底下徘徊。他推著摩托車走下教堂外的台階，然後騎車穿過被炮彈炸毀的葡萄園，直朝阿雷瑟而去。

他在聖斯波克洛轉上一條彎彎曲曲的路進入山區，進入山中的霧裡，因此他必須慢到最低的速度。特拉巴里亞山口。他感到很冷，就把天氣摒諸思緒之外。最後山路升高到那一片白茫茫之上。霧氣沉在他的下方。他繞過了德軍把敵軍所有戰馬燒死的烏比諾，他們在這一帶打了有一個月；現在他幾分鐘就穿過了，只認得黑色聖母堂。戰爭把所有的大城小鎮都弄得差不多的樣子了。

他下到海岸邊，進入了嘉比斯海，也就是他看到聖母像由海裡出現的地方。他睡在山上一個可以俯視懸崖和海水的地方，靠近那尊塑像供奉的地方。這就是他第一天的終點。

親愛的克拉拉——親愛的Maman（媽咪）：

Maman是法文，克拉拉，一個圓圓的字，有摟抱的感覺，是一個甚至可以在大庭廣眾之間大聲叫出來的親密字眼，令人心安而永恆得有如一艘大船。雖然妳，在精神上，我知道還是一艘獨木舟。可以載著一個人四處去，幾秒鐘就可以進入一條小溪。依然很獨立，仍然很私密，不似一艘給妳旁邊所有人乘坐的大船。這是我多年來的第一封信。克拉拉，而我還很不習慣那些規矩。過去幾個月裡，我和其他三個人住在一起，我們之間的談話很慢，很隨便，現在我都不會用別的方式說話了。

年分是一九四一，多少？我一時忘了。但我知道月分和日期。就是我們聽說原子彈投在日本的第二天，感覺上像世界末日。從此以後我相信個人會永遠在和大眾作戰，如果我們可以把這件事合理化的話，那麼任何事都合理了。

派屈克死在法國一間鴿房裡。法國人在十七和十八世紀時把鴿房造得比大部分的房子更大，像這個樣子：

那道由上面往下三分之一處的水平線條叫做「鼠突」——為了防止老鼠跑上磚牆，以保鴿子安全。安全。安全得像鴿房。一個神聖的地方。在很多方面像一座教堂，一個令人心安的地方。派屈克死在一個令人心安的地方。

清早五點，他發動了那輛勝利牌摩托車，後輪將碎石子彈散出去。他仍在黑暗中，仍然無法分辨懸崖的那一片空無中哪一部分是海。因爲從這裡到南部的旅程中他沒有地圖，但是他能認出戰道，而且會順著海岸線走。等到有了陽光之後，他就能把車速加倍了。那些河流仍在他的前面。

下午兩點左右，他到達了奧托納，那是工兵部隊爲搭建倍力橋而差點在暴風雨中淹死在河裡的地方。開始下雨了，他把車停下，穿上橡皮雨衣。他在濕雨中繞著摩托車走了一圈。現在，在他旅行時，耳朵裡的聲音換了，沙沙的雨聲取代了呼號的風聲。水從前輪飛濺在他的靴子上，從風鏡看出去，一切都是灰色的。他不要想漢娜。在除了摩托車聲之外的寂靜中，他沒有想她。

每當她的容顏出現，他就將之抹消，拉著把手，讓摩托車晃動而必須專注在行車上。如果有什麼字句，都不會是她的，只會是這張義大利地圖上他騎車經過的地名。

他覺得在這飛逃中載負了那個英國人的身體。就坐在油箱上，面對著他，那具燒黑的軀體抱著他的身子，由他的肩頭面對過去，面對他們飛離的鄉野，那些向後退的義大利山丘上永遠不會再重建的陌生地方。「傳給你的話，必不離你的口，也不離你後裔與你後裔之後裔的口。」

那英國人吟誦以賽亞書的聲音響在他耳中，如同那個下午他談到羅馬那間教堂天花板上那張臉時的情形一樣。「當然有一百個以賽亞，有時你會想要看到他是一個老人——在法國南部的修道院裡都把他形容成有鬍子的老人，但他看來仍很有力量。」英國人在那間畫有壁畫的房間吟誦。「看哪，耶和華必像大有力的人，將你緊緊纏裹，竭力拋去。他必將你輥成一團，拋在寬闊之地，好像拋球一樣。」

他騎進大雨中。因爲他喜歡天花板上的那張臉，所以他也喜歡這些話。正如同他相信了那個燒傷的人和他所照看的那文明的草原，以賽亞和耶利米以及所羅門都在那燒傷的人床邊的書裡，他的聖書。他所喜歡的都用膠水貼進他自己的書裡。他曾經把那本書拿給工兵看，而工兵卻說我們也有一本聖書。

風鏡的橡皮邊在過去幾個月裡已經裂了，現在雨水充滿在他眼睛前面的空間裡，他得不戴著風鏡騎車，嘩啦的雨聲在他耳中猶如一片永在的海洋。他曲起的身子僵硬、寒冷，只覺得他那樣親密地騎乘的摩托車散發出熱，還有噴出的白煙，使他在穿過村莊時有如一顆流星，半秒的造訪，讓人許願。「因為天必像煙雲消散，地必如衣服漸漸舊了，其上的居民也要如此死亡。因為蛀蟲必咬他們，好像咬衣服，蟲子必咬他們，如同咬羊羢。」一個從烏維納特到廣島的沙漠的祕密。

他把風鏡摘掉時，車由彎道出來上了在奧芳托河上的大橋。就在他左臂抬起把風鏡拿開時，車子開始打滑。他丟下風鏡，穩住車子，但沒有注意在橋頭的彈起，他身下的摩托車向右傾倒在地。他突然隨著車子在那一層雨水上滑到了橋中央，金屬摩擦出的藍色火星圍繞在他的雙臂和臉的四周。

厚重的鐵片飛出去，由他肩頭擦過。然後他和車子轉向左邊，橋邊沒有欄杆，而他連人帶車飛出到水上，他和車子都側倒著，他的兩臂向後揮過頭上。雨衣由他身上脫落，脫離了機器和凡人，成爲空中的一部分。

摩托車和那個士兵跌在半空中，然後墜入水中，金屬的車身在他兩腿之間，他們一起摔了進去，切成一條白色的軌跡，消失不見，雨也落進河裡。「祂會把你拋在寬闊之地，好像拋球一樣。」

派屈克怎麼會到鴿屋裡去的？克拉拉？他的單位把燒傷的他丟下。燒得嚴重到他襯衫的扣子成了他皮膚的一部分，成了他胸口的一部分，我親過、你也吻過的胸口。我父親怎麼會給燒傷的呢？他滑溜得像條鱔魚，或者像妳的獨木舟，好像有魔法保護不受現實世界的傷害。他那甜美而複雜的純真，他是最不善言辭的人，我一直很奇怪會有女人喜歡他，我們女人通常喜歡身邊有能言善道的男人。我們都是很理性的人，是聰明人，而他通常很失落，舉棋不定，默然無言。

他是個燒傷的人，我是個護士，我本來可以照顧他的。妳可了解地理的可悲嗎？我本來可以救他的命，或至少可以陪他到最後，我對燒燙傷的事懂得很多。他一個人和鴿子與老鼠在一起待了多久？還有血和生命的最後幾個階段呢？鴿子在他身上，在他周圍打轉時撲著翅膀。在黑暗中無法入眠。他一向討厭黑暗。而他孤伶伶的一個人，沒有愛人或親人。

我恨透了歐洲，克拉拉。我想回家。回到妳的小屋和喬治亞灣的粉紅岩石。我會搭公共汽車到帕立灣。從大陸用短波無線電把訊息送往那些碟形天線。然後等著妳，等著看到妳在獨木舟裡的身影來把我從我們都背叛妳而進入的地方救出去。妳怎麼會那麼精明？妳怎麼會那樣有決心？

妳怎麼會不像我們一樣受騙？妳那樣一個追求快樂的人變得這麼聰明。是我們之中最純潔的，是最黑的豆子，最綠的葉子。

漢娜

那個工兵光著的頭冒出水面，大口吸進河面上所有的空氣。

卡納瓦吉奧用麻繩連到下一個別莊的屋頂做成一道單索橋。繩索這頭拴緊在那尊德米特里厄斯雕像的腰部，然後綁緊在井上。那條繩子只比底下那兩棵橄欖樹的樹梢高出一點，要是他失去平衡的話，就會跌落進橄欖樹那粗糙又骯髒的枝椏裡。

他踩了上去，穿著襪子的兩腳抓緊了麻繩。他有回很不經意地問漢娜說那雕像有多值錢？她告訴他那個英國病人說過所有德米特里厄斯的雕像都一文不值。

她封好信，站起身來，走到房間那頭去關窗子，就在這時候，閃電穿過山谷。她看到卡納瓦吉奧在半空中，正過了那道像一道深深傷口般貼在別莊旁的峽谷一半。她像在作夢似地站在那裡，然後爬到窗台上，在那裡坐了下來往外看。

每次有閃電的時候，雨就像凍在突然亮起的夜空中。她看到兀鷹飛進天空中，尋找著卡納瓦吉奧。

他走到一半時聞到了雨的氣味，然後雨開始淋了他滿身，纏著他，突然之間他的衣服變得很重。

她把手掌合成杯狀，伸出窗外，再把雨水梳進她的頭髮。

別莊飄在黑暗中。在那英國病人睡房外的走廊上，點著最後一支蠟燭，仍在夜裡亮著。每次他由睡夢中醒來睜開眼睛時，就看到那老舊的搖曳黃光。

對他來說，現在這個世界沒有聲息，就連光似乎也是個不需要的東西。他明天早上要告訴那個女孩說他睡覺的時候不要有燭光陪著他。

半夜三點鐘左右，他感覺到房間裡有人，他在一瞬間看到有個人影在他床腳靠著牆，或者也可能是畫在上面的，在燭光之外的黑暗枝葉中並不是很清楚。他喃喃地想發出聲音，是他想說的話，但只是一片寂靜，而那小小的棕色身影，也可能只是一個影子，一動也沒動。一株白楊。一個戴著羽飾的人。一個浮動的人影。他想道，他運氣不會好到能再和那個工兵說話。

難得那天夜裡他始終醒著，想看那個人影會不會朝他走來。沒有服用消除疼痛的藥片，他要保持清醒，一直到燭火熄滅，蠟燭的煙味飄進他的房間和走廊那頭那個女孩的房間裡。如果那個人轉過身來，他背上會有顏料，就是他悲慟中用力靠在牆上畫著的那些樹的地方。等到蠟燭熄滅了之後，他就能看到了。

他的手慢慢伸出去碰了下他的書，然後縮回來放在他黑黑的胸口。房間裡沒有其他動靜。

他在想她的時候到底是坐在哪裡？這麼多年之後。一塊歷史的石頭躍進水面，彈起來，在她和他老了之後再碰到水面沉下去。

他坐在他花園裡的什麼地方再一次想到他應該進屋裡去寫一封信，或是有一天到電信局去，塡好表格，想辦法和在另一個國家的她連絡。就是這個花園，這一方割下來乾了的草使他回想起他在佛羅倫斯以北的聖吉諾拉摩別莊中和漢娜、卡納瓦吉奧以及那個英國病人共度的那幾個月。他現在是一個醫生，有兩個孩子和一個充滿歡笑的妻子。下午六點鐘，他脫掉白袍，底下穿著的是黑色長褲和一件短袖襯衫。他關好診所的門，裡面的所有文件都用不同的東西壓著——石頭、墨水瓶、一輛他兒子不玩了的玩具卡車——以免被風扇的風吹走。他騎上自行車，踩著踏板走四哩路回家，穿過市集。只要可能，他就會把自行車拐到街上有陰影的地方。他已經到了突然覺得印度的太陽會讓他疲倦的年紀了。

他騎過運河邊那行楊柳，然後停在一帶小住宅區，解下他騎自行車用的褲腳夾，抬著自行車下了台階，走進他妻子照顧得好好的小花園裡。

今天黃昏有些事讓那顆石頭由水裡出來，在空中退回到義大利的那座山城去。很可能是因爲他下午治療那個小女孩被化學藥品燒傷的手臂，或是因爲那道一路長了棕色雜草的石階。他當時抬著自行車走上石階一半的地方，突然想了起來。那是他去上班的時候，所以引發他回憶的開關延遲到他進了醫院，做了七個小時看診和行政工作才觸發。或者是那個年輕女孩手臂上的燒傷。

他坐在花園裡。他望著漢娜在她自己的國家裡，她的頭髮長了些。她在做什麼呢？他總會看見她，她的臉和她的身體。但是他不知道她的職業是什麼，也不知道她在什麼環境裡，雖然他看得到她對周遭的人所有的反應，她彎下身和孩子說話，背後有一扇白色的冰箱門，背景是無聲的電車。這是他不知從何而來的有限天賦，好像有如影片，以默片的方式拍攝她，也只有她一個人。他無法辨識她四周的人，她的判斷。他能看到的只有她的性格，還有長長了的黑髮，一再垂落在她眼前。

他現在知道她永遠會有一張很嚴肅的臉。她已經由一個年輕女子成爲一個面容稜角分明的皇后，一個因爲想要成爲某一種人的慾望而改變容貌的人。他仍然喜歡她這一點。她的精明，還有她的容貌和美麗不是遺傳來的，而是搜尋得來，也會始終反映出她當時那個階段的性格。似乎每過一兩個月，他就會看到她的變化，好像這些顯露的時刻延續了那些她給他寫了一年的信，她始終沒有得到回音，最後不再寄信來，因爲他的沉默而離開。他想，這也是他的性格使然。

現在他卻有想和她共餐交談的衝動，想再回到在帳篷或那個英國病人房間裡那種更親密的時候。兩者都有如波濤洶湧的河川般的空間在他們之間。回想起那個時候，他對他自己就像他對她——那樣男孩子氣而熱切——一樣地感到不可思議，他柔軟的手臂在空中伸向那個他曾經愛過的女孩子。他那雙潮濕的靴子放在那扇義大利的門邊，鞋帶綁在一起，他的手伸向她的肩膀，床上有個平躺著的人。

吃晚飯的時候，他看著他女兒費力地使著餐刀，盡量把那把大武器抓穩在她的小手裡。在這張餐桌上，他們的手全都是棕色的。他們在他們的風俗習慣中行動自如。他的妻子教給他們所有人一種瘋狂的幽默感——他的兒子遺傳到了。他喜歡看他兒子在這間屋子裡所顯示的機智，總令他大爲意外。甚至超乎他和他妻子的知識和幽默感——他在街上對狗模仿牠們走路的樣子和牠們的表情。他也喜歡這個孩子能由一隻狗的不同表情就能幾乎猜中狗狗想要什麼這一點。

而漢娜可能是在一些並非由她選擇的同伴之間生活。她即使到了這個年紀，三十四歲，仍然還沒找到她自己的伴侶，那些她要的人。她是一個很正直而聰明的女人，她狂野的愛情不靠運氣，永遠在冒險，而在她眉眼之間有一些她只有在鏡子裡才能看到的東西。在那頭烏亮黑髮下是理想和理想主義！很多人愛上她。她到現在還記得那個英國人由他那本書裡選出來念給她聽的詩句。她是一個可惜我認識不夠而未將她護在我羽翼之下、如果作家有羽翼的話、要以我餘生來照顧她的女人。

漢娜就這樣生活著，她的臉轉過來，在悔恨中垂下長髮。她的肩膀碰到一個碗櫃，一方玻璃脫落下來。寇爾帕的左手迅速地伸下去，在離地一吋處接住了那根掉落的叉子，溫柔地塞進他女兒的手裡，他眼鏡後面的眼角現出一條皺紋。

譯註：

1. Zerzura，傳說中存在於尼羅河以西埃及或利比亞境內沙漠中的神秘古城，其城「潔白如鴿」，因此稱爲「小鳥綠洲」。
2. 漢娜唱的其實是法國國歌〈馬賽曲〉但她並不知道正確詞句，因此發音擬似第一句「Allons enfants de la Patrie.」（醒來吧，祖國的孩子們。）資料來源："The Literature Network Forums" Alonson 提供答案者爲 tvanderven。
3. 英國作家 Baroness Orczy 的小說 *The Scarlet Pimpernel* 中主角 Sir Percy Blakeney 的別稱，曾營救過恐怖統治的受害者，幫助他們由法國偷渡出境。
4. Girolamo Savonarola，1452-1498，義大利宗教政治改革家，領導佛羅倫斯人民起義，建立該城民主政權，被教皇推翻後判火刑處死。
5. Bonfire of the Vanities，薩沃那洛拉於一四九七年二月七日夥同他的支持者在佛羅倫斯裡燒燬數千件可能引人犯罪的事物，如鏡子、化妝品、華服，甚至連樂器也列入其中，其他還有不符道德規範的書籍，非宗教性的歌曲詞譜及圖畫等。
6. Simonetta Vespucci，1453-1476，馬可．韋斯普奇之妻，相傳是羅倫佐．梅迪奇之弟朱利安諾．梅迪奇的情婦。被譽爲當時佛羅倫斯第一美人，是波提且利名畫〈維納斯之誕生〉的模特兒。
7. Giovanni Pico della Mirandola，1463-1494，義大利文藝復興時期哲學家，二十三歲時就宗教、哲學、自然哲學、法術等九百議題與各方辯論，寫成《論人的高貴的演說》而一舉成名。
8. Paolo dal Pozzo Toscanelli，1397-1482，義大利數學家及天文學家。

9. 此爲吉卜林代表作《小吉姆的追尋》一書的開頭。
10. 《聖經．列王記》上第一章第一至四節。
11. Don Bradman，1908-2001，澳洲板球名將。
12. Gertrude Jekyll，1843-1932，英國著名園藝家。
13. 或譯「卡拉瓦喬」（Michelangelo Merisi da Caravaggio），1573-1610，義大利早期巴洛克畫家。初期多爲風俗畫，後作宗教畫，善用光影，富寫實精神。
14. 引自密爾頓著《失樂園》第四卷。桂冠版，朱維之先生譯文。
15. Sansom and Delilah，典出聖經之〈士師記〉。
16. *Lorna Doone*，英國小說家布萊克莫爾（Richard Doddridge Blackmore）的代表作，是一本時空背景設定在十七世紀德文郡與索美塞特的歷史愛情小說。
17. bungalow 意思是「周圍有陽台的印度木造小平房」，Bengali 即「孟加拉」。
18. Aeneas，希臘神話中的人物，特洛伊之戰中，在特洛伊因木馬計淪陷後，背父攜子逃出，長期流浪後抵達義大利，據傳其後代建立羅馬。
19. 《聖經．路加福音》第九章六十節中語。
20. 引自《聖經．以賽亞書》第二十四章，第二十節。

作者後記

雖然有些出現在本書的角色是根據歷史人物寫成，很多提及的地方——如吉夫開比高原和鄰近的沙漠——也的確存在，也在二十世紀三〇年代有人探測過，但重要的是故事純屬虛構，而出現在書中人物的描述，和某些事件以及行程等一樣，也是虛構的。

我要感謝倫敦皇家地理學會准許我閱覽檔案資料，以及由他們的《地理雜誌》上蒐集有關探測者和他們旅程的資料——通常都由他們的作者作了美好的記錄。我引用了哈桑尼英大公的大作〈穿過庫夫拉綠洲到達夫〉（一九二四）中描寫沙風暴的一段。也用了他和其他人的資料來重現三〇年代的沙漠。我要說明有些資料來自李查．A．貝爾曼的〈利比亞沙漠的歷史問題〉（一九三四），以及R．A．巴格諾德對阿爾瑪西以他在沙漠中探測所寫專題論文所作的評論。

在我研究過程中，很多書籍都是我的重要參考，A．B．哈特利少校所著的《未爆彈》在重建炸彈構造和描寫二次大戰伊始，英國的炸彈拆除小組時尤其大有用處。我直接引用了他書中的段落（在〈在原地〉一章中的仿宋體引文），而寇爾帕．辛的拆除方法也來自哈特利對實際技術的記錄。在那個病人的筆記中有關某些風的性質之記述則來自里歐．華特森那本了不起的著作《天國的呼吸》，直接引用的都加了引號。希羅多德的《希臘波斯戰爭史》關於坎達尤里士和季吉斯的故事來自G．C．麥克考利一八九〇年的譯本（麥克米蘭出版公司）。其他由希羅多德書中所引的句子則用了大衛．葛里尼的譯本（芝加哥大學出版中心）。第二十八頁之仿宋體引文是克里斯多夫．史馬特的詩句。第一四九—一五〇頁之仿宋體引文引自約翰．密爾頓的《失樂園》；第二八九頁漢娜所記得的詩句是安妮．魏金森的作品。我也要感謝阿倫．莫爾海的《黛安娜別莊》，其中描述了詩人波利齊亞諾在托斯卡尼的生活。其他重要的書包括：瑪麗．麥卡錫的《佛羅倫斯之石》、李奧納德．莫斯里的《貓與鼠》、G．W．L．尼柯遜的《在義大利的加拿大人一九四三—五》以及《加拿大的護士姐妹》、《馬歇爾．卡文迪許出版之二次世界大戰百科全書》下、葉慈—布朗的《戰鬥印度》，和其他三本談印度軍隊的書：《偷襲》和《僞殺》均爲印度新德里公共關係理事會於一九四二年印行，以及《陣亡將士名冊》。

感謝格蘭登學院英文系、約克大學、沙伯隆尼別莊、洛克斐勒基金會，以及多倫多大都會參考書圖書館。

我也要謝謝以下幾位的慷慨幫忙：伊莉莎白．丹尼絲，她讓我看了她於戰時在埃及所寫的信；在聖吉諾拉摩別莊的瑪格麗特修女、渥太華加拿大國家圖書館的麥可．威廉生、安娜．賈汀、羅德尼．丹尼士、琳達．史佩汀、艾倫．李汶，以及拉利．馬爾娃、道格拉斯．里磐、大衛．楊和唐雅．皮洛夫。

最後要特別感謝伊蓮．沙里格曼、麗茲．卡德爾和桑尼．梅塔。

極其感謝以下各出版單位俯允我引用已出版之各項資料：

Famous Music Corporation、Alfred A. Knoph, Inc.、Macmillan Publishing Company、Edward B. Marks Music Company、Penguin USA、The Royal Geographical Society、Warner/Chappell Music, Inc.、Williamson Music Co.

一個帶來和平的愛情故事：麥可·翁達傑的《英倫情人》

許綬南（國立台南大學英文系主任）

學者們經常把翁達傑（Michael Ondaatje, 1943- ）和艾特伍德（Margaret Atwood, 1939- ）比喻做加拿大文學的國王跟王后。除了說過去就經常得獎，翁達傑在一九九二年以《英倫情人》一書獲得英國布克獎（Booker Prize），以及加拿大國內重要的總督獎和崔靈獎（Trillium Award）。一九九六年《英倫情人》改編成電影，獲得奧斯卡最佳電影獎和最佳導演獎，這些獎項更使翁達傑成爲國際知名的大作家。

許多學者都處理過翁達傑的作品。哈契安（Linda Hutcheon）在《加拿大後現代》（*The Canadian Postmodern*）說過一句著名的評語：「翁達傑，事實上，可以說是一個對界限感到著迷的作家——包括眞實跟藝術之間的界限。」（81）哈契安的話相當適用於《英倫情人》這本小說。小說裡的人物跨越了時空的界限，道德的界限，文本的界限，性別、種族上的界限，以及小說和現實之間的界限。追求人物內在的心靈平靜，以及消弭外界的戰爭，是作者所處理的主題之一。

故事設景在二次世界大戰末期義大利佛羅倫斯北方托斯卡尼的一座聖吉諾拉摩別莊。來到這座別莊的四個人心靈上都帶有這場戰爭所造成的創傷。漢娜對這個戰亂的世界已經感到厭倦，也爲了在生父臨終時沒有能夠服侍到他而感到內疚，她在醫院不把自己當人看待，不想接近任何有人味的事物。當她看到鏡子裡自己的影像時，她喚自己的影像做「兄弟」（58），把自己看做醫院裡那些她稱之爲「兄弟」的垂死病患（56, 57）。當「醃鯡魚」來到詭雷密佈的聖吉諾拉摩別莊時，漢娜「站在鋼琴前面，沒有低頭去看，就把兩手放下去彈奏」（70），那時「漢娜處於她的最低潮」，「瀕臨自殺」的邊緣（Wachtel 252-53）。

在卡納瓦吉奧被德軍逮捕、斬去雙手拇指以前，他行竊不光是爲了要占有財物。他是一個反對資本主義的賊。失去拇指的事讓卡納瓦吉奧嚇破了膽，不敢再當小偷。現在「卡納瓦吉奧夜裡到鎮上搜刮，企圖重拾他的身分，好讓自己再次像一個完整的人，但是他沒有告訴任何人他的行爲。」（Kella 95）不過，卡納瓦吉奧之前所以會被德軍逮捕，是因爲他不小心被拍了一張照。在他找到方法，好讓自己能夠不會受到影像所控制以前，他沒有膽量重操舊業。

巴巴（Homi Bhabha）說道：「土著的幻想就是要占有主子的位置，但是他不會放棄他做爲奴隸的憤恨。」（44）醃鯡魚逃離了大英帝國所殖民的印度，卻不被西方社會所接納。他身穿英軍的制服，哼著英文歌，在英格蘭冒著生命的危險拆除炸彈引信，保護英國人民。他加入爆破隊是因爲他「認定在戰爭中你必須有主控權」（191）。但是他曉得他「一直是個外國人，是那個錫克教徒」（111）。於是他想從西方藝術裡爲自己在西方社會裡找個位置。「醃鯡魚似乎特別會在藝術裡尋找替

代品，彌補他所失落的那些人際關係〔……〕事實上，繪畫和雕像似乎是醃鮭魚用來界定自我的重要工具。」（Cook 35）

至於小說書名所指的那一位英國病人，他本名是阿爾瑪西，匈牙利貴族。之前，他參與在利比亞沙漠進行地圖繪製與測量的工作，跟隊員克利夫頓的妻子凱瑟琳有染。在利比亞沙漠戰雲密佈之際，克利夫頓發現了妻子不忠，駕機載著凱瑟琳俯衝地面上的阿爾瑪西。飛機沒有撞到阿爾瑪西，克利夫頓卻因而喪命，凱瑟琳也身受重傷。在阿爾瑪西把她安置在沙漠裡的一座洞穴以後，他外出求救。他或許是有機會成功的。但是在被英軍盤查時，由於他不說要救克利夫頓的妻子，卻堅稱凱瑟琳是他的妻子，他的身分受到懷疑，也因而被逮捕。他後來轉而爲德軍效力，終於在三年後取得機會回到沙漠。他把她的屍骨放上飛機以後，老舊的飛機在天空漏油燃燒後墜落。這也是爲什麼在故事開始時，阿爾瑪西已經是一個被燒得無法辨識的垂死病人。由於他英文流利，人們叫他英國病人。

翁達傑在《英倫情人》這本書裡處理和平的議題時，是把外界的爭鬥跟人物內心的紛亂交纏，這本書裡顯示兩者都跟人爲的界限有關，也因此，當書中的人物從對界限的執迷裡跳脫時，就這個世界上的紛爭來說，作者提供了他的解答。

英國病人帶領書中的其他人物走出過去的陰影。不過，他在從天空像一個火球般墜落以後，已經跳脫了對身分的執迷。翁達傑寫他落入「一個更大子宮的峽谷裡」（26），而治療他的「這個行商的醫生」是「這個施洗者」（17）。把英國病人稱做阿爾瑪西，其實並不合適。

英國病人治療其他人物的方法，就是敘說他的過去。有時候他會刻意講一些相關的過去，好幫助他的聽眾，譬如相戀中，屬於不同種族的漢娜和醃鯡魚。有時候則是不由自主，因爲卡納瓦吉奧在開始懷疑到他的眞實身分以後，就爲他施打過量嗎啡，想藉由他不由自主的回憶查出他是不是那一位曾經爲德軍效力的阿爾瑪西。不過，除了說他有意幫助他的聽眾，英國病人本來就自知餘日無多，他很想念過去的友情和愛情，他其實知道卡納瓦吉奧爲他施打嗎啡，也就利用這嗎啡遨遊過去。

在英國病人的敘述，以及他跟其他人物的對話裡，最主要的就是他教導他們超越各種人爲的界限。譬如說當漢娜朗讀《小吉姆的追尋》給他聽時，他建議她撇開對肉眼的偏重，運用她各種不同的官能：「讀他的作品要慢慢地，親愛的小女孩，吉卜林的書一定要慢慢地讀。小心地注意看逗點落在哪裡，就能發現那很自然的停頓。他是個作家，用筆和墨水寫作〔……〕。妳的眼睛太快，太北美洲化。想想他動筆的速度，就可以看出那令人討厭而糾纏不休的第一段完全是另一番面貌。」(99)要明白吉卜林的書，不光是要理解字面上的意義，還必須要運用其他的官能，使自己融入吉卜林。也就是說，在認知世界時，漢娜要擺脫她慣有的認知世界的方式，好讓自己更能夠了解外在的世界。

在漢娜認知世界的方式有了改變以後，她發現人的身分應該要由所扮演的角色來決定。在別莊的舞會上，她對人物的看法，就顯示她對眞實的認知已經有了轉變。她看到「像是《小吉姆的追尋》的相反」(117)。吉姆不見得是英國人，故事裡的印度喇嘛也可以是英國人。同樣的，醃鯡魚可以是《小吉姆的追尋》裡的英國人克里頓，漢娜可以是吉姆(118)。吉姆擅長改變身分，在英國病人的引導下，漢娜發現身分不過就是角色。

英國病人的身分教卡納瓦吉奧感到困惑。當英國病人提到自己時，用的是第三人稱的「他」。小說裡身分不明的敘述者說道：「他現在是以誰的身分在說話？卡納瓦吉奧想道。」（243）去思索這本小說的敘述者是誰，正如卡納瓦吉奧執迷於英國病人的身分一般，是看不透人的眞實面貌其實並不就只是國籍、姓名、職業等。英國病人就表示：「我們是共同的歷史和共同的書。」如果回憶是現在的一部分，他所經歷過的一切人、事、地、物都可以成爲他身體的一部分。硬要把英國病人或是這本小說的敘述者視爲肉眼可見的某個人，是一種執迷。也因爲英國病人並不把人等同於軀體，在他敘說洞穴裡跟凱瑟琳的屍骨相處時，她彷彿是活生生的，而且跟周遭的環境結爲一體。見到了她的屍骨以後，他把她的身體跟藥草、「石頭和光還有阿拉伯膠樹的灰」融合（262），「使她永恆」（262）。他甚至褪下衣裳，跟她做愛。這裡的做愛當然並不是戀屍，整件事發生在他的腦海裡。

故事結尾時，漢娜、醃鯡魚，和卡納瓦吉奧各自帶著他們在這棟別莊所獲得的啓發，回到社會。他們明白人們對世界的界劃，並不是世界的眞實面貌。基於種族差異或財產占有的紛爭，其實只是不明眞相的執迷。甚至生死的分野，也不就是肉體消亡。英國病人爲他們找到生命裡的曙光，使他們明白，他們的生活和這個世界都還是有希望的。小說的最後一幕頗爲有趣。醃鯡魚這時候已經是印度的一個醫生，當他的女兒把叉子像兵器一般舞弄，叉子掉落時，他想見在另一座大陸的漢娜把杯子碰落。於是他迅速地俯身接住杯子，然後把手中的叉子還給他的女兒。在結合了他的肉眼所見跟他的回憶之時，他把女兒的兵器轉化成愛的符號。他的動作也傳遞出他對東西方和平相處的願望。

以上僅指出在《英倫情人》裡作者對和平的關注。其實，光是從探討這本小說的文章數目龐大這一點，就可以知道這是一本內容豐富的小說。許多人之所以對翁達傑的作品感到興趣，還跟他的寫作風格有關。翁達傑是一個極爲出色的詩人，《英倫情人》裡常有詩一般的語言。書中敘述者說話的停頓，又常深具韻味。最後要補充的是，《英倫情人》之後的兩本小說，《菩薩凝視的島嶼》（*Anil's Ghost*，二〇〇〇）和*Divisadero*（暫譯：《分離》，二〇〇七），延續了作者對內、外在和平的關注，很值得對和平有興趣的讀者閱讀。

引用書目：

Bhabha, Homi K. *The Location of Culture*. New York: Routledge, 1994.

Cook, Rufus. "Being and Representation in Michael Ondaatje's *The English Patient*." *A Review of International English Literature* 30.4（1999）: 35-49.

Hutcheon, Linda. *The Canadian Postmodern: A Study of Contemporary English-Canadian Fiction*. Toronto: Oxford UP, 1988.

Kella, Elizabeth. *Beloved Communities: Solidarity and Difference in Fiction by Michael Ondaatje, Toni Morrison, and Joy Kogawa*. Uppsala, Sweden: S. Academiae Ubsaliensis, 2000.

Wachtel, Eleanor. "An Interview with Michael Ondaatje." *Essays on Canadian Writing* 53（1994）: 250-61.

閱讀第三世界：尋找生命缺憾的救贖之路

——翁達傑的「跨文化史詩」小說

宋國誠（文學評論者）

如果視覺美感和文字藝術是橫跨電影和小說兩個難以兼得的創作天賦，享譽當代文壇的移民作家翁達傑（Michael Ondaatje）不僅兼而有之，而且能夠通過詩性直覺和敘事節奏的變化交揉，達到一種具有個人獨特風格的境界。他的作品以令人暈眩般的技巧，綜合了爵士旋律、蒙太奇效果、景觀美學和優美文字。他的作品類型則橫跨了傳記、詩、散文、小說、電影、文學批評等等，以一種無人可以取代的「多文化／跨種族」寫作視角，運用一種文化雜匯的微妙組合，打破了傳統英語文學僵化的寫作方式，寫出了被社會遺忘、沒有人願意爲他們書寫的「人民歷史故事」（stories of people & history）。

麥可・翁達傑一九四三年九月十二日生於斯里蘭卡的可倫坡，具有印度、荷蘭、英國三重血統。文化血統的混雜性始終是他文學創作的主軸和動力。由於父親長期酗酒，年僅三歲時父母就離異。十一歲時跟隨母親前往英國，在倫敦唸完中學。一九六二年移居加拿大，一九六七年獲得皇后大學（Queen's University）文學碩士，此後定居於多倫多。

一九七一年起擔任多倫多約克大學（York University）格蘭登學院（Glendon College）英語系教授，並與妻子琳達．史伯丁（Linda Spalding）共同主持《文學雜誌》（*Literary Magazine*）的編輯工作。翁達傑以詩人起家，早期著品包括被稱爲「超現實主義現代詩」代表作的《優雅怪物》（*The Dainty Monster*，一九六七）、《七個腳趾的人》（*The Man with Seven Toes*）。一九七〇年代翁達傑的創作開始出現自創風格，有《比利小子作品集》（*The Collected Works of Billy the Kid*，一九七〇），獲加拿大總督獎；長篇小說《戮後餘生》（*Coming Through Slaughter*，一九七六），描寫早期美國新奧爾良爵士歌王巴迪．博頓（Buddy Bolden）豐富多采的生平故事。一九八〇年代翁達傑進入創作高峰，分別發表了虛構性自傳體回憶錄《追憶家史》（*Running in the Family*，一九八二），詩集《世俗之愛》（*Secular Love*，一九八四），長篇小說《一輪月亮與六顆星星》（*In the Skin of Lion*，一九八七），描寫早期多倫多移民勞工的血淚生活以及他們才是加拿大歷史的眞正創建者，兩部小說被視爲當代重要的後殖民小說代表作。一九九二年發表著名小說《英倫情人》（*English Patient*）之後，翁達傑還發表了一部生活情詩選集《肉桂舞孃》（*The Cinnamon Peeler: Selected Poems*，一九九七），其中〈獻給一個傷心的女兒〉（To a Sad Daughter）一首，是一篇感人至深的佳作。另有詩集《手記》（*Handwriting: Poems*，一九九八）以及戰爭記錄小說《菩薩凝視的島嶼》（*Anil's Ghost*，二〇〇〇），描寫一位出生斯里蘭卡後出國深造的人類學家安霓尤（Anil Tissera），奉國際人權組織返國調查戰爭罪行的曲折故事。

翁達傑最爲膾炙人口的作品是一九九二年發表的長篇小說《英倫情人》，小說獲得了該年度英國的布克獎（Booker Prize），經改編拍攝而成的電影（中譯爲《英倫情人》——但大幅倒轉了英國情婦凱瑟琳和漢娜的劇情分量）亦獲得一九九七年奧斯卡九項大獎。這是一部集詩性文體、空間美學、人性弱點、死亡愛情、戰爭歷險和一種聖徒主義之生命哲理於一體的小說，不僅媲美《阿拉伯的勞倫斯》、《亂世佳人》、《齊瓦哥醫生》等宏偉巨著，亦堪稱二十世紀最優秀的小說之一。

小說的精巧與深邃，迷幻般的意象和濃郁的抒情魅力，諸如無垠的沙漠、湛藍的天空、神祕的夜晚、曖昧的諜報工作、陰森的岩洞、戰爭的慘烈、炙熱的愛情、內心的騷動、道德的掙扎、精神的救贖等等，這部連作者都爲之落淚而寫下的作品，會使細心的讀者不會只把小說讀過一遍，即使多年以後，小說的情景依然盤據在心。和法國哲學家沙特（Jean-Paul Sartre）慶幸年幼喪父因而得以渡過自由童年完全不同，年僅三歲就失去父親的翁達傑，對他酗酒失性最終導致家離子散的父親，有著很深的同情和追愛。由於年幼就遠離了父親，「父親之缺」（the absence of Father）始終是翁達傑記憶中永遠的傷口。

在他的許多小說中，一種對親人之缺、身分之缺，再到「存在之缺」的懷想和眷念，一種努力療補傷口、整全缺憾的意識，始終內含在他的主題想像和敘事情感之中。生命因情感而豐腴，也因情感而傷痛。歷史的錯誤雖然無法扭轉，但個人的超脫依然值得努力。

小說描寫發生在二戰末期義大利北部一處充當戰時醫院的廢棄修道院裡的故事，四個主要人物，都是殖民主義擴張和帝國主義戰爭下的受害者。一位是加拿大籍護士漢娜（Hana），一位是戰時擔任間諜的殘廢小偷卡納瓦吉奧（Caravaggio），一位是戰時擔任掃雷任務的印度錫克教徒醃鯡魚（Kip），以及一位受到嚴重燒傷、來歷不明的「英國病人」阿爾瑪西伯爵（Count Almásy）。四位來自不同國籍、不同民族與文化背景的人物，因一場戰爭而匯聚在荒山的廢墟中。漢娜的生父、繼父與生母皆爲了建設英國殖民地而受傷致死；卡納瓦吉奧爲了英國諜報工作而被德軍截斷雙手；醃鯡魚則是一個心地善良但內心極度痛恨英國殖民主義的智性人物。

儘管改編電影基於商業考量，將故事改塑爲一場婚外情欲的內心掙扎和毀滅性後果，但小說卻緊叩著殖民主義和戰爭暴力下的精神創傷（mental trauma），試圖通過一種跨民族、跨文化、跨歷史的「超越性理解」，尋求「靈魂之傷」和「生命之缺」的治療與救贖。小說不像電影將故事窄化爲一場浪漫的愛情悲劇，儘管小說中並行著兩條愛情主線，但主題不是渲染「情欲之愛」，而是追尋「聖徒之貞」：一種不是輕易占有，而是超越理解、勇於追尋的崇高至性。「英國病人」其實根本不是英國人，而是來自匈牙利一名生性浪漫、熱愛自然的地理繪圖專家，他熱愛古蹟文物，熱愛旅行探險，是一個兼具諷世主義和樂觀本性的藝術科學家。在一場尋找沙漠綠洲的繪圖旅行中，阿爾瑪西愛上了有夫之婦凱瑟琳（Katharine Clifton）。但兩人的戀情被凱瑟琳之夫喬佛瑞（Geoffrey Clifton）發現，在妒火中燒之下，喬佛瑞竟架機衝撞正在沙漠中的這對戀人，喬佛瑞墜機而亡，凱瑟琳受到重傷。

在小說中，阿爾瑪西實際上是奉德國隆美爾將軍之命穿越沙漠進入開羅，他實際上是一個爲德國效命的間諜，英國的「叛國者」。但是在改編電影中，阿爾瑪西不得已出賣繪圖情報給德軍，換取一架飛機試圖挽救洞穴中早已孤寂而死的情人，在載著情人飛離沙漠時遭到德軍炮火擊落，阿爾瑪西被燒成重傷，面目全非，最後被遣送到廢棄修道院療養。

在電影中，阿爾瑪西是一個多情而俊美的白人男子，深藍的眼睛和憂鬱的面容惹人憐愛。但是在小說中，由於嚴重的燒灼而使阿爾瑪西完全失去了「臉龐」，他沒有表情，沒有可辨視的五官輪廓，也沒有可以牽動情緒起伏的顏面神經。儘管兩手斷肢的卡納瓦吉奧不斷刺探他的來歷，但阿爾瑪西的身分——伯爵、情人、間諜、地理學家、獨行者、冒險家、詩人等等，卻始終飄忽不定，瞬間即逝。

然而，翁達傑所關注的正是這種「飄忽的身分」，因為失去固定身分正是個體進行文化交融的前提，而不同種族的人都可以藉由這張「平板」而自由溝通。「無臉」其實是翁達傑用來表達自由與寬容的象徵。失去了美麗的臉，雖然不能再用表情來傳達意志與情感，但卻開始用心靈來對話。失臉，換得了超越種族差異和文化疏離的自由力量。無臉的象徵使人聯想到法國哲學家列維納斯（Emmanuel Levinas，一九〇六－一九九五）對「存在」問題的闡釋。列維納斯用「臉」的概念來表達一種超越「自我主義」的存在性。臉，對於凝視者的自我而言是一種純粹的外在性。

「他人之臉」是絕對地顯示於「自我之外」並抵制自我對其進行占有的一種客觀性，他人之臉既不可占有，亦不可被對其凝視的自我所任意建構。因此，對他人之臉的凝視意味著對他者生存的承認，然而這種承認當然也建立在「我人之臉」同時被他者所凝視，也就是自我是通過他者之眼的凝視而獲得自我的存在。我們雖然不能確定翁達傑是否熟悉列維納斯的作品，但顯然「無臉」的象徵是對列維納斯「他者哲學」更進一步的深化。喪失了「我人之臉」的阿爾瑪西意味著失去一切純粹的外在性，因而是一個凝視中虛無的他者。阿爾瑪西的存在已不可深究。

小說從開始到結束，阿爾瑪西一直是個枯焦垂死之人，他只能依靠著對沙漠之夢和情人之愛的回憶，勉強保存他生命的最後一點餘氣。他的一切存在已盡付於不可彌補的追憶之中，這雖然是無情的戰爭、他對英國的背叛、他對朋友之妻的越軌之愛所帶來的後果，但也意味著作者試圖通過阿爾瑪西的悲劇人生，通過一種「自我棄絕」以達到「明見他性」的深度籲求。小說末尾，阿爾瑪西捧著漢娜美麗的臉頰，用他無法顯示表情的臉，無聲地傳達衷心的感恩與欣慰，這一段「無臉的凝視」，無不令所有讀者心靈抖顫、感傷至深！

同樣不能像電影中把欲望簡化爲一種男女奔放的情欲，在小說中，欲望是作爲生命的重生而存在於每一個人的內心深處。它顯然不是占有或竊據，而是尋求自由的解放，尋求對他者的關懷，尋求靈魂傷口的治癒，尋求對民族中心與國家神話的棄絕，尋求在殘酷的黑暗世界中留下一盞指引自己逃離的燈火。

列維納斯在〈哲學與無限的觀念〉一文中指出：「欲望產生於在有限的世界中尋求無限的超越。」然而這種超越並不是個人的孤立或遁世，而是與「他者」（異客）的融合與共享，一種經由棄絕到超越的昇華過程，儘管它是艱難的，也是痛苦的。

翁達傑通過阿爾瑪西的遭遇，表達了對國家的憎恨和廢除國家的強烈願望，表明了許多的災難、衝突和死亡無不都是民族侵略的結果，表明了對民族主義全部毀滅性後果的詛咒和斷絕。用列維納斯的語言來說，殖民主義和帝國戰爭把「存在的他者」扭曲爲「另外的存在」，一種在「帝國自我」統治下異質低等的另類存在。

然而，表現在阿爾瑪西身上的那種狂野、激情和虛幻，就是對這種帝國本體意識的反叛，一種試圖掙脫國家神話之自我禁錮的超越性解放，它指向於追索他者的蹤跡，迎向於自我與他者的親近和對話。小說中的阿爾瑪西，在沙漠中遊歷和研究，使他逐漸厭惡國家、國籍、種族、疆域等等概念所包含的壓迫與束縛。

壯闊的沙漠、雄偉的地理、浩瀚的藍天，雖然是阿爾瑪西縱情放逐的世外桃源，但一場戰爭奪去了他一切的所愛，他發覺自己就像洞穴中「石刻的游泳者」，狀似悠閒卻永遠游不出堅硬的石壁。這位躺在病榻中的「英國病人」和漢娜之間，有過幾次深刻的對話，阿爾瑪西如數家珍地向漢娜述說眾多的文學人物、藝術作品、旅行軼事、歷險犯難，乃至徜徉在虛構的歷史想像中，但就是從來不提到自己，反倒是漢娜從阿爾瑪西的沙漠日記中認識了這位「英國病人」的內心世界，這是全書中至為關鍵並且對漢娜至為重要的生命轉折過程，因為此刻垂死的病人已成了漢娜救贖的聖徒。

小說中四個異國之客，都是通過進入他者的境遇而尋得自我超越的出口，通過進入和參享他者失落的世界，找到了自我救贖的道路。在斑駁破舊的修道院裡，在孤獨而蒼涼的夜裡，不時可以聽到「英國病人」陣陣痛苦的呻吟，斷斷續續的哀歎。長夜將近，黎明已遠，這個英國病人已在等待死神對他永恆寂靜的引領。阿爾瑪西雖然逃出德軍的魔掌而免於戰俘的命運，但仍然淪為自己的「精神人質」（mental hostage）。然而，從列維納斯的哲學思想來看，精神人質的概念不是指一種遭到綁架而失去自由的狀態，而是指這個「英國病人」已轉化為由於「父親之缺」同樣也是自己精神人質的漢娜的「替代主體」（substitutive subject），使漢娜得以通過付出無私無悔的照料，通過對一個「殘缺他者」的責任承擔，獲得了修復其父親之缺的內在整合，找到了彌補漢娜自身生命之缺的救贖之道。

同樣的，兩個處於生命之缺的病人，通過互爲人質下之主體替代的昇華歷程，得到了各自超越性的安息。漢娜來到這個廢棄修道院時年僅二十歲，但已對戰爭的殘酷和死亡的傷痛毫不陌生。父親在戰爭中死於異國，戰爭奪去了她的愛人，也奪走了她腹中的胎兒。小說中描寫在協助醃鮓魚拆除一枚地雷之後，漢娜坦承這是出自她對死亡的「主動追求」。

小說中在描寫漢娜的一個段落中寫道：「她夾出的碎彈片多到讓她覺得好似在軍隊北移的過程中由一個她照顧的巨大人體中弄出了一噸重的金屬；士兵們進來時只有殘軀剩肢，愛上我一個小時，然後就死了。」爲了彌補失去父親的缺憾，照料英國病人成爲她唯一的安慰，一種絕望中的救贖。然而就在執意單獨留下照料「英國病人」之後，漢娜重新獲得了自我超越的勇氣，她決心不再爲任何偉大的目標效力，她滿懷熱情地在荒廢的園子裡栽培種花，在月下作畫，用音樂、美酒、蝸牛殼上點燭光來爲自己祝賀生日。

卡納瓦吉奧是漢娜父親生前的友人，來到廢墟時已是個兩手傷殘、染上嗎啡毒癮、面容憔悴且萬念俱灰的枯朽之徒。他雖然被視爲戰爭英雄，但卻毫不掩飾自己小偷的身分。他告訴漢娜自己只是一個竊賊而不是英雄，「只是英國以官方的名義利用了我的一技之長」。殘酷的戰爭使卡納瓦吉奧體悟到，偷竊只是一種遊戲，帝國主義才是眞正的偷竊。

這位遊戲人間的小偷，聰明絕頂的間諜，憤世嫉俗的反戰者，落寞寡歡的癮君子，在故事的末尾重施故技，他攀附一條繩索試圖潛入另一棟別莊，就在懸掛半空之時，他看見了腳下的峽谷像是一道

「深深傷口」，突來的一場大雨不僅淋濕了他，也終止了他的偷竊遊戲。繩索的懸掛象徵了卡納瓦吉奧搖擺在崇高與卑微之間，雨中的頓悟，意味著他超越了自己行竊作樂的本質。

電影中大量縮減了錫克教徒掃雷工兵醃鯡魚的分量，這不禁讓人察覺到西方商業主義電影如何「剪除」了小說的政治成分，以及淡化了小說中真正敏感尖刺但可能令西方觀眾尷尬不安的部分。

醃鯡魚的哥哥是一個堅決的反殖民主義革命者，他有著和他哥哥一樣的憤怒與情緒，帝國主義戰爭使醃鯡魚習慣了用步槍的「準星」來看待他人，乃至於他會用「瞄準」的方式來看視教堂頂上的聖母像。他經常懊悔爲何像他這種殖民地人民，老是輕易相信殖民者的謊言而一再受騙。當一九四五年一顆原子彈落在日本廣島時，醃鯡魚憤怒的說道：「他們永遠不會把這樣一顆炸彈投擲在白種人的國家。」

然而，遇見漢娜，進而與漢娜墜入情網，是醃鯡魚自我超越的重大轉折點。一場「聖徒式的精神戀愛」，一場跨越種族、膚色、國籍、信仰的亂世之愛，使醃鯡魚超越了反殖民主義狹隘的怨恨，儘管種族隔閡最終還是拆散了這對戰地戀人；儘管一種唯恐遭受愚弄、對天主教（異教）和西方文明半信半疑的態度，始終是他低調處世、謹慎自保的態度。

從這位實際上在小說中占有關鍵角色的「錫克聖者」的分析，可以看出作者翁達傑溫婉而不失準確的反殖民主義態度。一方面，小說本身表明所有悲劇都起源於「地圖繪製」，這不是「英國病人」一場心曠神怡的沙漠之旅，而是殖民主義侵略的前置作業和外延行動。翁達傑表明他「期待一個沒有地圖的地球」，這意味著期待殖民主義從此在地球上消失。

另一方面，醃鯡魚作爲一個錫克教印度人、殖民地二等參軍者、皇家英軍的科技英雄、膚色有別的高級情人，他既是殖民主義的參與者，又是殖民主義的受害者和見證人，他夾在兩個世界又不隸屬於其中一方，他既懷有對大英帝國的忠誠，又心存對殖民主義的仇恨，他既對掃雷隊伍的英國長官懷有敬意，稱他是「英國第一個紳士」，又對面目全非的「英國病人」抱持偏見。醃鯡魚這種全身佈滿時而和諧時而衝突的跨文化困惑，實際上是翁達傑這位混血移民作家認同處境的寫照。

然而，醃鯡魚的自我超越同時也是翁達傑的自我超越，表現出翁達傑試圖尋求一種更能跨越種族二元論、對錯二分法的新和解意識。因爲對殖民主義採取簡單是非、一分爲二、好壞自明的立場，雖然會給人一種「遽下判斷的舒適感」，這將使人對歷史災難進行一種草率了斷、匆匆結案的態度，結果卻因搪塞有理而跳出對殖民主義深度的倫理質疑。

對醃鯡魚而言，沒有人可以指責他由於受到「哄騙」而無法預知殖民主義事後令人驚痛的後果，問題在於人們如何在一連串預警失敗和洞察錯誤中得到醒覺，從中學習到什麼叫「覺醒」且不再停止對歷史錯誤的警惕。小說最後向後跳躍十三年，醃鯡魚與漢娜各自返回所屬的世界，只留下漢娜雍容高雅的姿態和醃鯡魚臉上層層的皺紋，這意味著種族差異可以你死我活，也可以相安無事，它反映了翁達傑一種消除種族差異絕非易事、有待深思的批判態度。

《英倫情人》大量使用動詞和簡句，使這部作品充滿了力道與美感。故事的場景、視角、時空變幻不定，令人眼花撩亂。特別是作者善於運用簡單而空曠的自然景觀來透視人物內心複雜的深思，以記憶的無限延伸和夢中意象的跳躍閃爍來表達歷史的無情和虛渺，表現出一種超現實的蒙太奇效應。

無論是意象經營、自然描寫、文字運用和人物刻畫，都充分表現出作者「詩性視覺」的藝術手法。

例如翁達傑通過對卡納瓦吉奧的「手刑」來描寫戰爭的殘酷性：「他（卡納瓦吉奧）的兩手像一個碗似地合在一起……電話響著，打斷了托瑪索尼，他放下剃刀，很挖苦地說了聲對不起（不是向卡納瓦吉奧道歉，而是說要去接電話），用他那隻血汙的手接起電話來聽。」例如以「魔風」來描寫沙漠的壯碩與無情：「在摩洛哥南部有一種旋風，叫aajej，埃及和敘利亞一帶的農夫都用刀對抗以自保……；也有其他的風，不那麼始終如一，卻會改變方向，會吹倒馬匹和騎士……；有一種祕密的風，名字被一位兒子死於這種風中的國王抹消了……；他們被這種妖風激怒得向之宣戰，列陣迎戰，卻只迅速地完全埋葬其中。」例如以幾近「性饑渴」來描寫水在沙漠中的珍貴性：「其中一個人爬到前面，收集起落在沙上的精液……在沙漠裡最看重的就是水了。」例如用男性粗獷的身體來描寫沙漠中暴風雨的降臨：「在沙漠裡，最受人珍愛的水，如同一個愛人的名字……開羅的一名女子由床上欠起她白皙的胴體，伸到一扇窗子外面的暴風雨中，讓她赤裸的身子承受雨水。」

在人物刻寫方面，漢娜內心世界的描繪具有很高的難度，翁達傑是以漢娜對「英國病人」悲劇故事的入戲和感應，來表達她一種戰爭憂鬱的情感。例如以「一頁薄薄的撕下來的聖經（意指微小的崇高性）」，來描寫漢娜決心單獨留下照顧「英國病人」那種烽火聖女的品格：「大衛王年紀老邁，雖用被遮蓋，仍不覺暖。所以臣僕對他說，不如爲我主我王尋找一個處女，使他伺候王，奉養王，睡在王的懷中，好叫我主我王得暖。於是在以色列全境尋找美貌的童女，尋得如念的一個童女亞比煞，就帶到王那裡。這童女極其美貌，他奉養王，伺候王，王卻沒有與他親近。」在這裡，翁達傑把漢娜拔高到與「聖經處女」相聯繫的地位。

整部小說，「火／欲望／死亡」是一條貫穿全局的「象徵鏈」（chain of symbol），「火－欲望」代表戰爭與侵略而與死亡欲望（本能）相關聯，「欲望－火」代表愛情與歡愉而與死亡之火（墜機、掃雷）相關連，「火－死亡」代表絕望與喪生，它最殘酷無情，但卻與自我超越的欲望相聯繫。一種「死地後生」的東方哲理，導引著小說最終向一種印度智慧哲學緩緩回歸。

《英倫情人》作爲一本哲理小說，藉由身分模糊和認同碎片化的悲劇過程，來表達從國族主義和身分自我（認同主體）的逃離，達到一種超越自我、跨進他者、異質互享的新人性模式。

在小說中，翁達傑一再重複「虛實對比」的生命情境：冒險的背叛對應於安謐的聆聽，帝國的燒掠對應於廢墟的溫情，感官的放縱對應於垂死前的悔悟，無限綿延的空間對應於深藏內斂的心體。阿爾瑪西背叛英國和他的朋友，漢娜卻在即使下達撤退令後仍不忍丟棄這個「英國病（罪）人」，英德兩國陰險狡詐的間諜作戰，但是在斷垣殘壁的廢墟中卻有溫暖的照料關懷，沙漠中恣意的縱情歡樂，卻有漢娜和醃鮮魚之間聖徒式的靈性之愛，即使徜徉於廣闊非洲大地，個人最終還是要面對內心存留的遺憾與內疚……。

如果對時代與個人生命的詮釋有一個最後的據點，結局可能非常困難又非常簡單。儘管虛實無常、命運難捉，前者應是生命傷痛的因子，後者則是自由安祥的歸宿。

延伸閱讀：

1. John Bolland, *Michael Ondaatje's The English Patient: A Reader's Guide*, Continuum, 2002
2. Winfried Siemerling, *Discoveries of the Other*, University of Toronto, 1994
3. Douglas Barbour, *Michael Ondaatje*, Twayne Publisher, 1993
4. 《一輪月亮與六顆星星》（*In the Skin of Lion*），張琰譯，台北：皇冠，一九九九
5. 《菩薩凝視的島嶼》（*Anil's Ghost*），陳建銘譯，台北：大塊，二〇〇二

原載於《台灣立報》，二〇〇四年七月一、八、十五日

內文作者簡介：

宋國誠，國立政治大學東亞研究所博士，美國哈佛大學、加拿大多倫多大學研究，現任政治大學國際關係研究中心研究員、華語文教學博/碩士學位學程兼任教授、東吳大學社會系兼任教授，專長為中國研究、馬克思主義、後殖民論述、後現代主義、文化研究、現代文學批評。

大師名作坊118

英倫情人

作　者—麥可．翁達傑
譯　者—景　翔
編　輯—邱淑鈴
美術設計—莊謹銘
責任企劃—黃千芳
校　對—蕭淑芳、邱淑鈴、景　翔
副總編輯—嘉世強
董事長—趙政岷
出版者—時報文化出版企業股份有限公司
108019台北市和平西路三段二四〇號三樓
發行專線—（〇二）二三〇六—六八四二
讀者服務專線—〇八〇〇—二三一—七〇五
（〇二）二三〇四—七一〇三
讀者服務傳真—（〇二）二三〇四—六八五八
郵撥—一九三四四七二四時報文化出版公司
信箱—（一〇八九九）臺北華江橋郵局第九九信箱
時報悅讀網—http://www.readingtimes.com.tw
電子郵件信箱—liter@readingtimes.com.tw
法律顧問—理律法律事務所　陳長文律師、李念祖律師
印　刷—紘億印刷有限公司
初版一刷—二〇一〇年十一月五日
初版三刷—二〇二一年十月二十九日
定　價—新台幣三〇〇元
（缺頁或破損的書，請寄回更換）

時報文化出版公司成立於一九七五年，
一九九九年股票上櫃公開發行，二〇〇八年脫離中時集團非屬旺中，
以「尊重智慧與創意的文化事業」為信念。

英倫情人 / 麥可．翁達傑著；景翔譯. -- 初版. -- 臺北市：時報文化,
2010.11
面；　公分. --（大師名作坊；118）
譯自：The English patient
ISBN 978-957-13-5298-5（平裝）

885.357　　99019806

ISBN 978-957-13-5298-5
Printed in Taiwan